U0446082

金石榴

中国少数民族文学作品年度精选

2018 散文卷

中国少数民族作家学会 选编

重庆出版集团 重庆出版社

图书在版编目(CIP)数据

金石榴:中国少数民族文学作品年度精选.2018.散文卷/中国少数民族作家学会选编.—重庆:重庆出版社,2019.7
ISBN 978-7-229-14046-5

Ⅰ.①金… Ⅱ.①中… Ⅲ.①少数民族文学—作品综合集—中国—当代 ②散文集—中国—当代 Ⅳ.①I29

中国版本图书馆CIP数据核字(2019)第030779号

金石榴:中国少数民族文学作品年度精选(2018)·散文卷
JIN SHILIU:ZHONGGUO SHAOSHU MINZU WENXUE ZUOPIN NIANDU JINGXUAN(2018)·SANWEN JUAN

中国少数民族作家学会 选编

责任编辑:林　郁
责任校对:刘小燕
装帧设计:周　娟　钟　琛

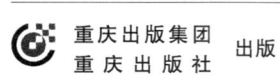

重庆出版集团 重庆出版社 出版
重庆市南岸区南滨路162号1幢　邮政编码:400061　http://www.cqph.com
重庆出版社艺术设计有限公司制版
重庆升光电力印务有限公司印刷
重庆出版集团图书发行有限公司发行
E-MAIL:fxchu@cqph.com　邮购电话:023-61520646
全国新华书店经销

开本:787mm×1092mm　1/16　印张:19.75　字数:260千
2019年7月第1版　2019年7月第1次印刷
ISBN 978-7-229-14046-5
定价:48.00元

如有印装质量问题,请向本集团图书发行有限公司调换:023-61520678

版权所有　侵权必究

《金石榴：中国少数民族文学作品年度精选（2018）》编委会

主　任：吉狄马加　白庚胜
副主任：叶　梅　陈兴芜　邱华栋
委　员：石一宁　李霄明　辛　华
　　　　陈　川　赵晏彪　冉　冉
　　　　王　冰　邱振邦　别必亮

散文卷主编：贺　颖

关注中国多民族文学的共生与多元
（代总序）

吉狄马加

新岁伊始，《金石榴：中国少数民族文学作品年度精选》丛书终于和读者见面了。

这套包含小说、诗歌、散文、评论等多种文体的中国少数民族文学年度文学选本丛书，是中国少数民族作家学会与重庆出版集团合力打造的，旨在以实践来深入贯彻习近平新时代中国特色社会主义思想和党的十九大精神，实现不断推出少数民族文学精品、推出优秀少数民族文学人才、推介少数民族代表性作家及优秀作品，引领中国少数民族文学发展繁荣的愿望。

丛书力求全面立体地展示思想精深、艺术精湛、制作精良的少数民族文学精品力作，以文学的力量促进各民族间的交流、团结、和谐、进步，为实现中华民族伟大复兴的中国梦提供强大的精神支撑。

新世纪已经行进了近二十年，日益成熟的中国多民族文学，已然呈现出令人惊喜的壮阔波澜，正以崭新的勃勃生机，向整个世界传递着中国文化不可或缺的多样性。

中国多民族文学，从来与中华民族的命运紧紧相连。多民族文学几十年的大繁荣大发展,以文学的使命,完成着平等、团结、互助、和谐的民族愿望,多民族的作家和作品,不仅对本民族有着深刻的文化意义,更对整个中华民族有着广大的历史意义。今天多民族作家的创作,除了要放在中国当代文化大语境中,还要放在世界文学与国际视野的体系中进行思索与考量。对个人禀赋的探索,对视野格局的开拓,对知识修养的蕴藉,无一不决定着文学作品的艺术品质;而对艺术方式、创作经验,以及创作过程中的得失等元素的沉淀与回溯,更是完成好作品缺一不可的核心要义,如此,我们才有可能实现更为深远的共生、多元,从而共同开辟中华多民族文学的新纪元。

这套丛书共分为《中短篇小说卷》(上、下)《诗歌卷》《散文卷》《评论卷》五部,每卷二十万字左右的篇幅,也许还不足以将2018年中国多民族文学创作事无巨细地容纳呈现,但至少可以说,是一次对一个年度中国多民族文学集中的归纳与传播。

这些作品汇集了近四十个民族的作者,作品的内容涵盖了生活的众多领域,切实体现了我们的多民族作者依托地域为自己创作的母体,珍惜生活中的点滴宝贵的精神认知,并进而将这些日积月累储存的文学激情,成就出这些文笔传神、文意丰富的作品。

显然这是一个漫长的过程,是一个心灵在生活之中,长期的储存和积累,同时也是对沉淀于民间的民族文化记忆的探寻、打捞。

精神的困境,生命的求索,现实的直面,未来的希冀,常常是小说作者创作的思考维度与契机,而聚焦新时代、反映新生活、展现新风貌,讲述中国故事、体现民族变迁,传播当代中国价值观念、弘扬民族精神,更无异于诞生小说作品极为必要的美学要求。欣慰的是,我们的丛书中小说作品能够很好地展示这一切,体现了中华民族的审美品格,并将讲品位、讲格调、讲责任,有筋骨、有道德、有温度贯穿于作品的文本内外字里行间,使得作品有了思想性、艺术性、观赏性的有机统一,不能不说这是难能可贵的。

作品要弘扬正能量,用光明驱散黑暗,用美善战胜丑恶,让人们看到美好、看到希望、看到梦想就在前方。这可以说是所有文体创作的方向,而尤其是诗歌的追求。丛书中的诗人们以诗歌探问着脚下广袤无垠的土地,在大地之上仰望浩瀚的苍穹,以富有灵性的诗行,播散着或历经艰难困苦后磨炼而出的贵重沉默,或与天地沟通无限畅达后震撼人心的激情,诗学的意境跃然而出,诗意的感性与崇高壮美的民族精神合而为一,抵达了诗学意义上的辩证,以及中国多民族文化中的浓烈悲欢。

《散文卷》作品表现手法丰富,或素朴沉静,或空灵浩远,或深邃激荡,不一而足。进入生活的角度出人意表,而呈现生活的能力从容稳健。作者用自己的独特的心灵律动,谛听着生活中的一切,发现最具艺术审美的生活之源,并以自我的美学素养准确地传递而出。幽微或明亮,清新或温暖,简洁或深刻,无不践行着散文作品源于生活却高于生活的永恒文学规律,以情节生动、细节真实,表达着自我心灵的独特发现,呈现出作为中国当代作家的贵重的使命感。

理论自觉与思想深度,是《评论卷》的特质。历史感和时代意识,是本卷作品的核心底蕴。其间有阐述了少数民族作家民族身份和民族意识的文本,这是对中国多民族文学有着特殊意义的探索;有从整个中华民族乃至人类的视域维度,阐释了一种更为博大的文学意识、更为开阔的文学精神的创作,这是对少数民族理论研究工作的不懈追求。中国少数民族文学理论研究目前还有很长的路要走,要探索与开拓,如何提高少数民族理论研究工作的独特性与有效性,寻找少数民族文学理论研究工作的新观念、新方法,及时解决少数民族文学理论研究工作中的问题,是今后的新课题,我们有理由,共同憧憬更为精彩的未来。

总体而言,丛书的作者能够不忘初心,从中华民族伟大复兴的高度,来认识和书写中国少数民族各行各业,以及整个国家所取得的成就;能够正确看待中华民族五千年的文明史,从更深的精神层面,认识统一的多民族国家的整体性的文化结构与文学态势;能够以总体性的认知与思考,进入创作的角度,发现并尽力表达了中国多民族文学宝贵的异质性,这是足以令人慰藉的。期待明年的年选丛书,还会看到更多的优秀作品,涌现更多的优秀作家。更期待我们的多民族作者们,在新的一年里,继续认真学习习近平新时代中国特色社会主义思想,坚持以人民为中心的创作导向,创作出经得起人民检验的精品力作。

丛书的编写过程繁杂琐细,每卷最后定稿的几十篇作品,并非专题约稿,而是各位分卷主编、编辑,在阅读了几十上百万字的作品后,才凝聚而成的心血。因此从某种意义而言,几位主编与编辑,已经与丛书的每一篇文章水乳交融不可分割。更有之后联络作者的无限冗杂的工序,以及后期的各项工作,其间的辛苦可想而知。同时感谢重庆出版集团对丛书的全力支持,感谢集团中所有参与出版策划和后期编辑的每个人。

祝福我们的多民族文学事业,永远向前!

目 录

关注中国多民族文学的共生与多元（代总序）
吉狄马加 / 001

巴拉格宗记
丹增（藏族）/ 001

红月亮
叶梅（土家族）/ 009

一团美玉似的敦煌
阿来（藏族）/ 016

手机文录
石舒清（回族）/ 025

那一条古老而美丽的茶道
关仁山（满族）/ 031

沃森花草原记事（节选）
鲍尔吉·原野（蒙古族）/ 037

紫云归来常看云
石一宁（壮族）/ 045

牧人、水手和海岬老人
铁穆尔（裕固族）/ 050

韩世昌的昆曲人生
尹汉胤（满族）/ 058

悟道·寻佛·神会和谐
黄松柏（侗族）/ 066

下雪了,我就回来
帕蒂古丽(维吾尔族)/ 071

清风吹过清水河
王树理(回族)/ 080

四月在乌江
张健(苗族)/ 083

悲欢之上
朝颜(畲族)/ 088

解读阿云嘎(节选)
布仁巴雅尔(蒙古族) 著

海风(蒙古族) 译 / 094

盛唐中的八桂诗圣——曹邺、曹唐
潘琦(仫佬族)/ 103

峨边黑竹沟
冯艺(壮族)/ 109

福州四记(节选)
巴音博罗(满族)/ 115

什么东西在吃掉凹村(节选)
雍措(藏族)/ 123

哈丹巴特尔的忧虑
王樵夫(满族)/ 129

领衔花季的至尊稞麦
祁建青(土族)/ 138

村庄里的铁(外一篇)
杨犁民(苗族)/ 144

我的汶川羌寨
杨国庆(羌族) / 152

温暖的家
阿克日布(彝族) / 158

最后的猎王
袁智中(佤族) / 163

名士与历城
侯健飞(满族) / 172

他是父亲,更是乡亲
谷运龙(羌族) / 178

"老派"读书人
马笑泉(回族) / 186

红原四章
巴桑(藏族) / 189

此行水富(二章)
米切若张(彝族) / 194

裹足的奶奶
何霖(布依族) / 199

西海固:若有倾听,肯与倾诉?(节选)
石彦伟(回族) / 205

土命乡亲
余继聪(彝族) / 211

海的雕像(外一篇)
亚根(黎族) / 215

玄鸟(节选)
　　格致(满族)／222

挖掘者(节选)
　　绿窗(满族)／227

勐勐坝,我的香格里拉
　　陶玉明(布朗族)／234

爱在江津
　　郑风淑(朝鲜族)／241

谁记得你青春的样子
　　林虹(瑶族)／246

凤凰,凤凰
　　禾素(傣族)／251

习惯倾诉
　　孙宝廷(阿昌族)／255

南下先祖陈连升
　　谭功才(土家族)／258

来看你,塞罕坝
　　张秀超(蒙古族)／263

我的"军队"舅舅
　　钟翔(东乡族)／271

大化绿雨
　　阿慧(回族)／276

石洞寺的茶
　　左中美(彝族)／281

穿越巴山楚水
甘茂华(土家族)/ 286

独角兽(节选)
向迅(土家族)/ 291

秋到达隆
西月(藏族)/ 296

巴拉格宗记

丹增（藏族）

• ❀ • ❀ • ❀ •

从地图上看一目了然，大自然造就了这天然的不可思议的峡谷。从迪庆藏族自治州州府所在地香格里拉县出发，沿着214国道驱车40分钟，车头往北一调，钻进高耸的峡谷山门。

这峡谷纵深30多公里，两边群峰陡峭挺拔，犹如斧砍刀削。山连山、山叠山、山上有山，山峰插进云端。山与山又互相接连、互相掩映、互相衬托。千姿百态的峭峰，有的雄伟、有的俏丽、有的粗犷、有的幽邃，各有各的英姿。白浪滔滔的岗曲河，被驯顺地限制在深山峡谷，宛如银色的带子，奔腾不息。河水清澈、碧绿、渊深，因为山顶上的雪洁白无瑕，两岸的坡沟被植物覆盖，减少了对泥沙的冲刷。蜿蜒、曲折、迂回，卷起闪光的浪花，飞速回旋的涡流，浩荡奔流的绿水，大自然用这一切条件在这里创造了最理想的漂流地。

进了山门，沿着岗曲河，汽车行驶在宽敞的公路上。这公路是在山如斧削、绝壁千仞的悬崖上开出来的。望头顶见天不见日，有时见光不见天，头上是悬崖，脚下是深渊。路穿越峭壁，水帘似的瀑布，闪着银色的碎光，奏出金属的铙钹声；路依着山势盘旋，微风把云雾吹得千姿百态，群峰则忽隐忽现；路紧贴着长满杜鹃花的山坡，始终往山顶展去，最后消失在白云深处，极目望去仿佛一直通到天上；路横在山顶上,望四周见证着大自然的伟大创造,这样迷人的景色恐怕哪儿也难见。路的左边在蓝海似的天空下,佛塔山上圆下方,浑圆的峰冠不同于一般的山峰,好像是天地宇宙铸就的"坛城",一切都那么对称、和谐、神秘。山顶覆盖着奇异、闪光的白雪,这是巴拉格宗群山的主峰。主峰左边是圣僧峰,像一个站立的双手合十的老僧。右边是经架峰,像一个厚重的、长方形的经书架板。这一切造型逼真,形象生动。佛塔山经常被大团大团的云裹住而不露真容,在阳光的挑衅下半遮半掩,欲盖弥彰。公路右边是散发出芳香的嫩绿的草坪,草丛中点缀着千万朵各色各样的花朵,几头牦牛悠闲自如地躺在草地上,几只雄鹰在高空中自由翱翔。往下看峡谷,就像地球裂开了缝,留下一道空隙,两边都是巨大的岩壁。但岩面上绿荫沉沉,树梢簌簌,还有一点清香郁郁。岩面上爬满苍翠的常青藤,石缝间钻出茂盛的灌木林,山石间长出绿叶茂密、整齐庄严的树木。岗曲河在谷底仰躺着,看天空行云,反哺着搂抱大地的温软。

我们把时空转回到40年前。这里仍然叫巴拉格宗,面积100多平方公里,有30多户人家,160余人,属迪庆县东旺乡的一个村子。巴拉村是个名副其实的行政村,村中的木杆上飘扬着五星红旗,村民家里都挂着毛主席画像,村委会有个木刻章子,挂在村长的腰带上,人人都享有充分的自由。但是,这里山势险恶,没有交通,与世隔绝,巴拉人不知道外面的世界,而外界人把巴拉村的人称为"董抬巴",意思是"野鬼人"。那时巴拉村住的不叫房,叫窝,有土窝、石窝、草窝,许多窝没有窗户,都是黄土拌着草根的墙,顶棚是几根木杆上放着树枝再盖上黄泥,中间有个碗口大的通风口,屋内照明靠那道通风口射下的光线。吃的是野生红荞磨成的糌粑和树枝上掉下的野干果,除了来客、过节,平时很少喝到酥油茶。大部分穿的是毛竹线编制的又粗又硬的外套,小孩多的家庭有一套棉布衣裳,谁出门谁穿。吃饭用的是石头锅、泥巴碗。全村有四户住着两层楼的土房,窗户上镶着三块玻璃,家里还有几只白瓷碗,村里谁家来了贵客,都到这家借瓷碗。这无路可走的穷山沟,易碎的玻璃、瓷碗是绝对的奢侈品。

1985年春天过早地来到巴拉格宗。这里的春天是生长的季节,所有草木吐出了青芽绿叶;是色彩纷飞的季节,满眼百花斗艳,芳香扑鼻;也是生命诞生的季节,无数个生命从冬眠的壳里冲了出来。随着春天的脚步,由在省、州、县担任过要职的,被称为雪山雄鹰的七林旺率领地区交通、教育、卫生等有关部门组成的联合工作队来到巴拉格宗。这是继民主改革之后规模最大的,传递党中央声音的工作队。20多名工作队员背着货物,带着干粮,翻雪山,穿丛林,涉江河来到巴拉村。他们传达的讯息是,党的改革开放、发展经济的好政策;他们要办的事是,要致富先修路,决定要从巴拉村到国道线修一条人畜通道,村里要建一所小学和卫生院。这喜讯和喜事使巴拉村160多个老老少少,浑身蒸腾起热力,好像眼前出现了彩虹。他们满脸堆起笑容,眼珠充满兴奋。

真正意义上说,从那时起,巴拉格宗才打开山门,逐渐把视线转向外界,也开始流进外来物品,改变生活状态。工作组给巴拉村送来三件礼物:收音机、手电筒,还有座钟。这收音机既听党中央的声音,也听外界的发展变化;这手电筒不仅照亮黑夜,还指引前方;这座钟,不仅看时间,还证明时间就是金钱,要抓紧时间。不久,村里办起了卫生所,来了一位穿着白大褂的医生,血压计、听诊器、体温表是村里的三大医疗设备。又把一户村民的大院腾出来,盖上屋顶,摆上桌椅,村小学开学了。一位昆明大城市毕业的老师,领着12名学生,村子里响起了琅琅的读书声。更激动人心的是,顺着弯弯曲曲延伸的岗曲河,沿着两山对峙的峡谷,在西面光秃秃的悬崖峭壁上,钻岩石,炸绝壁,挖土石,架板桥,垒石梯,修了一条宽不到一米的人马驿道。

对于巴拉人来说,这是一条天路,是一条生命通道,也是希望之路。但是,外界人仍然说,"这条路是到巴拉村的崎岖鸟道","是绝壁上留下的一道疤痕",走这条路要过河水12处,穿绝壁16洞,绕急弯18险;还说,"只有不要命的人才走这条路,要走这条路,先留下遗书"。第一批走上这条路的交通工具是骡、马。县供销社组织一批物资,赶着5匹马、3头骡子到巴拉村。令人难以置信的是巴拉格宗偌大的一块土地上竟没有骡、马和毛驴,连一头都没有。他们只有牦牛、山羊,还有温顺的狗。巴拉村的人第一次看到这长着细长的四脚腿,硕大的脑袋,眼若铜铃,耳尖蹄圆,头上戴着笼套,还背着这么多货物的马,都惊奇地围上来观看。当卸完货,一匹马突然快活地昂头长嘶,四周人吓得全跑了。不久县政府送来几匹马给巴拉村,刚开始有的人见了马躲着走,连牵马的人,马打个响鼻,也会扔下缰绳就跑。这样的事,发生在巴拉格宗并不奇怪。

  从这条道上走出一位改变巴拉格宗面貌的英雄,也有人说他不是走出去的,他是飞出高山峡谷的雄鹰。他的父亲白玛旺堆是个身体硬实、性情豪爽、说话落地有声的长者。白玛旺堆没有见过世面,生活苦了一辈子,只盼着儿女们有所作为。大儿子索那定珠从小体格匀称,身材高大,有一张聪明的脸,满身闪射出古铜色的光泽。他小时候在巴拉村,经常听收音机,也是个电影迷,在村里上了小学。他牢牢记住了启蒙老师的一句话:"贫穷不可怕,怕的是没有信念,你要有走出大山的信念。"这早熟的康巴汉子13岁那年,经过一个多月的千思万想,理不出自己信念的头绪:作为长子留在村里照顾父母,还是坚定信念走出大山。在"留"和"走"两个字的相互斗争中,拿不定主意。一天闭上眼睛,想了半天,好像"走"字紧贴着自己,于是抓住它,痛下决心,来到父亲面前,勇敢地说:"爸,我走出去,闯个天下,混个人样,报答您。"贫穷的父亲在离别儿子的时候跟有钱的父亲不同,他对儿子说:"好吧,你走出去,挣自己的面子吧,我对你帮不了什么,只有经常祈祷佛山保佑你平安。你应该开辟自己的路,还要经常记住我们。"父子何时能够重新相见,儿子是否能闯出一条自己的路,这些问号都能从父亲闪着泪光的眼神中流露出来。父亲想多给儿子一点路费,但是没有可能。他手边仅有50元,究竟分多少给他,翻来覆去算了多次,就是全部给他还觉得太少。家里还有5个小孩,一年的生活就靠这点积蓄,但长子出门应该全部给他。他滴着锁不住的泪水,保持着沉默。索那定珠拿了35元,转身就走出大门。

  索那定珠身上穿着虽然破旧,但藏装洗得干净,脚上穿着只剩半截的胶鞋,进了县城。那时迪庆县城不大,只有两条小街,但别的县城有的这里全有,尤其是饭馆、茶铺到处都是。县里最大的企业之一是一个木材加工厂,一个偶然的机会索那定珠来到这个厂。在厂房里听见机器发出的一片隆隆声,看见以闪电般的速度旋转的飞轮,还有在轨道上自动奔跑的巨大圆木。他惊呆了,迅速找到有关领导,要求在这里当一名工人。他的师父有着一张粗糙而和善的脸,那上面留下了这半个世纪他生活酸甜苦辣的痕迹。他对索那定珠关爱有加,想教他一门技术。可索那定珠看重的不是技术,而是机械的功能,木头的来源,销售的渠道。师父实在按捺不住,一天一本正经地问他:"你到底是来打工的,还是想来当厂长的。"据说索那定珠后来在县城开了一个相当气派、豪华的火锅城,位置临街、食材卫生、餐具高档、环境优雅、价格合理,食客络绎不绝,节假日还要提前预约。后来又开了县城第一家五金机械门市部,生意十分火爆。在柜台旁开了个茶室,无论买与不买只要进店可以免费喝茶、抽烟。买多了又可以减价,有的小商品买一送一,商品买得多的客人店里派人送货,一到过年过节,索那定珠就登门拜访大客户。在那个年代运用这种商业模式的也可能只有他,他懂得信用就是资本,善用情感和逻辑推销商品。他发现这县城地域不大，人口不多，做大生意还得到大城市。他来到省会城市昆明，既做零售，也做批发，既做商贸，也做投资。生意越做越大，名声越传越大，同样赚的钱也越来越多。再后来他的生意转辗于上海、广东。

索那定珠从离开家的那天起，魂牵梦萦的是父母的音容笑貌，恋恋不舍的是故乡的山水风情。1998年，他已经是腰缠亿贯的商贾富豪，在大城市里有企业，小城市中有生意，银行里有存款，还有借给他人的贷款。但，他的人生价值并不是只求赚钱享受，挥霍奢侈，而是设身处地替别人着想，忧他人之忧，乐他人之乐。他自己说："生命长短以时间来计算，生命价值以贡献来计算。"他逐渐明白，美丽的巴拉格宗，是金山银山，乡亲们守着金饭碗，过着穷日子。他下决心，返回家乡，领着巴拉村人脱贫致富，开辟新天地。就在那一年，他把资产变为现款，回到巴拉格宗。他请来省内外的专家、学者，调查巴拉格宗100多平方公里内的自然生态、历史文化、人文景观，描绘综合开发的蓝图。不比不知道，一比吓一跳。巴拉格宗，有山水花林，胜似仙境的自然风光；有宗教民俗，源远流长的历史文化；有空气海拔，独具魅力的宜居乐土。专家们认为，这里将成为香格里拉乃至云南观光旅游、休闲旅游、度假旅游并驾齐驱的胜地，是避暑、避霾、养生、养心的好地方。唯一的障碍是交通。

这近40公里长的公路，勘探人发愁，设计人纳闷，在他们的修路经历中还没有碰到过这么险要的地质。索那定珠说："世上无难事，只怕有心人，要以上天捞月的精神把路修通。"当公路通车的那天，巴拉格宗峡谷，人潮像一条波涛汹涌的大河，兴高采烈的狂欢声，压倒岗曲河的轰鸣。山门终于被人的海洋冲破了，山谷终于被人的兴奋撼动了，处处彩旗招展，鼓声震天。川流不息的大小车辆伴着岗曲河在流动，白天山坡上挥舞着洁白的哈达，夜晚星空下挂满了五彩焰花。索那定珠累了、困了。据说他闭着眼睛,听着优雅的歌声,感叹大自然之美,感谢党的好政策。

我先后四次到过巴拉格宗,最近的一次是今年"五一"雪山音乐节。如今,巴拉格宗成了当之无愧的国家4A级旅游景区和远近闻名的国家级风景名胜区,是华侨城云南文投集团属下的文化旅游企业。从国道214进入景区的第一站是水庄村。这个村落只有9户人家,总共不过40来人。每户占地2亩多,石头围墙,三层小楼,后头是菜园,前边是花园,木质地板,还铺上羊毛地毯,天花板上挂着吊灯,那气魄、色调、豪华跟城里的豪宅没有太多区别。每户年收入都在10万元以上,最多的40多万。这里有一百来亩平地,是峡谷间地势最开阔的地方,平地间流淌着欢快、宁静、平稳的岗曲河。河的左右,傍山临水,坐落着两栋藏式外观的五星级酒店,可以容纳800多人。这里最引人注目的是一棵菩提树。如果说背靠石壁的黄山松,被人们赞赏为迎客、送客、望客的象征,那这棵菩提树是自然、历史、文化的象征。据说,它不是人工种植,是自然生长,树龄至今有一千多年,传说故事可以编一本厚厚的书。根从地面沿着笔直的悬崖伸长,茂密的枝叶像巨大的蜘蛛网爬满了岩面,覆盖着整个悬崖,就像是披着绿装的古代城墙。从树腰伸出一只五个指头伸直的手掌,紧紧地贴在石缝间,像牢牢地抓住悬崖,怕树根倒下似的,这是峡谷中令人目眩神迷的奇丽景象。再往上走一公里路,便是已经举办了三届的雪山音乐节广场。两岸青山、一条河流,用石墙围起的露天剧场,容纳6000多人,绿色的椅子排列整齐,身着盛装的听众座无虚席。大自然和音乐紧密相连,鸟儿的啼鸣声、流水的淙淙声,微风的吹拂声,树枝的摇曳声都可能是美妙的乐声。

汽车在公路上继续盘旋、绕弯,来到一个神秘莫测的树林里,一根根竖挺着的老树,抖动着即将飘向空中的残叶,一株株盘根错节的新树,柔嫩的树枝长出鲜绿的叶子。这里有个久远的古迹——度姆佛殿。三层高的佛殿红墙、黑窗、金顶,精巧别致,里边供奉着一千尊面容慈祥、美丽端庄的度姆塑像,藏经阁里摆放着300部全套大藏经。在佛殿对面有座峭壁,笔直的山峰,刀削的崖面,就像苏轼诗选中描述的那样"天工运神巧,渐欲作奇伟……苍崖忽相逼,绝壁凛可悸"。现在,就在这里架起了据说是国内最险、最深的两公里长的玻璃栈道。你走在上面就像在天空中腾云驾雾,往下看弥漫山谷的白云还在脚下,云海间偶然露出一座突兀的危崖,一堆雄奇的山峰。云慢慢淡了,浮动着的轻纱般的迷雾,又笼罩着山谷,树木若有若无,迷雾开豁的地方,可以看到岗曲河的银光,雾的浓淡、变幻仿佛是海市蜃楼。雾已经被鲜红的太阳压进山谷里,一切又恢复了自然状态。

我想想巴拉格宗的过去、现在和未来。人类最高的道德是爱国,国家最高的情怀是爱民。人类要有梦想,对未来的梦想,胜于过去的历史。过去是射出的箭,一去不复返,现在是过去的终结,未来又从今天开始,绝不能是过去的重复。

原载于《人民日报》2018年7月25日第24版

红月亮

叶梅(土家族)

月光下,一条条长龙正在向江边游走。

早些时候,兴奋的人们已在夕阳映照的新建广场上龙腾凤舞,但那只是这个夜晚的预热,更多的精彩尚在摩拳擦掌的期待之中。越来越多的人乐呵呵地等候在江岸的一排排吊脚楼前,娃儿们奔前跑后,雀跃不已。

这是重庆江津人一年中最重要的日子。"谁家见月能闲坐,何处闻灯不看来?"正月十五闹元宵,在位处长江要道的江津一些小镇上已有两千多年的传统,元宵灯火带给人们的欢腾喜悦,自不待言,而在江津的舞龙玩灯之中,更有一番惊天的豪情。

那或许是高山大川养就的。远古的长江从雪山走来,势不可挡地冲破一道道重峦叠嶂,在江津这片山地间,龙飞凤舞地画出一个"几"字,大江之水变得更为浩荡,却又流连不已地绕着此地的一座鼎山,环抱回旋良久才往东而去。正如出生于江津的明代才子江渊所赞:"几江形势甲川东,山势崔巍类鼎钟,岚净天空青嶂耸,雨余烟敛翠华重。"

秀美的江津古时周属巴国,历代均为川东重镇,悠悠岁月里千帆汇集,商肆林立,文人骚客、商贾舟车纷纷来往于此。大江奔流,江津一带的龙门滩、朱家滩、小滩子三道险滩,构成川江峡谷间最为凶狞的滩涂,"龙门非禹凿,诡怪乃天功。西南出巴峡,不与众山同",雄奇的山脉,湍急的江水,造就了一代代大江气派的英雄豪杰。

重庆人爱摆龙门阵,江津人更不例外,爱把自豪的故事说与后人听,逢年过节时更是如此。

话说江津城区的石狮子街有一座江公享堂,悬山式屋顶,始建于明代,正是历史名人江渊的府邸。江渊少年时便文武双全,入进士后被选为翰林院庶吉士,授编修。1449年,大漠以西的瓦剌军进攻明朝,明英宗率军亲征,在"土木堡之变"中惨败被俘,瓦剌军直逼京师,万分危急之时,江渊协同兵部尚书于谦等人力主固守京师,捍卫江山,最终取得胜利。

江渊以功劳和才学在朝廷历任太子太师、工部尚书等职,后回归故里兴建梅溪书院,教授乡中子弟,惠泽一方。明宪宗念其功绩,下诏在江津城里为他建筑府邸,并钦书楹联赐予,至今门前可见那副石刻楹联:"北极勋臣府,西川相国家。"

一代功勋,护国护家,乡风绵延长江两岸。

在那鼎山之侧,屹立着元帅聂荣臻的雕像,他也是江津的儿子,自小勤奋好学,追求真理,一生征战无数,却是侠骨柔情。曾有著名作家魏巍以诗形容聂荣臻"一生厚道人称赞,千秋风流一元戎"。抗战时期的百团大战烽火之中,有一天,前线战士突然发现了两个日本小姑娘在废墟中悲啼,聂荣臻得知以后,当即下令让战士们好生照看,并亲笔书信给日本军指挥官,称两国交战,孩子无罪,随后将这两个小姑娘辗转送交给了日本人。多年之后,得以幸存的日本孤女专程来到中国拜谢聂帅救命之恩,两手相握之时,女子涕泪双流,在场人无不动容。"将军救孤女"的故事感动天下。

前两年,我在撰写长篇报告文学《强国重器》一书时,采访关于我国到目前为止最大的科学装置——北京正负电子对撞机的建造始末,便得知这项重大工程正是由聂荣臻元帅主抓。他曾在中华人民共和国成立后面临科技发展艰难,内外困境之际拍案而起,大声疾呼:"我们被逼上梁山了,自己干吧!"遂受命亲自带领科技大军攻克无数难关,研制成功导弹、原子弹,功炳青史。北京正负电子对撞机正是在他的亲自率领下经历了艰辛的拼搏,于1988年建成投入使用。聂荣臻亲为这项工程的画册作序,写道:"这是我国科学家继原子弹、氢弹、导弹、人造卫星、核潜艇等之后的又一巨大科技成就。中国人民永远不会忘记北京正负电子对撞机建设者为振兴中华科学事业无私奉献的精神,也不会忘记世界高能物理学界朋友们对北京正负电子对撞机的支持和帮助。"

时光荏苒,但聂帅深情的话语犹在耳边。

看长江东去,江心砥石傲然,经历了无数冲刷而屹立如初,长江母亲河所养育的英雄豪杰也正如这江心砥石屹立中流,是为民族的精神砥柱。

这个夜晚,灯火中再现。

同车的小吴已经唱了三支歌,都是写给江津的歌。若不是快到白沙镇了,他还将一直唱下去。透过车窗看到路旁摩肩接踵的人流,小吴忍不住想探头打量,看有没有他熟悉的亲友。

20多岁的小吴在这江边小镇上出生长大,能说一口字正腔圆的普通话,他跟江津街头的青年们一样,穿戴时尚,性情开朗。小吴的父母原来都在白沙镇上过活,一个在建筑队,一个在针织厂,如今全家都在江津城里安居乐业,但每到过年期间父母都要赶回白沙,为的是与亲友团聚,正月十五闹元宵。

小吴自豪地说:"我妈也在舞龙。"他再次看向窗外,想找到妈妈。

"她们那一队全都是女的,耍了好几年了。"他说。

我也很想看到那条由女子们高举的龙,长着什么模样。

还想看看小吴的妈妈是怎样一位女汉子。照说吴妈妈的年龄起码已过五旬,且能舞龙,一定是足够身强力壮。但人头攒动,眨眼间街上如洪流汹涌,只见人们三五成群,或扶老携幼,祖孙三代前呼后唤,或情侣相伴,牵手而行。小吴说,从网上得知,小镇上此刻已有数万人走上街头。

一时间人山人海,喜气洋洋。

要说,江津白沙古镇自唐朝以来便是川东、川南一大水路要津,也是川黔滇驿道上的重要集镇,码头扼守着长江要道,人烟稠密。当地人说前些年,赶过河船到对岸坐火车的,上泸州下重庆的,等船的旅客把码头的一层层石阶都站满了。江面上运煤运盐、运木材的货船往来如梭,直到20世纪90年代前后兴修公路后,码头才变得安静了些。近年来借助厚重的历史文化资源,江津一带都在加倍保护生态,重现长江美景,又迎来了新的红火。

说话间,月亮已升起在大江上空,舞龙的队伍早就按捺不住,争先恐后地摆开阵势,大鼓大锣敲得震天响。川江一带的灯会节目繁多,踩高跷、划花船、耍莲枪、玩蚌壳……还有解灯谜、滚铁环、百步穿杨、唐宋投壶等民间游戏,无论老幼,既是观者又是参与者。

灯谜里有人物风光,有趣的想象和吉祥的祝福。猜谜的人兴致盎然,说:"拜年,谜底打一作家名。"四下猜了一会儿,有人突然悟道:"贺敬之。"

又道:"一对姐妹花,身穿红褂褂,各把门一端,同说吉祥话。"这个不难,猜了片刻,有人道:"春联。"

众人合掌大笑。

江津风气崇尚文化,重视教育,明清时期便建有栖清书院、梅溪书院、聚奎书院等多所学堂,培养了不少文人学士,而尤其令人惊讶的,在江津的几所中学就读过的学子中竟然先后出现了12位中国科学院、中国工程院院士和一大批知名专家、学者。

享誉中外的核物理学家、"两弹元勋"邓稼先便是其中一位。抗战时期的1940年夏天,邓稼先遵从父亲嘱咐,来到江津国立九中(今江津二中)插入高三年级学习。当时物资匮乏,邓稼先用一小管靛粉兑上井水做墨水,用一些废统计图表的背面做练习本。没有统一教材,邓稼先在中学老师指导下,找到商务图书馆和中华书局出版的教本反复对照,取长补短。他在我国核物理方面研究立功成名之后,依然念念不忘在江津上学的日子。

另一位著名物理学家周光召也曾在江津的百年老校聚奎书院、后来的聚奎中学就读。这座校园倚山而建,奇石林立,英气灵动,校训为"志不求易,事不避难",正是周光召日后在科学道路上执着探求的写照。

我在前年采访物理学家们时得知,20世纪50年代,年轻的周光召曾被派往莫斯科的杜布纳联合核子研究所工作,那个弥漫着白桦林清香的国际科学城里会集了许多世界级的核物理学家,而当时年轻的周光召从众多的科学家之中脱颖而出,两次获得杜布纳研究所的科研奖金,其中最著名的是1958年他在杜布纳首先提出粒子的螺旋态振幅,并建立了相应的数学方法,后来被世界公认为是赝矢量流部分守恒定理的奠基人之一。

周光召在杜布纳研究所工作的三年多时间里,一共发表了30多篇论文,引起了国际物理学界的高度重视,成为蜚声国际科学界的青年学者。当年有一位对中国怀有感情的苏联专家在中苏交恶,从中国撤离时曾说:"你们不要发愁,我们走了,你们也能把原子弹研制出来,你们有邓稼先、周光召……"

这应算是一种历史的惊喜,小城江津滋养过这些杰出的人物。邓稼先、周光召等12位院士曾伴着江津的月光,长江的涛声,恰同学少年,风华正茂,卧薪尝胆练就一身学问,保家护国终成大业。

在这合家团圆的元宵佳节,那曾经俯视过他们的月光美丽如初。

月亮高高地升起来,"打铁水"开始了,灿烂的火花照亮了天际,男女老少的脸上都映照着天上的月光和人间的火花。

春去春又来,白沙古镇上的人都知道,年年闹元宵最让人兴奋的盛宴是绝技"打铁水"。这是江津当地一门属于非物质文化遗产的传统技艺,源于明末清初,最早来自民间补锅匠的手艺,锅补好后,用剩余的铁水在坪院里抛洒戏耍,以此祈福,后演化为逢年过节时补锅匠们聚集在一块儿"打铁水",寓意日子红红火火。

这时,在准备玩灯的空场上,"打铁水"的师傅们早就搬来了炉子,木炭烧起大火,熔化铁水……一切准备就绪,锣鼓也一阵紧似一阵。在人们紧张的期待之中,一位师傅终于举瓢舀起沸腾的铁水,接着随手一抛,他身旁的几位迅捷地用一块木板接住,然后转身将那铁水洒向空中——刹那间,但见无数颗流星冲向夜空,划出一道道璀璨的弧线,随之一朵朵盛大的焰花依次绽放。

围观的人们发出一阵阵欢呼。

一边惊叹一边好奇,铁的熔点高达1000多度,"打铁水"怎么做到如此自如的呢?火红的铁水在那些师傅们手中就像是温柔的锦缎,随手就裁出千万花朵,他们的动作不慌不忙,娴熟自然,就像舞蹈一般。小吴在一旁笑道："这些抛铁水的师傅都是白沙附近普通的农民,但'打铁水'的家传大都四五代了,从爷爷的爷爷传到如今,他们从小就练习,早就得心应手。"

不觉看得痴迷,红彤彤的铁水一次次被掬起抛洒,又恰似天女散花,姹紫嫣红,那火树银花不夜天,或许正是由此而来?正看着,突然鞭炮齐鸣,一只又一只长龙摇头摆尾地冲向了铁花绽放处。

他们在热烈的火花中穿行,舞龙者袖口裤管都扎得紧紧的,头巾将头顶和大半个脸也都遮得严实,放鞭炮的人故意将炮仗朝他们跟前丢放,但一个个舞龙者毫不躲闪,反倒一个劲直往炸得响亮的地方钻,越舞越带劲。江津人称之为"炸龙",噼啪声中,果然是冲天的豪情,传世的勇气。大龙小龙,还有女子们舞的龙,群龙相会,一片欢腾。

数万人在这一刻就像铁水似的沸腾起来,他们释放一年的辛劳,燃烧新一年的希望。这漫天火花不是焰火却胜似焰火,它那么明亮,那么滚烫,灼灼辉辉,连天上的月亮都被它灼热了。

一抬头,那半空中的月亮真的是红了脸庞,圆圆的,仿佛可以触摸到毛茸茸的红晕。我从来没见过那么温暖的月亮,红月亮。

在这个夜晚,人们向往幸福的元宵之夜,月亮也播洒着温度,它让我们的心也都热热的。"蜀江春涨涌波澜,泛溢龙门两岸宽。"古人江渊的诗印证了他的家乡长江之上的春浪,正滚滚向前。

原载于《人民日报·海外版》2018年5月14日第12版

一团美玉似的敦煌

阿来(藏族)

对我来说,世界上从来没有一个地方,那样反复阅读在心,又从未身临其境。不是没有机会,而是总觉得要再做准备,再做些准备。这次前去还是没有做好准备。好多地方,都是叫自己早些去,早些去吧。偏偏这个地方,总对自己说,还是知道再多一点,再多一点。

这个地方,就是敦煌。

中国境内的丝绸之路沿线,好些地方都去过不止一次。只今年,就去过吐鲁番,看高昌和交河。又入天山,去伊犁河谷。不久前,再去武威,为我向导的作家朋友叶舟已经做了从武威穿河西走廊直上敦煌的安排,但我还是取消行程,飞回了四川。

这次却因为不能推辞的活动,不得不上路了。

其实,有时候自己也不知道这到底是因为什么,唯一的理由,似乎是因为这地方的文化遗存如此丰富。丰富的另一种表达,就是复杂。丰富或复杂,正是头绪繁多的深远历史决定的。总在纸上读历史。以前读过的不算。今年又重读唐代的边塞诗与凉州词,读斯坦因和伯希和的考古记录,读林则徐和谢彬的西行日记。其间敦煌这个地名,是最吸引我的字眼。当然,还有那些传法和求法路上中西僧人的行迹。这个地方,法显去过,鸠摩罗什来过,后来,唐玄奘去过,也来过。

还有那么多不同民族的身影在这条曾经的国际大通道上出现过,那么多不同的语言在这个时空中响起过。他们彼此刀兵相向,用那些语言嘶喊;他们交易,用那些语言讨价还价;他们和亲通婚,用那些语言歌唱。这些人血缘驳杂而精神健旺。他们传播并接纳彼此的文化,用不同的语言讲述儒家和道家的经典;讲述祆教、景教和佛教的教义;他们从不同的方向彼此走近,用不同的语言彼此打探互为远方的消息:国家、人民、信仰、风习、工具、衣冠,以及物产。

命名了丝绸之路的李希霍芬谈到张骞通西域这段历史时,不是只注意军事与政治的角力。他说:"张骞建立了关系,使得其后几年里能把栽培的植物传到中国来。"

有记载说,张骞通西域发现中亚的汗血宝马时,发现这种马嗜食的草料是中国没有的苜蓿。于是,他从大宛国带回了苜蓿种子。汉武帝命人在皇宫旁的空地上遍植此草。这样的历史细节,中国史书中也有记载。比如创作于6世纪的《述异记》还记有此草由来:"张骞苜蓿园在今洛中,苜蓿本胡中菜,骞始于西国得之。"

后来,这种本是牧草的植物还进入了中国人的食谱。南北朝时期的陶弘景留下了这样的文字记录:"长安中有苜蓿园,北人甚重之,江南不甚食之。"

张骞从中亚带回的植物还有如今广泛种植的葡萄。

这些植物已然改变了中国大地的面貌,也改变了中国人的生活。

"葡萄美酒夜光杯,欲饮琵琶马上催。"

人是饮了葡萄酒的人,马是食了苜蓿草的马,何况还有琵琶!

"凉州七里十万户,胡人半解弹琵琶。"

琵琶就是敦煌石窟飞天女手里的那个琵琶。乐音响起时,苜蓿花已经在中国原野开放,葡萄藤正在中国田园的篱架上攀爬。这些植物都曾和携带他们的远行者一起,经过了敦煌。

飞机下降,敦煌在望,在机翼前方。我从舷窗俯瞰,看见过去称为南山的祁连,积雪的山峰,绵延的山脉。融雪水顺着清晰的沟岔流下。有些流进了绿洲,有些还未及滋润出一点绿色,一丛草,一棵树,一个村庄,就在赭红色的荒漠中消失不见。

这时,我想到的不是敦煌那些著名景点,只是专注地眺望着雪山水浇灌的绿洲。最迫切的愿望就是要亲手触摸到融雪水滋润的绿色,要到绿树环绕、田畴整饬的绿洲上走走看看。

一下飞机,我就走向绿洲,这很容易,因为敦煌这个城市就置身于绿洲中间。

一条水渠把我引向了田野。

我看到了田野里的葡萄园,看到了刚过花期的苜蓿草。两千年过去,它们已经从汉代皇家宫苑中种植的西方异草,逸生为寻常的野生植物。我在渠边的白杨树下发现了它们,不是很多,但确实是苜蓿。我所以留意于此,是因为法国人伯希和于1908年到达敦煌的时候,也注意这种可作中西交流史证明的植物。他认为,张骞当年是在康居国采集到的苜蓿种子。他在日记中写道:"在新疆,到处都是苜蓿。""到达敦煌以来,我们就再也见不到它们了,也可能直到北京都再也见不到它们了。"此前,我曾在走进敦煌南倚的祁连山中时,见到过逸生到野外的苜蓿。伯希和写这篇日记的时间是2月24日,那时的敦煌还没有春天的气息,那些去秋枯萎的植株早就被风沙摧折扫荡干净了,所以他才没有发现吧。

敦煌是有苜蓿的,而且古代敦煌还种植苜蓿。敦煌遗书中有这样的记载:"五月廿日,粟四斗,坌苜蓿园……"这是说,用了四斗粟,付雇人垦苜蓿园的工钱。苜蓿不只是优良饲草,青嫩的苗尖还可以作为蔬菜食用。最新版的《敦煌市志》对古代敦煌农作物考据详细,将苜蓿列为古代敦煌主要的八种蔬菜之一。"茎叶嫩时可做蔬菜,苜蓿花可以提取香料。"并引敦煌遗书,某年端午节一位陈姓小吏送上司贺节礼:"香枣花两盘,苜蓿香两盘,青木香根两盘,艾两盘,酒两瓮。"真是清雅可爱。

敦煌此地,即便不是从复杂的历史、文化、语言寻找入口,就是从一株野草闲花、一种看似寻常的植物入手,其蕴含也是如此丰富,如此充满历史况味。我走过一些麦地、一些瓜田、一些果园,灌溉这片绿洲的渠水在白杨树荫凉下哗哗流淌,在阳光下闪闪发光。

在这里,植物也是我自己的历史课上的生动材料。

西域的植物经过敦煌东来中国。中国的植物也借由丝绸之路,经过敦煌去往了世界。美国人劳费尔在关于物质交流史的著作《伊朗中国编》里就说道,中国的桃和杏就是借由这个通道传到了外国。劳费尔说:"尽管出产野杏树的地带从突厥斯坦一直延伸到逊加里亚,蒙古东南部和喜马拉雅山,但中国人从古代起就最先种植这种果树,这却是一件历史事实。"

"以前的作者把桃杏向西方移植这件事很公平地看作与中国在张骞出使西域之后和西亚来往密切是有关联的。"

关于中国的桃树在印度的出现,玄奘在《大唐西域记》中也有记载。印度有一个叫司乞特的王国,一名叫做加腻色迦的国王在朝时,一些甘肃河西的人到了那个王国,这位国王善待这些来自中国的人,分配给他们土地和宅邸。他们居住的地方就叫中国地。这些中国人在中国地上栽种了他们带来的桃和梨。以后,这个王国的人就把桃叫做"至那你",意思就是中国桃。而中国梨的名字则叫做"至那罗阇弗旦逻",意思是中国王子。

唐玄奘去印度求法取经时,经过敦煌时虚心苦身,回来再经敦煌,除了满心佛学上的正知正见,还从异国带回了这样美丽的中国故事。"人面不知何处去,桃花依旧笑春风。"那些当年进入印度的中国人的行藏早就无处可寻踪迹,但桃花却在异国春天永远开放。

晚上,在酒店吃着醒酒的瓜,又想起这些汁液甘甜的果实的来历,想起它们对不同自然条件与文化习惯的适应,想起因此而起的品种改良与增加。更想起它们的流布,敦煌都是一个绕不开的中转站。

这里是一个国际性的文明集散地、文化中转站。

这里发生的故事,不只有不同族群间的流血冲突,不只是不同文化在生存竞争中一较高下,还有交往、交流、交融。交融是最终的结果。即便最初的形式,文明的竞争以流血开始,最后的结果还是相互融合。即便是失败的一方,也还向胜利的一方输送了某些生命基因与生存的智慧和经验。在我们这个国度,大多数人的历史观的养成靠那些演义体的小说或小说体的历史书。网络时代了,这种历史观反倒得以更方便地蔓延。在这种历史观的笼罩下,民族间的历史就是战争故事。每个人心中都是一部胜者为王败者为寇的简洁版攻伐史与谋略史,随便哪朝哪代都是某朝"那些事",而真正的历史应该是一部文明成长史。

在敦煌这个地方,如果愿意做一个求知者,而不是一个满足于到此一游的游客,确实可以学到很多东西。因为时时处处,文明史都在这里现身说法。

第一个敦煌之夜,我把一些涌入脑海的零碎想法记在纸上,由此想到关于中国纸流传到西域的文字。

马可·波罗曾经写下他在中国见到的造纸方法:"……取下某一种

树的皮,其实就是桑树,叶子是喂蚕用的——这种树非常多,到处都是,所取下来的是树里面的木质与外面厚皮之间的白色薄皮,把这薄皮制成很像纸张的东西,但却是黑色的。纸张造好了时,便裁成大小不同的块。"马可·波罗记载的纸,不是普通的纸,而是用于制造纸币的纸。美国学者劳费尔说:"尽人皆知中国人是钞票创造者。元朝统治者最早在1294年就把纸币传到波斯。这些纸币完全模仿忽必烈的纸币,连中国字都照抄下来作为票面上图案的一部分……关于这件事最有趣的一点是,在那一年中国的木版印刷第一次在塔不利思用来印这些钞票。"

其实在更早的唐代,敦煌这个地方就开始造纸了。敦煌文书里就有多则涉及造纸匠人的记载。特别是从唐末到宋初的归义军统治时期,敦煌地区大部分时候与内地隔绝,但此地因为佛教的昌盛而对纸张有大量的需求。那个时代表达信仰、营造石窟当然是上上功德,但那窟可不是随便一个人就可以造得起的。退而求其次就是写经,绘制菩萨像,都需要消耗大量纸张。于是,敦煌本地的造纸业也就发达起来。造纸除了技术,还有原材料问题,敦煌造纸不像内地有楮与竹一类的广布资源。敦煌是完全的灌溉农业,造纸原料主要是麻。麻在古代是重要的农作物,中国虽然以盛产丝绸闻名于世,但大多数老百姓,日常与劳作中的穿着,还是布,即麻布。麻籽更是重要的油料来源。古代的油除了食用,还有一个重要用途就是照明。为了造出品质更好数量更多的纸张,必然带动种植业的进步。造出更好品质的纸不只是技术问题,很多时候原料的品质更是关键。归义军时期,敦煌有很多造纸作坊,由以经商才能闻名于世的粟特人开办经营。如此看来,粟特人不仅全民族投入古丝绸之路的商贸流通,也在从事着节节传递先进技术的工作。

1907年,斯坦因就在敦煌地区的汉长城遗址中发掘出了汉代的纸。他的《西域考古史》有一章"沿着古代中国长城发现的东西",有一段这样说:"我已经说过不能在此处把有趣味的发现品一一说到,但是有一件我要说一说,我在这段长城一座烽燧尘封堆积的室中发现了八封干干净净用古窣利文字体写在纸上的书函……其中有些找到时外面用绢包裹,有些只用绳缠住。这种字体因为过于弯曲以及其他缘故,极难认识。现在知道这是中亚一带商人到中国以后发回的私人通信。"

斯坦因说,这些中亚商人"显然很喜欢用新发明的纸作书写材料"。

斯坦因把这些纸带回欧洲请造纸史权威进行了研究,"证明这些书函的材料是现在所知道的最古的纸,制法是把麻织物弄成浆,然后由浆以造纸,正同中国史书所记载西元105年之初发明的方法一样"。想想,那时纸才发明出来不久,就有来到中国从事贸易的外国商人用异国的文字在上面书写了。

造纸术在敦煌繁盛的时期,纺织业也在这一地区得到发展。除了传统中国麻的纺织、丝的纺织,更有意味的是棉纺织业在敦煌的出现与发展。棉花也是一种外来植物。中国史书就记载了与敦煌近邻的高昌(今新疆吐鲁番)种植棉花的情况:"(高昌)多草木,草实如茧,草中线如丝纩,名为白叠子,国人多取织以为布。"用棉花织出来的布,不仅自用,还用于市场交易。"布甚软白,交市用焉。"

敦煌与高昌在地理上是近邻,自然条件相似,受其影响,学得植棉纺棉的技术有着优越条件。

敦煌遗书中就多有关于棉布的记载。那时,把棉布叫做"绁"。而且也甚为珍重。人死了,所遗财产中绁是重要物品。一个叫孔员信的人死了,其子女为分遗产闹纠纷,状子递到官府,所争之物中就有"安西绁二丈"和"立机一疋"。"疋",同匹。"立机",是刚下织机未经洗染的生棉布。一个名叫杨将头的人死后,留与小妻的遗物清单中也有"白绁袄子"。一个人的母亲去世,在寺庙"设斋施舍回向",施舍的重头也是棉布:"施细绁一匹,粗绁二匹,布一匹。"

归义军时期,官方税收也有棉布。敦煌遗书中有《官布籍》数件,其中就规定了具体的征收标准:每250亩地征收官布一匹。

考古学证实,棉花是由南北两路向中国传播。南路是印度的亚洲棉,经东南亚传入海南和两广,再渐次传入福建、两湖与四川等地。北路则是非洲棉经西亚传入新疆和河西走廊,再传入陕西渭水流域一带。这个传播时间非常漫长,到达陕西渭水流域时,已经是13世纪了。这也说明,敦煌不只是一个贸易的中转站,也是一个技术的中转站。

短暂的两天多时间,我要离开敦煌了。下午四点,飞机起飞。这一回,和来时不同,我没有眺望南山和南山上的千年雪,没有去看南山的融雪水如何到达敦煌绿洲,或者未能到达便消失于茫茫戈壁。这一回,我只看着那片绿洲,那些蓬勃生长的树;那些围绕着村庄的田畴,水渠和道路将田野擘划出规则的图案。飞机越飞越高,越飞越远。飞机向东飞去,而太阳正在沉向西方的地平线,终于,地面的绿色消失了,消失在西斜的太阳放出的万道金光中。

如此,敦煌在我心中已是一个绿意葱茏的具体存在。再见敦煌!

在与中原隔绝的归义军时期,为表达对故国的忠心与向化,敦煌常遣人向唐,向五代诸国,向宋进献美玉。那时用的一个关于玉的计量单位是团。公元924年,"沙州曹议金进玉三团"。932年,"沙州进玉三十六团"。965年,"甘州回鹘可汗,于阗国王及瓜州皆遣使朝宋,献玉五百团"。

是的,当敦煌渐渐从视线中消失,我已经开始回忆。

我依然注视着绿洲上的绿,任凭那绿意越来越模糊、越来越遥远。这时的敦煌,在我眼前幻化成一块美玉,绿意漾动,悬挂在黝黑、赤红、金黄的色块相互交织的大戈壁胸前。有一个声音在高声诵念:"美玉一团!""美玉一团!"

再见!敦煌。

敦煌就是那些东来西去的植物染绿的最美的美玉一团!

原载于《青年作家》2018年第1期

手机文录

石舒清（回族）

◦ ❀ ◦ ❀ ◦ ❀ ◦

  他花了相当功夫，在箭头上浸了足够的毒后，却踌躇起来了。好像还没有一个仇人需要用这样的箭来射。这样的箭如果射到不相匹配的人，可就太不值当了。他沉吟着，忽然就觉得满意，为有一个这样的箭头满意，为自己没有一个仇人需要用这样的箭来射感到满意。风缩紧着身子吹过的时候，他会把箭头举高在风里，这时候箭头会发出火苗，而且那火苗和风相亲，即使在强劲的风里也不熄灭。他就用这个方式安抚着箭头。觉得自己空有了一身本事似的。他觉得满意。为自己空有一身本事觉得满意。他在楼上，看到那么多人来去街头，没有任何一个人值得他射出一箭。那个可以摁下核弹头开关的人，和他是几乎一样的心境。

  水装在方的瓶子里是方的，装在圆的瓶子里是圆的。瓶子是什么样的，水就呈现为什么样的。人也是一样。不同的制度就像方圆不同的容器，人如同水在各样的容器里。制度是什么样的，人就是什么样的。就像容器变了，其中的水的样子要随之变化一样，制度变了，人也就随之变化。比如从很窄的巷子里经过时，人不得不斜着身子。如果巷子足够长，斜着身子走久了，整个人就会变样子的。

  如果人多，我就赶过去藏在里面，体会一下各式各样的热闹和氛围。看见人们像砸在地上的暴雨点儿一样欢欣鼓舞,像麦浪那样层出不穷,像果园里挤挤挨挨的果子那样探头探脑喜出望外,像大群的流放犯在晒太阳,像货郎的针头线脑。总之人多的时候作为一个数量加进去,而避免成为质量。然后当你单独一个人的时候,你从各种社会关系里出来成为单独的。屋子像一个野兽的洞穴。我对洞穴似的房子总是别有情愫。这时候我就一次次否定自己。像把一棵树从原地挖掉,看着那露出来的空虚一样。像吹灯那样吹灭了一个小树林似的。一切都那样的容易存在和消失。否定到必要的程度时,我觉得到可以悄悄肯定的时候了。我压着心跳,向着镜子里深深看了一眼。

出行的时候,他们抬着各种各样的镜子走在街上。没有什么欢欣,出行是一件很累人的事情。每一面镜子都泛出光来,使抬镜子的人一律黑乎乎的。除了街上的人,也就再没有什么人。也许人太多的原因,倒是什么声音也听不到。树上空空的。树干铁硬而又直偃。风翻弄着残剩的叶子,就像穷人摩挲着口袋里仅有的零钱。太阳到底胆怯了,不时就躲入云层里去,又禁不住好奇,在云层的边儿上探出一点脸来看着。镜子好像不需要太阳的光似的,白花花的有毒的光怒放着闪烁着倾泻着。上帝在一个小窗口看着。这世上的事情,好像连上帝也搞不清楚。

很多艺术家把自己的家越来越搞得像一个坟墓。不知是什么原因。

我把窗帘拉住,使屋内有合适的暗度供我写作。我在太亮的地方无法写东西,好像文字一个也逮不到似的。我需要自己像个影子那样伏案劳作。窗帘拉住。屋子里暗下来。至少笼子里的鸟是看不大清了,只听得它模糊的叫声。我和笔相亲了一会儿,使笔顺当地在我手里。但就在我想动手写时,屋子里慢慢地又亮起来。我看见光透过窗帘照进来。怎样的亮度里适合写作,这是我一直尝试和摸索着的。

马老了,瘦了,皮包骨头,上不得战场了。辉煌的岁月过去了。那时候残阳如血,满耳朵都是刀枪声。汗水使马发亮。那时候扬蹄叫一声,云彩会像干柴一样投进火里。都过去了。记满账的本子通通一笔勾销。多少骑士都到坟墓里去了。骑士的坟头长草不长花。一切都过去了。在漏风的马厩里吃草。草像擀面条。慢腾腾的要嚼很久。心境平和。剩下来的日子就是这么过的。

莫言发表在《收获》2017年第5期的小说已看了两篇,还是好小说,更讲究了,有锋芒有底蕴。线索多意味多,难以分析。从容里多少有些矜持,像一个野女子过门当了小媳妇那样。还是有许多值得揣摩和学习的东西。说明莫言到底是可靠的。虽是很短的小说,但都有翻阅不尽的感觉,尤其《左镰》一篇。同期的冯骥才的文章也好,气魄大底蕴深。老一辈厉害,年轻的整体感觉还是差一大截。

在中国玉蝉文化中,古人不仅推崇美玉,而且对蝉情有独钟,主要有以下三个方面原因:首先蝉能脱壳再生,是生命延续不断的象征。蝉初冬入土,来年夏季幼虫从土中钻出,羽化成蝉,栖于丛林树干之上,古人死后口中含蝉,多少寄托希望像蝉那样能够再生的愿望。其次蝉不食人间烟火,古人曰"饮而不食者蝉也",因此人们佩戴玉蝉,则意在表现佩者廉洁脱俗、高雅清逸和不随波逐流的品质。再者,蝉还是一种候虫,每年到庄稼蓬勃生长和成熟之时,必鼓翅长鸣。北魏贾思勰《齐民要术》有南方"蝉鸣稻"七月熟记载,汉代亦有"蝉鸣黍"的记述,可见蝉还寓意农业丰收。另外今人佩玉蝉于腰间,称"腰缠万贯",悬于颈上曰"一鸣惊人",多有企盼吉祥富贵、带来好运之意,这大概是现代文明对玉蝉的最高褒奖。

夏又至,赏玩玉蝉,捧出一片惬意心境,好像吹来一阵凉风。

受托给同村哈子叔的孙子起名字。人名不好起,尤其哈子叔为妥姓,好像更不容易起出一个好名字来。起了如下名字聊供选择:

1. 妥一成:意思是一辈子专注于做一件事情,全力以赴,把这一件事做好做成功。

2. 妥玮:玮是美玉的意思。

3. 妥良臣:良是优秀出众的意思,臣指的是为国家效力的高级官员。良臣就是指为国家为人民作出巨大贡献的人。

4. 妥子清:意思是妥家的后人清清白白干干净净。

5. 妥善从:两层意思,一层意思是遇到事情不慌不忙,妥善处理;一层意思是指向好的看齐,向善的靠近,从善如流。

6. 妥贵生:意思是生于贵重人家,一生活得有价值有品位,是高贵的贵重的一生。

7. 妥鼎:鼎指的是大,强盛,稳固,稳当,也指国家难得的宝物和举足轻重的人物。

哈子叔好!想了上面几个名字,各自的意思都附在后面,请看看能选出一个么?我比较满意妥鼎,意思好,和别人不重复。我的一个老师叫马知遥,下午见到他,起的名字叫妥一松,取的是松鹤延年、平安长寿的意思。

河里养活着许多东西,是河都不知道的。河水只要盛大,就会总是有所养育。这并不使河水减损任何。但是当河水干了的时候,它所养育的都要死灭。凭河水养育的,都要凭河水的干涸而死灭。所以治理的人从不施与妇人之仁,关心这河里的一两样生命。他会严肃地问:河好着么?河如果好着,就一切都好着。

表弟

我的小说《表弟》

改成了电影《红花绿叶》
导演说
表弟这名字不好
不像是一个好电影的名字
红花绿叶多好啊
导演说得有理

小说写的是一个真事
我的表弟古柏
身有疾病
好不容易娶了一个媳妇
总怕她跑掉

现在他们的孩子
都上中学了
表弟甚至有时候还可以
发一点小脾气在家里
就像真主补给古柏
的一份福利　他媳妇
壮实得像头小牛

人都说古柏
说古柏啊你了不得
你都上电影了你知道么
古柏也看了电影
他说电影真是胡演呢

尤其演他媳妇的那个
差点把他的牙都
笑掉了

小说改成电影
改动很大
但我的表弟
还是原样

原载于《人民文学》2018年第4期

那一条古老而美丽的茶道

关仁山（满族）

武夷山的美总也无法让人看透，这里有太多我不知道的东西，散发着美丽而神秘的气息。这种气息潮水般向我涌来。这个美丽的秋天，我试图与那种神秘的气息沟通、融合。可是，我的心像漂流的竹排渐渐漂远了。

武夷山的大美，简直无法概括。生活是累心的，需要我们认真发掘生活之美。我们要善于采撷，善于与美对话，善于在历史的风景中找到新的风景。

武夷山有怎样一种美呢？

我的感受是古朴、清丽和开放之美。是的，武夷山的名茶大红袍自不必说，武夷山城村有着汉城遗址，被专家称为"江南汉代考古第一城"。古人云，宇宙间三十六名山，地未有如武夷之胜；孔孟后千五百余载，道未有如文公之尊。这里说的文公便是朱熹。这位跨越时空的伟人，留给武夷山太多，当我们走进武夷书院，感受到他的和谐包容，共同发展，以伦理纲常的法度，齐家修身治国平天下至今有着传承价值。这个书院，其中隐藏着文人多少故事啊！那是梦幻般的意境，颇为赏心悦目。朱熹说："心大则百物皆通，心小则百物皆病。"一语惊醒梦中人，我们好像从梦中醒来，人生不就是这样吗？养心的武夷山啊！看武夷山的山水，茶道，品茶，给人不一样的赏心悦目感受。我似乎已成了武夷山的一分子了。

我们走进了下梅古村，看见祠堂、绣楼等古建筑，别有一番感慨。这个建于隋朝，兴于宋朝，隆于清朝的古村落，目前残败的城墙，给我们非常深刻的哀伤之感，还有现代人苍凉凄厉的追念。它笑看朝代的风云聚散，让我们与历史相识，给我们留下谜语，留下疑问，也给我们留下了无尽的思考。我生命的一部分，已经悄悄潜入武夷山的骨血，灵魂突然地飞起，超越了时空，并在飞翔中体味古城的独特味道。

这里是中俄万里茶路的起点，清代，晋商常氏看中了下梅村的邹氏，两家开始了长达一个世纪的合作。共同打造了一段令人荡气回肠的财富神话。

风景朴拙而深奥，极有韵味，极为独特。武夷山人常常不无自豪地说：我们是武夷山下梅村人。这里是万里茶道的起点，武夷山人爱茶。

武夷山茶让古丝绸之路有了渊源。

茶道意象通明，透出一种温柔淡定的平静。我们的手抓不住岁月，岁月像飘零的云朵溜走，可这下梅村却存贮了文化的记忆。梅溪河，一碧如洗。小桥流水，绿树倒影，映衬这两岸民居秀色，多么温馨。这时的阳光从屋顶退了下去。秋天的和风吹着白云。周围环境优美，有袅袅的香气环绕，有多彩的蝴蝶飞舞。蝴蝶从花丛中飞起，把梦留在最深最醇的芳香里。这下梅村的格调，引发我们无穷的想象。特别想起万里茶路掀起的历史云烟，让人觉着奥妙无穷，意味深长，别有风韵。

过去，我常常听人说到武夷岩茶。

爱花的人，都是热爱生活的人；爱茶的人，都是热爱生命的人。

生活与历史接通靠什么？靠通天大路啊！万里茶道代表豁达和淡然，是幸福门前的大道。轻轻地走过去，就会别有洞天。走进下梅北街邹家巷，四幢门楼连为一体，华丽表情下显露寥落的人迹，精美的屏墙，滋生的幽兰，苔痕青青，凉意徐徐，茶香与书香延续着家族的梦想。这样的下梅村是活的，是有灵魂的，我们仿佛看见历史的痕迹，判断出它的内在情感。其经历像银幕，上演了古往今来武夷茶人的波澜和传奇。

一切尽收眼底，又感觉什么也没有，远古的茶香和书香追随着我，让我有静悄悄的孤寂。没有冷硬的姿态，只有温暖的瞬间。那是无限陶醉的神情。我曾痴痴地想，读书和做茶是人生最雅的两件事，要是让我穿越回到那个万里茶道的时代会做何感想？

茶道既让我们想到历史，同时也让我想到前进的路。

万里茶道的前方好像有价值连城的宝藏，但是，这宝藏的获得需要艰辛的跋涉，有时还要付出贵重千倍的生命。在漫长的岁月里，无数孤寂的夜晚品尝愁绪。于是，便有了人在途中的思考。途中面临生死考验的时候，继续前行还是后退求生？这种思考是短暂的，也是长久的，这样的生死抉择是对人勇气和决断的极大考验。我不知道世上还有什么考验比它更严峻。那是人类内在的勇敢与精神的超越。

那不是归人，是匆匆过客。

只有到了武夷山，历史中的一切尽收眼底。深入历史深处，飘荡着岁月的风情。这条万里茶道上太阳升起，好像世界被重新分娩了一次。历史故事，意象通明。万里茶道以武夷山下梅村为起点，经江西山河口，经鄱阳湖、长江、汉水，上岸后越黄河、太行和大漠、草原，最终到达中俄边境的商城恰克图。然后再由俄商，继续向西延伸，向西横跨西伯利亚、乌尔拉，直至莫斯科、圣彼得堡，以及中亚各国。

我们可以想象，当年是怎样的盛景啊！宗教传播爱，爱茶的人，传播大爱与吉祥。爱茶的人,爱得真而深,真了,深了,便会体味到茶独特。我愿怀了炽烈的爱去欣赏茶和茶道。所以,我希望自己有一颗琴心。

灯光、明月和繁星散发着晕光,夜来无眠,我的心像飘忽的光。在今天的物质生活中,当我与庸俗的日子绝望拉锯的时候,必然的忧伤如期而至,此时,我就格外崇敬历史上那些伟大的茶的使者,他们的心灵漂浮在路上,无论遇到什么样的困境,都依然前行,这是万里茶道最大的秘密。茶道以它无与伦比的壮阔,告诉人们永不凋谢的秘诀。武夷山依旧放声歌唱,我知道它终会带我们去远方。

历史的珍藏会在漫长的岁月里发酵,香飘万里。世界那么大,都想去看看,世界向武夷山人敞开博大的胸怀,拥抱那些勇敢者。以武夷山下梅村为起点,历史的记忆,思想的浪花,就这样在新时代网织着一个立体的形象。

茶道为生命而歌唱,不离不弃,鞠躬尽瘁,至死不渝。我想着,茶道有多少种颜色呢?土黄色?青色,白色,杂色?说得清,也说不清。

茶是自由的,风是自由的,路随风动。其实,人生如茶。我们渴望知道,又不愿相信,那无法预见的命运。人生就是一杯茶,浓也好,淡也罢,自有味道。我们是天地的过客,许多事情我们做不了主,越想抓牢的,越是离开我们最快,像茶一样,越喝缘分越深,品的是茶,是生活,是人生的掂量,读的是整个世界。在武夷山傍晚的微光里,看上去像一个梦。人生啊,看清看淡多少,痛苦就会远离我们多少。我自己的一些烦恼事,在武夷山猛地想明白了。我看见两个孩子,站在武夷山遥望大路,一遍遍遥望,我猜想着孩子们的真实感受。他们是武夷山人,还是另外地方来的游客的孩子?他们是激励自己,还是别有雄心?

古茶道在喧嚣中睡去了,人在疲惫中成熟了,成为自信从容、旁若无人的精神巨人了。秋天是收获的季节,秋天逝去的方向,文化和精神的痕迹是清晰的,隐藏在武夷山充满传奇的茶道上,也掩藏在美丽的人生。

武夷山啊,威严中透着温情,魅力无穷。

今天,武夷山又有新故事了,其实,我们面临重重困扰而不绝望,正是因为我们在武夷山找到了世界和谐的人文精神。我回想所有落在丹霞嶂崖上的阳光。这种罕见的纯粹性,才使这一文物有某种无从想象的丰富和华贵。这崖和村庄让人想到了一种奇迹。看不到借鉴,也看不到模仿。我好好端详着武夷山,让人能永远不忘记。人不要把高尚隐藏,生命需要自然的芬芳。山与茶活脱脱有了生命,会终生难忘。这让我们憧憬,我将那美丽的憧憬持续了一段时间。

我们似乎听见了武夷山歌声,几句简单的歌声,打开了我们的心扉,让我翘首遥望。

人与人是有缘分的,人和茶也是。茶和道是有梦想的,没有梦想他们怎能拥有走向世界堪称悲壮的旅程?又怎能有力量把世界紧紧拥在彼此怀中?茶道与人相似,人活着的意义就是不断寻找意义。可以想见,当年万里茶道的繁华盛景,繁华中有乐趣,乐趣与艰辛交织在一起,便构成人生精彩的故事。

今天的武夷山人开启新时代的万里茶道,这是何等壮阔的选择?在有限的时间里,完成无限的选择,我们绷紧的神经经历了一次峰回路转的惊喜。世上本没有路,走的人多了便成了路。我们再延伸一步,路走得久了,走的人多了,便成为辉煌大道。浩浩荡荡的大路啊,沸腾,拥挤,不是一个思索的好地方,思索需要寂静。但是,它能激发我们内心的波涛翻滚,思索会是长久的,深刻的,宽广的。巨大的成功之前,都有过怀疑和绝望,我想,那之后一定是有的放矢,焕发出惊人的爆发力,有着历史的必然和辉煌的功绩。

那是一束光,照亮了人心。将记忆自拔于困顿的泥沼,将光明播撒于每一寸光阴。心里的,梦里的,存在的,飘渺的,该留下的总会留下,该走的已经化为尘埃永远消失了。但是,万里茶道的故事曾经闯入我的梦乡。远方的人啊,愿你在万水千山之外都能听到武夷山清越的心音。日、月、星、辰,在它的名字里,展示着各自的光芒,共同照亮了一个民族复兴的征程。

武夷山的茶道闪耀的灵光,让我们抬头仰望。

原载于《人民文学》2018年第2期

沃森花草原记事（节选）

鲍尔吉·原野（蒙古族）

我们坐在马倌班波若的房子里喝酒。这座房子的客厅大，朝南的玻璃窗有六扇，主人可以有广角的视野看到窗外的草原。草原南方尽头悄无声息的山峦，像一堆马鞍子堆在天的尽头。主人班波若说他就这么看过去，看到自己老死那天，这里面包含着多大的福气啊。是的，是的，来访者纷纷附和，语气诚恳，班波若用感谢的眼神环视大家，比摄像机"摇"的速度慢得多，仿佛这个事就这么定下来了，以后也改变不了。今年70岁的班波若到以后咽气那天，最后一眼看的是他家窗前的沃森花草原。那也许是在六月，大朵的、雪白的芍药花开在如同堆了一堆马鞍子的山的山坡上。过了小满，黄翅的鸟飞回来了，带回来绿翅的鸟。草地上的白雾在早晨四点多钟覆盖膝盖那么厚，然后一层层变薄，野兔在雾里奔跑，谁也不知它去了哪里。当然，班波若告别人世的时候也许是冬天，大雪把马鞍子似的山峦压没了，大地因为堆满积雪而显出笨拙，而有炊烟透露牧人的生机。我们不能提前为班波若离世制订季节与时辰，他的白头发还不到全部头发的1/3，今年春季他还参加过村里那达慕大会的摔跤比赛，被会场的广播喇叭授予"像山峰一样纹丝不动的摔跤手"。当时会场上的男女老少全都听出了这个称号里的讥讽含义——"没有动作的、不主动进攻的摔跤手",众人哈哈大笑。

　　班波若坐在沙发上。他背后挂着牛车车厢那么大的镜子,陪我采访的乡干部贺西格、楚鲁、谢日哈达等人都反射在镜子里,他们手端吃饭的花瓷碗喝奶茶。奶茶烫,人喝进嘴里前发出很响的声音"咻——",用呼气为茶降温。这个人端起碗,"咻——",放下。那个人端起碗,"咻——"。班波若撩起裤子,用两只紫红大手的手心在膝盖上旋转,仿佛他的双腿可以在地下钻探出石油。他愉快地看着窗外的草原。没经历过游牧生活的人理解不了牧人何以长时间地注视空寂无物的草原,那里只有草和看不清的风,一如古代时分。蒙古人看到的是寂静。人在寂静里面看到了什么?这真是难以回答的问题。寂静,当云彩也不流动的时刻,牛群和羊群不知在哪个山坳里吃草。看不到河流的奔走,看不到孤单的鹰在太高的天上盘旋,草原上有什么?如果风来,贴地的野花会使劲躲闪,摆脱风的捕俘。风把草吹出浅绿带一些灰色的后背,这些后背像水里的鱼,一条挨一条钻向远处。如果没有风呢?草原是"寂静"的。当我再一次写下"寂静"这个词,有一些无奈。因为我们不知道寂静是什么,我们约略知道城市的拥挤,比如地铁和电梯里的拥挤,还有微信朋友圈里的拥挤,我们在心里放不下"寂静"这个词,面对寂静就进入无智状态。寂静藏伏在班波若家的窗外,绵延数十里,草原虽无中心,却朝四面八方绵延。在它与天空接壤处,地平线仿佛在绿色中蠕动。蓝天在这里并不宽广,它像一块帘子挂在草地上空,帘子上一串串晾着白云。白云排列拥挤,索性从房子顶上穿过去。越过屋顶的白云在班波若的房后延伸。如果东边的云朵是小朵的云,像庙里大门上画的祥云,这一天的云朵就都是小朵的祥云。一朵与一朵之间有缝隙,露出天空帘子的蓝底子。如果这一天的云朵像火车一样绵延不绝,这一天天空上就都是这样的云。这种云反光强烈,边缘现出银色。好多银酒杯在天空干杯,酒晃出来化为雨水——神喝的酒被风梳理为丝线,到地面也没什么度数了。我们所看见的大地寂静无声,其实它正热闹呢。野蜂短小的翅膀在为花朵扇风,几乎所有的野蜂见到花都撅着屁股飞行,它们的脑袋像烧焦的火柴头一样发黑,叮着花念诵它们所记得的所有的咒语。其格秋亥、别日秋亥——这是蒙语中小鸟的名字——从空中毫不犹豫地冲进草里,不知草里有哪一样它们喜欢的珍宝。你还会看到,其格秋亥、别日秋亥从草里笔直地飞上天,像有人用弹弓把它们射了出去。它们去了哪儿？雀鸟一天要飞多少里路?

那些蚂蚱从这株草跳到另一株草上,似乎大地被洪水淹没了,草是江洋中的一条船。蚂蚱们架着像伤兵拐杖那样高高的长腿,腿在很高的地方折为两节。谁有这样的长腿,谁就会不由自主地跳高。蚂蚱一跳凌云,再跳凌云。它在空中俯瞰大地那一瞬,欣喜不可名状,草们原来这样渺小,野蜂如此渺小,蚯蚓更是不可名状。蚂蚱一瞬度过了多么豪迈的一生。这不过是泥土上小虫的世界,班波若从来不想这些事,他的目光像鹰一样盘旋,先是抓住远处那棵乌日勒(山丁子)树。他小的时候,这棵孤零零的乌日勒只有拇指粗,现在长到了车辕木粗细,还是孤零零的。太阳从没有山峦阻挡的东边的地平线上冒头时,乌日勒树拖着长长的尾巴,像骑马的人的披风拖到了地上,天知道它怎么活过了60多年。如果干旱,乌日勒树到哪里找水？谁都知道它不会迈开脚步去山南的乌力吉木伦河找水喝。雪如果下大了,从头一年的十二月到第二年的四月都不融化,乌日勒树包裹在冰雪里,它还能活。四五月份,天气暖一下冷一下,大雪上面结成冰壳子,乌日勒树被这层冰裹着,有时候裹住半尺厚。谢天谢地,终于到了六月。六月是太阳说了算的月份,除了石头和土,万物都在生长。乌日勒树长出椭圆形的小叶子,新长的枝条黄褐色,慢慢变成红色。乌日勒树的叶子虽然稀,但它有好看的白花。谁也不知道这些白花是怎么想的,后来慢慢变成浅红,有一些变得艳红,你要充当多少种花呢？当然乌日勒花有的白到底,像装酒的白瓷瓶那样白,像被牛奶泡过的花。乌日勒树到秋天要结山丁子果,牧民说到这里要咽一下唾沫。山丁子果黄色或红色(咽唾沫),酸哪！真是酸(咽唾沫),解酒。

"嘉!"村书贺西格说。"嘉"是蒙语的表示恭敬的发语词。我们已经喝了很长时间的茶,到牧民家里,进屋就说事不仅唐突,而且不礼貌。说话时没有一个发语词也不礼貌,牧民们认为只有小偷才急到连发语词都不说的状态。那么,"嘉!"贺西格说道,"鲍尔吉巴格西帖,乌力格尔黑勒且!"这句话是事由,也是村干部领我到这里来的缘由,翻译过来是"请把故事告诉鲍尔吉老师吧"。

"亚门日,乌力格尔？"(什么故事？)班波若疑惑。

"达不思驭间涅的沃其日。"(运盐的事情。)

"亚门日,达不思乃沃其日？"(什么样的盐的事情？)

"噶林沃其日。"贺西格说。(火的事情。)

"噢——"班波若眉开眼笑,"噶拉乃沃其日,嘉,嘉。"(噢——火的事情,是的,是的。)

他们一起笑着,眼神里表示那都是遥远的事情。班波若用左手食指蘸一下舌头上的唾沫,按在右手背上细小的伤口上,说:"必,噶林督休。"(我,是火的弟弟啊。)

"提默,提默,"大家附和,"塔包勒噶林督。"(是这样,是这样,您是火的弟弟。)

我觉出"火的弟弟"是一个尊称。关于火的故事从这里开始。

"必宝勒噶林督,"班波若说,"我是火的弟弟。"

班波若是孤儿,他的父母在鼠疫中丧生。班波若当时只有一岁,住在巴林右旗姥姥家,否则也会在这场疫病中失去生命。那是1947年冬天,班波若的父母去乌兰浩特看亲戚,当地鼠疫盛行。"盛行"的含义是说:这场疫病在人类完全没有察觉的情况下出现在这个角落。如果哪家早上房顶没冒炊烟,进屋看,一家人横躺竖卧全死在炕上,像中了毒气一样。老百姓不知这是什么病,有人吃着饭,突然吐血,死了,有人走着路,倒地死去,但死于鼠疫的人一定接触过其他感染鼠疫病的患者。班波若的父母行路口渴,到路边人家找水喝,不过几分钟时间就感染了鼠疫,他父亲坐在路边死去,他母亲被苏联防疫部队的军人抓进车里,肯定也是死了,有人说这部分感染者被烧死了。班波若长到两岁的时候,他姥姥去世,不是鼠疫,姥姥被洪水冲走了。那时,人像树叶一样,在风中飘着飘着就没了。班波若小的时候站在山脚下看树叶被风吹散,无形的风在盛大的秋天把叶子从树上摘下,送到四面八方。树叶被河水冲走,烂到泥里。树叶子什么时候能回到枝头相聚?这是永无可能的事情。树叶子有来生吗?它们的前生是什么?是树叶子?而来生也是树叶子吗?有好多蒙语歌写孤儿的悲苦,说母爱是人的童年不可或缺的巨大财富,孤儿偏偏没有这笔财富。孤儿眼里看到的大山边上有一座小山跟随,草原上的大树边上有一棵小树。在他眼里万事万物都有母亲,唯独孤儿没有。下雪了,大山披着厚厚的白毡,小山也披着同样的白毡。山和山在毡子底下手拉着手。孤儿呢?

你是哪里飘来的露水?
风把你带到什么地方?
露水的身体是一滴泪水,
太阳出来,你就飞走了。

蒙古人最心疼世上的孤儿。他们不允许孤儿到井边打水，不允许他在夜晚放牧。他们看到跟在母马后面吃草的小马驹，看到在母羊身边玩耍的小羊羔，会说"霍日嗨"（可怜般的可爱）。班波若从小就看出世界的孤独。人间有舅舅就有舅母，有叔叔就有婶子，可自己无父也无母。在村里，他并没有父亲和母亲的亲属，他的叔叔大爷、舅舅姨娘都在遥远的通辽，都在那场鼠疫里丧生了。鼠疫是班波若后来才听到的事情，他不怎么相信父母之殁跟老鼠有关。老鼠——在黄土里打洞的贼头贼脑的东西会把人弄死？它们会施妖法吗？如果老鼠不会施妖法，怎么能让行走中的壮汉一头栽倒死去呢？怎么会让两个碰酒盅喝酒的男人第二天死去呢？那时候，老鼠藏在哪里？它在做什么？是在灶坑前做手势或眨眼吗？

班波若从小会做饭，会缝衣。他比别人更懂食物的珍贵。村里的人们来到他低矮的小房子里，从裤兜里掏出米——一把米，两把米，金黄的小米在乌黑的锅底滚动，可以做一顿粥。人们用喝茶的小茶缸送他十多个酸涩的山杏。山杏引发的口水咽进肚子里让胃里更饿。人们送给他一口袋榆树叶，那是一只装四胡的细长口袋。他吃过野兔肉、黄羊肉，吃过土，吃过被雨水泡软的窗框，吃过被丢弃的马笼头。小时候，他每天想，云彩能不能吃呢？如果云可吃，怎么能够把云弄下来呢？他给别人放牛羊，村里七八个人指着自己家的母牛和母羊说，它们明年下了牛犊（羊羔）就送给你。第二年，那些牛羊产犊产羔，成了班波若的财产，但他太小，放不了这些牛羊，还由原来的主人替他放牧。一度，他成了村里牛羊最多的人之一，但这些牛羊在合作社运动中全被充公了，他依旧是孤儿。只是，他放羊或者干其他活计回家时，家里的炕上，也许是锅里放着米和干粮，不知是谁放的，不是一个人放的米和干粮。在牧区，没有孤儿会饿死，除非这个村的人全饿死了。

班波若像一棵山丁子树那样拧着劲儿长大了,脸上带着凝固的表情,好像是春天的冻土。春天,地里虽然已经有草芽膨胀,但地面上覆盖沙土和枯枝。12岁那年,骑着一匹雪青马的阿穆尔来到他的家。阿穆尔一进门,他宽阔的肩背就把门外的星光都挡住了。当然班波若的门很小,房子也很小。阿穆尔说咱们不如到外面谈吧。班波若用木碗盛上刚煮好的玉米粥,跟他走出去。阿穆尔把双手放在马鞍子上,隔着马对他说:"你去拉盐吧。到锡林郭勒的额吉淖尔湖,要走一个月。"班波若回答了,他手里端的粥碗的热气如魔法一般飘上去,像夜空里有一个东西在吸这些白汽,白汽没等飘一尺高已经融化在夜色里。雪白的星星趴在跟阿穆尔肩膀成一条直线的夜空上,他的脑袋挡住了七八颗星星。他问:"拉盐?怎么拉回来?"阿穆尔说:"用牛车。"班波若说:"好。"阿穆尔说:"你明天哪儿也不要去,等在家里。"

阿穆尔所说的"明天"其实就是几个小时之后,在后半夜三点的时候,有人拍班波若的窗子,这是拉盐的人。班波若爬起来,没穿衣服,因为他从来都是穿着衣服睡觉。蓝裤子是哈萨大婶给的,提前在膝盖部位补上双层的黑条绒补丁,屁股上是更大的方形的条绒补丁。他的外衣是一件红秋衣,被汗沤出好多网眼,颜色变成在汤里煮过的红萝卜的色泽。他跑出去,门也没有关。他还在梦里,梦里面他骑一匹马被沙子陷进了,他抓起马鬃提马但没作用。做这些事都不需要关门,也不需要开门。

巴拉珠、博迪、扎格米、仁钦,还有索跃乐,他们全站在牛车边上,像一堵被雨水淋湿的黑黑的土墙。仁钦递给他一件棉袄,班波若穿得跟他们一样厚了。然后他坐在仁钦的牛车里,这是打头的车,有柳条编的车篷,车里还有棉褥子。仁钦这辆车后面拴着十多辆牛车,这是他天亮才看到的。车的形状看不清,牛的角像弯弓一样在夜色里留下剪影而已。木质的勒勒车在草地上行走,没有任何声音。仁钦的车后面即使拴一千辆车也没人知道。

这是六月。六月的草原如同一个少女,它的一年就是一生。六月的鲜草好像是姑娘们前额和颈上的头发,蓬勃而柔软。

原载于《散文·海外版》2018年第4期

紫云归来常看云

石一宁（壮族）

❖ ❖ ❖

紫云之行，在暮春四月。

从北京乘三个多小时飞机至贵阳，再坐一个半小时的中巴车，就到了紫云县城。

午后的紫云县城，湿润的空气夹着花草的清香，阳光明亮得晃眼，天空湛蓝湛蓝，白云如山如原。从微寒和灰霾围裹的京城中来到这里，呼吸变得畅快，人也清爽起来。

一行人住的是县城新区，道路宽阔，高楼耸立。但放眼望去，新区还在大兴土木阶段，楼厦尚未成规模，但已让人感受到一种蓬勃的朝气和活力。

紫云县名来自县城西的"紫云洞"，但此行匆忙，没能去紫云洞探秘览胜一番。从文字介绍得知，紫云县建制记载有近1400年历史，这里是苗族和布依族聚居地，清代在此置归化厅，1913年改为今名。"归化"而"紫云"，不仅是两字之别，更折射着时代之变。

然而，时代的步履在紫云的行进是缓慢的，甚至颇为艰难。紫云，拥有如此诗意的名字的地方，如此空气清新、鸟语花香之所在，却尚未脱去贫困的愁容。在县城见到的旺景，还不足以代表当地全貌。紫云县政府的文宣，不隐"家短"：紫云属特困地区，是国家新一轮扶贫开发工作重点县,全省14个深度贫困县之一。

在紫云行走,走的大都是弯弯绕绕的盘山路。紫云的山,让我想起故乡,那是广西中南部,也是喀斯特地貌。与广西喀斯特多一山独秀平地起的发育类型不同,紫云的山多是连成一片,只是山顶尖尖,起伏甚为分明。喀斯特地貌与我国许多地域的山系有明显的区别,与北方一望无际的平原相较更是独特,很具有观赏性。但喀斯特地质都是石山石漠,即使得南方雨水丰沛所赐,石山多有植被,那植被亦仅是薄薄的一层。紫云地处麻山大石山区腹地,与滇桂黔石漠化地区集中连片,这地理位置与地质条件,与紫云历史性贫困关系密切。而贫困又制约着人的文化素质。陪同我采访的小罗,是从紫云布依族村寨走出的一位"90后",先是在安顺市里读书,毕业后回县里工作。我好奇她的名字里怎么有一"粉"字。她说名字是父亲起的,"粉"就是饭,父亲希望她长大后有饭吃。又问她父母的文化程度,她说父亲上过小学,母亲是汉族,没读过书。她的话说得平平淡淡,却听得我心惊而沉重。

向土地要饭吃,紫云确实先天不足。但紫云有的是不认命的人。火花镇关坪村坡汉葡萄基地,一根根水泥杆撑起的绿色葡萄藤和叶子挤挤挨挨,连山接岭,甚为壮观。在这里我们见到关坪村支书韦吉云。韦吉云是布依族,四十出头,个子不高,但人显得很精干。他向我们介绍了带领村民建起这个葡萄基地的相关情况后,领我们到了山下的村子。村子被葡萄园和树林围绕,错落分布着两三层的小楼,韦吉云指着其中一栋说那是他家,邀请我们进门做客。

韦吉云家一层的客厅几乎没有装修,四面是光秃秃的水泥墙。我们边喝茶边聊。从谈话中了解到关坪村有335户人家,1563人,人均耕地面积只有0.63亩。韦吉云曾经外出打工多年,回村后花20多万元买过一台挖掘机,每年能挣不少钱。但他觉得自己致富不是本事,让乡亲父老也富起来更有意义,因此入了党,当了村支书。关坪村山高坡陡,地形复杂,耕地甚少,要想脱贫必须因地制宜,量体裁衣。韦吉云他们想出的办法是将地理劣势转为优势,利用本村荒山面积较大的特点,确定了以紫葡萄种植为主的发展思路。现在关坪村种植葡萄2000多亩,还种有冰脆李800多亩,南竹1500亩。在基础设施建设方面,基本实现了水、电、路全面覆盖。对低保户、老人、留守儿童和困难学生等,村里也积极关心救济。翻看茶桌上放着的韦吉云在一个脱贫攻坚培训班上的发言稿,其中的几句话甚为铿锵动人,是这样说的:贫穷并不可怕,可怕的是不怕贫穷;没有条件并不可怕,可怕的是不去创造;没有技术并不可怕,可怕的是不愿学习。

离开关坪村后,一路上我都在回味与韦吉云的交谈。我想起唐代韩愈《争臣论》一文中所赞扬的那些不求于闻用,得其道不敢独善其身,而必以兼济天下的古代圣人贤士。韦吉云固然不能与那些做出了轰轰烈烈事迹的古代圣贤甚或某些当代农村能人相比,但在紫云这样条件的喀斯特山区,恐怕更需要韦吉云这样不求闻达、不计私利,为父老乡亲过上好日子而孜孜矻矻辛劳忙碌的带头人。

"天无三日晴,地无三尺平,人无三分银",这是关于贵州的谚语。在白石岩乡的湾坪村,我更为真切地见证了"地无三尺平"的情形。这是一个深度贫困村,有限的耕地被嶙峋山石紧紧地包围着,人们甚至无奈地向石头要地,把玉米等庄稼种在石缝里。看着石山上石头缝里一株株刚长出一拃高的玉米苗,看着这些小小庄稼的顽强的生命力,想着这生命力背后湾坪村人的生存意志,我陡然产生一种悲壮感。

湾坪村党支部第一书记蒋兴新是从省政府法制办下派扶贫的干部。面对湾坪村的贫困现状,蒋兴新没有气馁,而是和其他村干部一起带领村民拓宽思路,绞尽脑汁想办法,千方百计谋脱贫。参观村里可集中饲养150头肉牛的养殖场,只见牛栏里一头头牛膘肥体壮。这些牛是怎样喂养的呢?蒋兴新告诉我们,村里建了一座2000吨产能的秸秆综合利用加工厂,村干部号召村民种草种玉米加工成青贮饲料养牛。我们看到村前山脚下的地里长着一丛丛绿草,有些奇怪。蒋兴新说,这些草叫篁竹草,能长到比人高,一年可以割四次,可用来喂牛,还可加工成饲料对外销售。养殖场的牛粪可用来培育蚯蚓养鸡和鱼,蚯粪、鸡粪用来种草和玉米等,这叫循环生态产业链。但养殖场也好,加工厂也好,都是属于合作社的,贫困户如何从中获益?答曰,贫困户可通过销售牧草、玉米秸秆,参加合作社务工,入股分红这三方面获得收入。因为这三项收入,部分贫困户已年增收上万元。

更让人惊叹的是,湾坪村还开发了50亩"白石岩微农场",利用网络推销土地种植。具体做法是,从网上可认领"微农场"的土地,每分地800元,每分地所种的红芯红薯归认领人所有,认领人通过这种方式帮扶贫困户。红芯红薯收获后,又在互联网上发起"购买紫云红芯红薯,帮扶深山人家"的倡议进行推销。这一扶贫创意产生了惊人效果,天南地北许多志愿者纷纷认领,为这遥远大西南山区老百姓的脱贫奉献一份份爱心。红芯红薯远销京、沪等20个省市,为"舌尖上的中国"带来了"紫云风味"。

紫云人卖红薯都能卖出如此名堂,在白石岩乡的紫云文烁植保农民专业合作社,我们更眼见为实。合作社社长胡光友边指着桌子上成排摆放的红芯红薯,边介绍合作社的社情。从他的介绍中,我们知道了"紫云红芯红薯"还是国家地理标志产品,文烁合作社2011年成立,目前有社员45人,合作社对"紫云红芯红薯"实行标准化种植、储藏和销售,几十次到北、上、广、深推介产品,大获成功,销售额达800多万元。"紫云红芯红薯"时下在京津冀、珠三角和长三角等地市场的风行,我想,固然因其红皮黄心、味道鲜美、药食兼用等营养学和药学价值,但应还有另一原因,即紫云人的吃苦耐劳、质朴良善还有他们的智慧终使精诚所至、金石为开。

紫云人知道,要实现完全脱贫,需要家家户户、点点滴滴的努力,也需要一些"大手笔"。在板当镇,我们见识了紫云人引进贵州百灵企业集团投资种植的万亩蓝莓园区。这里采取的是"公司+农户"的运作模式,通过土地流转,把贫困农户变成园区工人;然后把蓝莓工人变成蓝莓园股民;最后是把股民变成蓝莓园的主人。

在紫云县城,有一处大门气派、楼群崭新、面积广阔之地,这就是紫云民族高级中学。紫云人对教育的看重是有传统的,紫云民高的办校历史,可追溯至清道光十八年(1838年),前身为归化梅花书院。2014年,紫云举全县之力筹资4亿元,征地350亩,建成紫云民高此新校区。2017年,紫云民高成为省级示范性普通高中。学校各栋楼中或以红字刻写,或以镜框悬挂古今中外格言和警语:"天行健,君子以自强不息;地势坤,君子以厚德载物";"人文底蕴,科学精神;学会学习,健康生活";"微笑面对他人,生活充满阳光"……望着校内气势不凡的建筑,读着这些充满激情的话语,我感受到了紫云人对未来的殷殷向往。脱贫,是物质的改善,也是精神的提升,紫云倾全县之力发展教育,为告别贫困夯实了基础。

紫云归来,不知不觉一个半月过去。时常仰望京城的天空,那天上团团朵朵的云,让我想起遥远的紫云,想起紫云的天蓝云白、山绿水清,想起那里不低头、不认命,为最终摆脱贫困而拼搏着的人们。

原载于《文艺报》2018年10月17日

牧人、水手和海岬老人

铁穆尔（裕固族）

牧人和大海

在1995年左右，我在慈父般的罗布藏皂巴先生的引导下，在祁连山腹地康隆寺附近，找到了老歌手孜勒丹拉姆（汉名耿翠英）。她孤独地住在一间黄泥小屋里。她的小屋是那么干净整洁，绝对是深山第一家。她属于尧熬尔人中的柯尔克孜氏族。我在那里录了许多歌谣。有一天她对我说：

"在我很小的时候，就听老人们常说，我们的歌谣来自库库淖尔（青海湖）。库库淖尔有湖神。在更远的地方有那'梦幻般白浪滔天的大海'，那里有很大很大的鱼，像这里的山一样大，还有海神，还有善良的海岬老人（haral awa）。海岬老人会指引猎人、水手和渔民走过险滩和沼泽……孩子呀，你是什么地方也能去的人，你会见到大鱼，还会见到海岬老人……"

孜勒丹拉姆去世已经很多年了。我常常想起她说过的大海、大鱼、海神和海岬老人。在两千多年前的中国，庄子也说过大鱼："北冥有鱼，其名曰鲲。鲲之大，不知其几千里也……"海神是早期的叫法，也许信奉佛教后把海神叫龙王。而海岬老人也许曾是个活生生的渔猎民或水手,也许本来就是山神水神之类的神祇,我还没有探究到深处。

尧熬尔人认为,世界的中心或根本是一个大海,信奉佛教后叫做"苏木尔达莱"(须弥海)。2015年在德令哈,张承志阿哈送我一张以库库淖尔为中心的地图。我惊讶地看着这个奇异的地图,上面还用拉丁字母清晰地写着我的家乡夏日塔拉。我想起尧熬尔牧人中流传的以库库淖尔为中心的大地观。

牧人不知道有灯塔,但他们说大海里有海神和善良的海岬老人,他们常常引领猎人、水手和渔民。

群山草原上的牧人关于海的诗歌和传说极为丰富,牧人从来没有忘记大海。那些没有见过海的牧人也会熟稔地讲述或歌唱大海。在尧熬尔人的创世长诗《沙特》中说:

在久远的往昔 / 天地还没有形成/后来在一个茫茫大海中形成了天地/最初天地在一个金蛙的身上/金蛙降临宇宙/天地形成了三十三层……

在世界各地很多原住民中都有关于人类在大洪水中毁灭后又在大海中重生的传说。创世史诗的特点都是在说,海、生命和宇宙是永恒的。

2017年春末的一天,在远离大海的内亚腹地祁连山,在群山草原小镇夏日塔拉,斡尔朵河东岸的牧民老歌手,巴岳特氏族的拿木琪来做客。她从小在她的母亲——乃曼部落著名的歌手札西兰姆那里学到许多歌谣和掌故逸事,还有历史传说。那时候,她常帮母亲挤牛奶、放牧、拾牛粪和背柴。严厉的母亲教她歌谣,如果几遍学不会就受到拳打脚踢的惩罚。常常有母亲的伙伴们来看望她们,她们在黑帐篷里聊天,拿木琪帮母亲烧火做饭,帐篷里的火熊熊燃烧起来,来客们说起了久远的往事,有时一首接一首地唱了起来,有人在哭泣有人在唱……

矮小瘦削的拿木琪学会了许多歌谣,记下了那些历史传说和掌故逸事。高山大河间的游牧生涯和宛若昨日的血与火的历史,养成了她篝火般炽烈奔放的性情。

每次她讲完故事都要唱几首古老的歌谣。这一次她唱的是尧熬尔古歌《盛开在大海上》:

圣者的光芒在大海上盛开/我们的信仰就是光明和真理/备着漂亮马鞍的/是高大的红马/带来宝贵智慧的/是我们的喇嘛和经卷

骑着那高大的红马/在广阔大地奔驰/点燃那星星般的酥油灯/祈请仁爱和平……

这是没有见过大海的腹地牧民所歌唱的大海。歌中说的就是牧人的理想,牧人的理想就是友爱和平。孜勒丹拉姆和拿木琪这些歌手就是为了让千世万世都知道牧人是和平友爱的,草原曾经是美好祥和的。

人们认为游牧人"强悍好战"的刻板印象和真正的游牧人相距甚远。

几年前在台湾听过原住民歌手胡德夫的歌。

胡德夫的父亲是卑南族,母亲是排湾族。他说他要从自己身上寻找力量,寻找歌谣的源头。在山林和大海之子浑厚苍凉的声音中,徘徊着一个悲天悯人的灵魂,那也是遥远的北半球牧人深沉的心。

在太平洋的风中/我们自然而尊贵/唱出仁义、和平的歌……

胡德夫的歌声在台湾绿色的热带山林中回荡。一只小野兽倏忽从眼前跑向远处，像风一般地消失在天际的山林。它就像是台湾原住民的歌谣，渐渐消失在太平洋的风中。大海般无尽的是孤独，还有爱和恨、生与死。海是没有办法开垦的，海不像草原被人们挖得千疮百孔，但海会被污染。

胡德夫曾说他要用声音、文字、行动这三种方式来表达原住民的想法。他曾参加过许多次原住民的公益活动。最后，台湾当局立法提高了原住民的行政阶位。原住民在教育、母语、卫生、居住环境等方面得到了相当的尊重。这是在胡德夫们的努力下争取到的。

太平洋的风一直在吹……

吹动无数的孤儿船帆/领进了宁静的港湾/穿梭在美丽的海峡上/吹上延绵无穷的海岸/吹着你吹着我吹生命草原的歌啊/太平洋的风一直在吹/最早和平的感觉/最早感觉的和平

"梦幻般白浪滔天的大海"

我曾在《车凌敦多布如是说》中写到天神和地神、大陆和大海：

苍天之神汗腾格里！大地母亲于都斤·额客！还有我眼前的高山草甸草原，还有我的视线之外那无边的大陆和梦幻般白浪滔天的大海……

2017年的春季,我接到黄晓晨兄让我们去崂山的信。

秋天,中国海岸线第一座高峰崂山。我的脚下是海岬山岩,眼前是太平洋的边缘黄海。海水涌动,拍打着岩石,白色浪花溅起,那是反抗、挣扎和咆哮,还是歌唱、舞蹈或狂欢……

这就是"梦幻般白浪滔天的大海"之一角。那么,海岬老人在哪里?

就像我一直在大陆的怀抱中,海一直在我的心中。每一次写到牧人和草原时,海其实一直没有离开过我的灵魂。但每当我看着眼前的大海时,感觉是做梦。虽然我已经见识过东海、波罗的海、黑海、里海等。

花岗岩山峰、海湾和海岬组成的崂山形成于白垩纪地壳构造运动。树木和土壤覆盖的全是奇石怪岩。这里很久以来就有人以采石为生,曾有许多采石场。海边的石头院墙,依山就势的乡村,山中的道观,古树和岩石。渔民在山海间劳作。

海边渔民用山上的石头建房屋,草原牧人用牲畜的毛织成帐篷。草原之子和大海之子。秃鹫和海鸥。

王明伦说起过崂山的历史,这里最早的居民开荒拓地,耕海犁田,一直是山林农业和渔业为主。历史上的屠杀和战争不会回避海边的崂山。王明伦本人就像是崂山的海岬,迎着风浪更显内敛沉静。

当牧人的后裔和渔民的后裔相聚时,当我们和胶东半岛的兄弟姐妹们欢颜笑语时,当我们和黄晓晨在山道树荫下说起伟大的信徒法显,他九死一生在崂山登陆时,海岬老人可能就在远处凝视着我们,目光无限悲悯。

从崂山又到了海南岛。

椰子树和棕榈树,海岛上的猴子,海水中的海豚,从大海中打捞出的珊瑚和古代瓷器,其中有蒙古帝国时代的青花瓷。

老牧人常说,牧人看天地万物要多一双眼睛,那就是要用灵魂的眼睛。

牧人和水手的共同点很多,其中一个明显的特点,那就是凡事喜欢直截了当,平常言语不多,几乎看不到那种喋喋不休的人。尤其是常与马为伴或常漂泊在海上的水手或渔民。作为对从前的牧人和水手的怀念,摘录我的旧文《一个牧人写作者的记忆》中的段落如下:

> 牧人和水手一样,真正的牧人骑着马在茫茫的群山草原上终其一生,而真正的水手是海边出生海里度过一生的。他们都有一种难以言传的独立不羁的气质,他们说的是大海、草原、群山和蓝天白云的语言,他们和风雪、广漠的星空、孤独与沉默为伴……

曾经的群山和草原

把目光从海边转向祁连山的腹地。

夏日塔拉东边属于肃南裕固族自治县,草原和牧民的状况差强人意。牧人们仍在冬春、夏和秋三季牧场轮换放牧。不同于过去的是到处都是纵横的铁丝围栏,彩钢简易房和帆布帐篷代替了过去的黑帐篷和白毡房。

一个早晨,我们从祁连山北麓的夏日塔拉东边乘车向西,想去看看已经被开垦的夏日塔拉西边的大马营滩,还有单于城遗址和仅剩的马群。我们家的冬窝子里,寂静无人。大姐他们早已到了夏营地。冬窝子的青草在蓬勃生长。

我们一直往西,到新城子再折向西南,进入夏日塔拉西边的马营沟。马营沟是焉支山(燕支山)和巴彦喀拉山之间的平川草原,如今早已开垦为耕地。大片的褐色土壤中,矗立着大型喷灌设备。当年养过几万匹马的大马营滩如今基本都被开垦为耕地,军马场已经由军队交给地方企业。2001年,山丹军马场整体移交中国牧工商(集团)总公司管理,由军队保障性单位向社会化企业转变,现为张掖市规模最大的中央驻地方企业。

这里就是我父亲曾经感叹过的大马营滩草原,丰茂的野草上的露水打湿了他骑在马上的腿。他曾从高高的牧草丛中悄悄靠近黄羊,而那大群的黄羊却丝毫没有察觉。曾经是这样的草原。

焉支山头笼罩着蓝灰色云朵,山下我们遇到一个马群,约有200匹。牧马人叫马儿里,年仅20岁,是青海大通县的回民。他说他们有20多人来到山丹军马场打工放牧。他说马群没有草吃,焉支山上现在禁牧,昨天赶上马去放,很快被管理人员撵了下来。他说现在场里还有1000多匹成天关在马厩里喂草的马,那些马被圈的时间长了,病倒很多。只能请兽医来看。马还被用来抽血,制造……

马儿里放牧的马群在啃食着公路边低矮的草,大多都瘦骨嶙峋,眼神呆滞,神情疲惫。好多马驹连去年的旧毛还没有脱,说明到了夏季马的膘还没有恢复过来,而时间已经到了马该脱旧毛长膘的时候了。

我们不由自主地走到饥饿的马群中。不管怎么说,漫步在马群中,内心总是涌起一种奇妙的愉悦和欣慰。那是不同于任何山水美景的。恍惚间,在眼前这片曾经的草原上,好像浮起匈奴突厥和蒙古时代草原上的马群,冒顿单于的五色骑兵集团军……

　　胡马,胡马,远放焉支山下,跑沙跑雪独嘶,东望西望路迷。迷路,迷路,边草无穷日暮。

唐朝诗人韦应物的诗就是这片草原的预言。汽车在焉支山下飞奔。大马营滩上星罗棋布的是军马一场、二场、三场、四场和总场。再往西就是焉支山西边山脚下的单于城(永固城),单于城南控唐蕃古道的关隘扁都口(大斗拔谷),险要的地势赫然在眼前。被开垦的大马营滩草原再也看不到从前的模样了。

……

原载于《民族文学》2018年第10期

韩世昌的昆曲人生

尹汉胤（满族）

1957年6月，为庆祝北方昆曲剧院的成立，在周总理的建议下，韩世昌将与梅兰芳合作演出一场昆曲。梅兰芳与韩世昌是京、昆两大戏曲的代表性人物，两人出道以来，在艺术上相互欣赏，人品上彼此敬重，演艺生涯中虽多有交集，却从未同台演出过，甚至没留下一张合影，这不能不说是一种遗憾。而这一情况，被细心的周总理注意到了，值此北方昆曲剧院成立之际，周总理特向两位戏曲大师发出了邀请，由两人联袂演出一场戏剧，以满足多年来广大观众的期盼。两位大师欣然接受了周总理的这一提议，经二人协商，决定合作演出汤显祖的名剧《游园惊梦》。在角色分工时，梅兰芳主动提出由韩世昌演主角杜丽娘，自己演配角春香。韩世昌一听，坚决不同意，他幽默地说："你个子比我高，形象比我好，一看就是大小姐的仪态。在戏曲舞台上哪有丫鬟比小姐高的。"几经谦让，梅兰芳最终接受了韩世昌的意见。

这场具有历史意义的联袂演出，被安排在刚建成的人民剧场隆重上演。两位戏曲大师首度同台演出昆曲的消息一经发出，立刻轰动了京城。首场演出之日，可谓盛况空前，周恩来、陈毅、郭沫若、田汉等国家领导人及北京文艺界的著名人士悉数到场，成为了新中国成立以来的一件戏曲盛事。

那晚两位戏剧大师激情四溢的精湛表演,赢得了现场观众的阵阵喝彩。然而患有严重哮喘病的韩世昌,在演出即将结束时一口痰卡在喉咙,不禁眉头微皱,他用力憋住,不露声色地继续表演。然而韩世昌这一不易被人察觉的细微表情,却被梅兰芳观察到了,他利用先下场的机会,赶快找来一个痰盂端在手上隐于侧幕,待韩世昌转到幕间时,赶快将痰盂端到韩世昌面前解了他的急。韩世昌感激地与梅兰芳相视一下,转身回到舞台顺利地完成了演出。幕后工作人员看到这一感人情节,无不为两位大师心心相印的真挚友情而感动。

在旧社会演了几十年古装戏的韩世昌,面对新中国热火朝天的社会主义新生活,在心里产生了难以抑制的表演激情。他不顾年事已高,力所能及地登上舞台演出,但他依然觉得这种演出与新社会还有距离。为此,他参与排演了展现昆曲艺术的歌舞《生产大歌舞》。但心中一个强烈的愿望吸引着他,那就是在新社会的舞台上,扮演一个现代人物形象。不久,北方昆曲剧院的金紫光根据同名歌剧改编了新昆曲《红霞》,作为向新中国十周年的献礼剧目。韩世昌争取到了剧中一个农户角色,虽然这只是剧中一位群众角色,但韩世昌却非常珍惜重视。他认真研究了这一角色的造型、台词,好像初登舞台般,为此付出了许多心血。然而,在剧本最后修改时,这一人物被取消了。对此,韩世昌充满了遗憾,没能实现自己心中的愿望,但他没有任何怨言地接受了剧组的安排。我看过他这一角色的化装定型照,照片上的韩大爷,一改优雅的花旦形象,一脸浓密的胡须,两眼怒目圆睁,非常生动地展现出了人物心理。从这幅剧照可以看得出,他对这一角色的重视和投入,同时也让人看到了韩世昌对待艺术的严肃认真态度。

新昆曲《红霞》取得了极大成功。韩世昌作为该剧的排练顾问出现在演出戏报上，作为演了半辈子传统昆曲的名伶大家，能力所能及地为新昆曲尽绵薄之力，仍让他充满了欣慰。

韩世昌走上昆曲之路，完全是一种人生偶然，但又是一种生命必然。他出生于河北高阳河西村，家里祖祖辈辈兄弟姐妹都是淳朴的农民。1909年12岁的韩世昌，因父亲本着为其找口饭吃的想法，被送入本村戏班，成为了侯瑞春的入门弟子。没承想聪颖好学的韩世昌一入戏班，便被戏剧强烈地吸引住，一片痴情地爱上了昆曲表演，并展现出了超乎常人的艺术天分悟性，唱、念、做、打一学即会，一招一式有模有样，表演起来浑身有戏。

1911年侯瑞春组建了荣庆昆弋班，开始带领韩世昌巡演于河北乡间，舞台演出的实践，极大地丰富了韩世昌的表演经验，1914年刚满17岁的韩世昌，便以出色的表演，成为了戏班的台柱子。独具慧眼爱惜人才的侯瑞春，在生活上给予了韩世昌无微不至的关怀，在艺术上却极其严苛，对他精雕细刻毫不放松，在拓展其艺术视野的同时，还有意识地提升其演唱的艺术品位。为了近距离观察韩世昌的表演，侯瑞春毅然放弃了昆曲表演，亲自为韩世昌司笛，不放过他在舞台上的每一个细节，发现一点瑕疵便及时指出纠正，实际上成为了韩世昌的监护人。在侯瑞春的精心培养打造下，韩世昌很快声名鹊起于河北高阳。1917年，河北遭遇了百年不遇的洪水，汪洋中的高阳一片哀鸿遍野，勃勃生机的昆曲已难以在故乡生存，侯瑞春果断决定带领崭露头角的韩世昌及戏班去北京闯荡。来到北京后，开始在鲜鱼口的天乐园大戏楼驻场演出。一连几场演出下来，韩世昌以典雅的表演、优美的唱腔，赢得了北京广大观众的喜爱。更令人欣慰的是，其独具特色的昆曲表演，竟得到了北京知识界的高度认可。自此，侯瑞春更加精心地呵护着韩世昌，教导他不要有门户之见，要有意识地吸收各种艺术精华以丰富自己，从而使韩世昌的昆曲艺术日臻完美升华。为进一步培养韩世昌,他带领韩世昌登门拜访了吴梅、赵子敬两位京城戏曲大家并拜二位为师。为了将赵子敬延揽到戏班专门教授韩世昌,侯瑞春特意将其供养起来。对昆曲一片炽情的侯瑞春,无疑是一位令人敬佩的戏剧领班,他不但对韩世昌的艺术要求极为严格,同时严格要求戏班的所有艺人洁身自好,不允许吸毒嫖赌。在侯瑞春的言传身教下,韩世昌的昆曲表演艺术日益成熟,迅速享誉京城,甚至被京城报纸赞誉为昆曲大王。

14世纪发源于苏州太仓南码头的昆曲,经魏良辅等文人的改良逐渐走向了全国,明代中叶昆曲以其清雅脱俗的曲调走入宫廷,由此成为了王公贵族喜爱的戏曲,甚至吸引了不少皇亲国戚粉墨登场,由此成为了独领中国剧坛近300年的国粹。至清代中后期,随着新兴戏曲的兴盛,曲高和寡的昆曲渐渐衰落,最终淡出了京城,流落于冀中民间。回到民间土壤的古老昆曲,开始了与地方剧种的交融,进而在与民间艺术的融合滋养中,为这一古老戏曲注入了鲜活的民间艺术生机,使其浴火重生,重新焕发出了艺术青春,诞生出了昆曲的支派——北方昆曲。

从河北民间再次走来的北方昆曲,在历史的机缘中于北京掀起了一股昆曲热潮。1918年荣庆社应邀赴天津演出,演出期间,韩世昌、齐如山、侯玉山等艺术家闻知周恩来等一批爱国青年将赴法勤工俭学,特为其举行了一场筹款义演。

1919年在北京声誉日隆的荣庆社,踌躇志满地开启了历史性的南巡演出。闻知北方昆曲将回到暌隔多年的发祥地演出,迅疾在江南引起了极大轰动和热烈的社会反响,荣庆社随被上海观众尊称为昆曲第一大班。一连数日在江南的连台演出可谓盛况空前,极大地激发了江南故人对昆曲的怀念之情。由此促成了江南昆曲爱好人士的联名发起,在苏州成立了"昆剧传习所",并以此为基地,培养了南昆"传"字辈一代昆曲艺术家,使发端于昆山沉睡百年的南方昆曲旧梦苏醒。昆曲艺术家徐凌云对此次北昆南下演出所产生的历史影响感慨万千道:"昆曲原本起源于南方苏州,而今兴盛于北方,反而压倒了南方。"

1928年秋,日本京都举行大博览会,南满铁道株式会社特邀请韩世昌赴日演出。为弘扬中国昆曲艺术,侯瑞春率领韩世昌等20多位昆曲艺术家意气风发地赴日演出,在京都、大阪、东京各地巡演历时一个多月,演出了《思凡》《刺虎》《琴挑》《春香闹学》《游园惊梦》《佳期》《拷红》《胖姑学舌》《借扇》等剧目。韩世昌每场演出两个剧目,开场及中间换装间歇时,由侯瑞春等人演奏昆曲曲牌,典雅悠扬的中国笛声回荡在剧场,让日本观众如醉如痴地沉浸在中国古老戏曲音乐中,更增加了日本观众对中国昆曲的思慕崇敬。访日演出结束后,荣庆社一行从神户返回天津。此次访日演出取得了极大成功,中国古老的昆曲不仅征服了日本观众,而且在日本观众心目中根植下了中国艺术种子。演出期间,日本各大报纸对这次巡演给予了热烈的报道。评论中极尽溢美之词,称赞韩世昌"未有曲调先有情的出场动作,高雅的气派实在是激动人心";并引用中国唐朝王建、孔平仲的诗词"低婉转面掩双袖,玉钗浮动春风生","云鬟应节低,莲步随歌转",以形容韩世昌在舞台上舒展自如、婉转娇媚、流畅飘逸的表演;称其无愧为中国昆曲最后的名伶,精美绝伦的表演令日本观众叹为观止。

此次赴日巡演归国后,在国内也掀起了一股昆曲热潮,各地争相邀请韩世昌去演出,风光无限的韩世昌应邀再度赴南方各省巡回演出。这次巡演与上次巡演已有了不同意义。在日本演出取得的极大成功,已使北方昆曲名声大噪深入人心,再次来南方巡演,实际上已成为了北方昆曲艺术的一次历史性展示。剧社所到之处观众反响热烈,演出中不仅将北方昆曲的独特艺术展现于观众,同时通过昆曲经典剧目的演出,使国民对这一国粹有了感同身受的直观了解,将这一古老艺术深入民间扎根于民众。

然而,就在韩世昌以充满激情的表演倾倒各地观众时,卢沟桥事变爆发了,日本帝国主义发动了蓄谋已久的侵华战争。踌躇志满巡演于南方各地的韩世昌,在日寇侵略的炮声中痛苦无奈地草草收场,壮志未酬地终止了这次巡演。

抗战期间,韩世昌一家屈辱地蛰居在日寇统治下的天津,再没有登台演出过。在日寇铁蹄下生活的他,脑海中曾多次涌现出在日本演出的场景,使他百思不得其解的是,一个能欣赏中国古老昆曲艺术的优雅民族,怎么会一下变得如此野蛮残暴。日据时期,他清贫自守地以教戏的微薄收入维持着一家人的生活。

新中国的成立,使昆曲艺术获得了新生。52岁的韩世昌被文化部聘为人民艺术剧院的教员,特邀请他向青年演员传授昆曲艺术。教学中,其精湛的昆曲功底深受青年演员的敬佩和喜爱,为此他受到了文化部的表彰。国家对昆曲的重视,青年演员对昆曲艺术的热爱,使他坚定了弘扬昆曲艺术的决心,更向往着重新登上舞台展现自己的昆曲艺术。1956年南、北昆曲在苏、沪两地进行了一次汇演,以韩世昌为代表的北方昆曲,以文武兼备的精彩表演再次艺惊四座,充分展现了北方昆曲的艺术魅力,这次汇演直接促成了北方昆曲剧院的成立。面对为之献身半个多世纪的昆曲艺术,在新中国拥有了全国性的艺术院团,这让韩世昌发自内心地感受到了共产党的英明伟大。他被周恩来总理任命为北方昆曲剧院的院长,对此他深感责任重大,全身心地投入到了建院工作中,心中充满了对昆曲艺术未来的憧憬。

1960年已63岁的韩世昌,经慎重思考郑重地向党组织提出了入党申请,光荣地加入了中国共产党。然而,仅仅过去了八年,1968年,军宣队派人来到韩世昌家,向他宣布:"你年岁大了,已经没有朝气了,按照最高指示,属于吐故对象……"要他马上写一份退党申请书。韩世昌面无表情地坚持不写,军宣队只能无功而返,此后便不断派人来催他写退党申请书。最后一次,韩世昌终于说话了:"我年纪的确已高,没有年轻人有朝气了。是新中国、共产党给了我韩世昌第二次生命,如果党觉得我不行了,可以开除我,我一定服从组织决定。但要我韩世昌写退党申请,你们想都别想,这就是我的意见,我等候组织的处理……"平时温文尔雅的韩世昌,做出了他一生中最强硬的回答。

与昆曲相伴而生,随昆曲颠沛流离,和昆曲已融为一体的韩世昌,在他的演艺生涯中,扮演过许多不畏强暴凛然正气的历史人物,这些历史人物始终鲜活地存活在他心中,感染激励着他,成为他人生的楷模。生活中的韩世昌待人温和谦逊,遇事从不与人计较,甚至让人觉得他有些胆小怕事逆来顺受。其实,看似软弱的韩世昌,内心深处却有着一股不屈的担当。当年在北京时,得知对自己有知遇之恩的《京报》主编邵飘萍被军阀杀害消息后,他不顾安危毅然赶赴邵家探望,并出资委托侯瑞春出面为其料理后事,这一重情重义的行为,充分表现出了韩世昌的忠义为人。

1976年唐山发生了大地震,79岁的韩世昌蜗居在地震棚中,身体已极度虚弱,但他每天依然按时收听着新闻广播。当他听到"四人帮"被打倒的消息,病痛缠身的他兴奋地对家人说:"国家有希望了,昆曲有救了……"然而,那年的12月7日,病魔无情地夺去了他老人家的生命。一生与昆曲结下不解之缘的韩世昌,在弥留之际依然对昆曲充满着无限的眷恋之情,一个希望始终给予着他生命力量,那就是在他有生之年看到昆曲的复兴。然而令人无比遗憾的是,他没有能看到自己参与筹建的北方昆曲剧院恢复的那一天。

在中国绵延了600多年的古老昆曲,伴随着韩世昌走过了他艺术辉煌的一生,并在以他为代表的一代北方昆曲艺术家的传承中得以中兴,使其再次绽放出了迷人的艺术光辉。

原载于《中国作家》2018年第12期

悟道·寻佛·神会和谐

黄松柏（侗族）

通道四天，感触良多。神奇秀丽的自然之美，古朴宁静的村落之美，神妙悠扬的音乐之美，和谐包容的人文之美，典雅曼丽的服饰之美，通道转兵的红色文化之美等等，印象都很深刻，甚至难以忘记。这其中的通道之"道"，万佛山寻佛，坪坦村神会和谐更是让人啧啧之后，萦怀于心，生出很多感慨。

通道悟道。通道，有道而通，有道方通。通道，为县名有些哲思和禅意，还有些内在的等待与期盼。如果用"南楚极地，百越襟喉"来诠释，似乎只明了通道之方位和位置之重要。如究其形而之上"道"的意义，应还有话说。

"道"，老子云，形之上为道，形之下为器。要我理解，就是"道"分形之上之"道"和形之下之"道"。形之上之"道"为道理、道德、理想、规范等，存于脑，化为行。形之下之"道"，就是我们走的路，客观上存在于大地，始于脚下。有时，形之上之"道"与形之下之"道"是知行关系，因果关系。

通道转兵，实际上通道转"道"，具体来说是毛泽东在通道恭城书院立道和转道。未进恭城书院，坐落之处的山脉水势就让人惊讶，注定风云际会，乾坤顺势。侗家上千年书香和情思涵养的书院，在风雨中坚贞地等着一个历史机遇,等着一个经天纬地殉道者,来这里立道而转道。公元1934年12月12日,一支人马驻扎恭城书院。这支人马凭着前赴后继、惊天动地的英勇浴血湘江,八万多人剩三万多人,至此,部队从上至下天昏地暗,前途和命运何在?需要伟人的时刻,伟人站了出来。就是这个受人排挤压抑的毛泽东,他在马背上焦虑地思考着红军的前途和中国的命运。他还私下与张闻天、王家祥、周恩来密谈了自己的主张和想法(斯诺称为马背上的"阴谋")。周恩来主持会议,李德、朱德、博古、毛泽东、张闻天、王家祥参加会议。恭城书院,毛泽东以"问苍茫大地,谁主沉浮"的担当和慷慨激昂据理力争的气势,分析了红军生与死严峻的形势,提出了避开锋芒,跳出口袋不再北上湘西,而向贵州转兵的主张。他讲,大路朝天,各走半边,为什么要去钻强敌口袋,贵州兵力虚弱,避实击虚才是兵家之道。北上湘西,强敌如虎,是死路,转向贵州,克敌取胜,鼓舞奄奄一息的士气是活路。北上还是西进,斗争激烈尖锐,毛泽东的主张打开了人们的心扉也让他大多半战友感受了真理的光芒,他的高瞻远瞩,一切从实际出发的英明之道,得到了除李德、博古外四位战友的支持与赞同。真理终于战胜了教条,实际终于战胜了虚妄。毛泽东在恭城书院论道决定了历史方向,再次走上前台成为历史的举旗者。这次会议既是形而上也是形而下道的转向,其标志是毛泽东走上了前台,尊重现实,一切从实际出发的思想得到认可和实践。

通道恭城书院有幸成为中国革命转道走向胜利的见证者与参与者,历史的蕴含放射出了璀璨的光辉,为遵义会议确立毛泽东的领导地位打下了牢实的根基,其丰碑不朽。

通道,有"道"而通,毛泽东的中国革命之道至此而通,这是一次伟大历史契合,也是通道冥冥期待中分娩出的东方朝阳。

从此,毛泽东带领这支队伍,为民族解放,人民幸福,国家强盛,踏平坎坷成大道,历经风雨见彩虹,从胜利走向胜利。

人间正道是沧桑。毛泽东途经通道,走上历史舞台是有"道"而通。石达开当年也曾途经这里,可兵败大渡河,直至灭亡。红军到达大渡河,蒋介石也曾想葬红军于此地,让红军做第二个石达开。可此"道"非彼"道",十八勇士强渡大渡河,红军势不可当,高歌猛进,胜利到达延安。通道,正道方通呵。

什么是正道?我理解就是尊重实际,符合客观规律,主要是以民为天,唯此为大,毛泽东做到了,而且做进了人们的心。我在通道的几天,处处感受到70多年前红军的存在,通道转兵纪念馆不说,村寨的红军路有人标志,青山的红军坟有人挂清,战斗地方的烈士纪念碑路过的人们总投以敬仰的目光。正道在丰碑,也在口碑。道存庙堂,也在民间。通道,正"道"而通。

寻佛万佛山。到了通道,万佛山是必须去的。万佛山坐落在湘、桂、黔三省交界的通道太平岩村。太平岩、万佛山,从名入义,有期望人间太平,佛祖保佑的禅意在。初听万佛山之名,以为名山之中寺庙林立,万佛汇此。其实不尽然。

进门举首寻佛,只见一庄严牌楼高举神妙的三个字"万佛山"。没有见到佛,心里有点空落,继续拾级而上,苍翠挺拔的林木以及多姿多彩的藤蔓铺满眼帘,特别有世间名贵俊逸的香楠静立于清风之中,精神立马提了起来。再一昂首,两山突兀而立,丹霞地貌的万丈风光现出了神采。这时美女导游提醒,睁开您的慧眼,看对面赤壁之上有多少佛在。我努力挥洒想象,看佛在哪里,可是怎么也看不到成形的一尊佛。而同游的人们都说看到了慈祥的佛,有站立的,有躺卧的,还有欲飞的。这时我想起《易经》中"静而生慧"四字,暗中责怪起自己来,这个岁数了还不淡定从容,真是俗人一个,难怪与佛无缘。

没见着佛,但令人惊奇的风光诱着我们往前走。

走万佛山寻佛,我不知道要盘多少拐才到山顶。小心翼翼地走爬在临空丹霞的陡壁之上,看对面的山赤壁霞光,祥云流岚,古松玉立苍茫,奇石独赏日月,真可谓仙境佛界,人间绝唱。丹霞地貌往往色美形奇,且夹杂着晶亮的玛瑙石,有的还真玉化得有模有样。突然有一种想法就是挖几颗送身边的人,可是想想罢了,根本坚不可拔。这也是大自然的魅力所在吧,一如玫瑰有利刺一般。美,可观,不可近,更不可强行占有,更何况佛山之宝是想要就能要的吗?但愿君心非我心,我,罪过也。

寻佛,边走边赏万佛山、千岁峰、撑架岩、仙人居、金龟寻食、天生鹊桥、平坡岩门、三十六弯迷宫。我见过飘然迷蒙的佛影,听过松涛泉韵般的佛乐,沐过清心醒脑的香风,看到了奇幻仙人居吕洞宾的卧室,还有他留下的仙人床、仙人靴。可佛呢,我的佛呵!

到了佛顶,清风徐徐,金光悠悠,静心望远,大彻大悟。佛云,佛在心中。心中有佛,处处佛。人、动物、草木、山石、世间的所有,以敬畏之心、博大之心、善慧之心以对之,他们都是佛。有了佛心,即使屠刀之辈,也可立地成佛。

颔首望去,苍山红首,佛佛向天,经语慧禅,轻拂天地,万物有灵,万佛于山。我一介俗愚之人,寻佛万佛山,终得见佛,三生有幸。

神会和谐。侗族逐水而居,上善若水,具有水一样柔润与坚韧,水一样的博大与包容,是一个极崇尚和谐追求和谐的民族,其包容与接纳显露在生命、生活、生产的方方面面。侗族三宝——鼓楼、大歌、风雨桥就是最好的例证。鼓楼、风雨桥,形式上古雅协调,黑白分明,内敛实用,毫无张扬,独具民族特色。工艺上榫卯结构,环环相扣,层层相依,自然工艺的衔接,不用一个铁钉钢铆。雕梁画栋的内容,儒、释、道兼而有之,既重家国情怀,也讲个人价值,当然也注重宣扬侗族萨岁的精神图腾。

侗族大歌的和谐更是不用多说,它的无伴奏多声部合唱是世界独有的,轰动了巴黎也轰动了世界,它天籁般的美好与清露般的透亮令世界赞叹不已,现在正不断地深入城市与村庄。

去了坪坦村,更深切体悟到了这个民族美好和谐的图景。

坪坦村始建于宋代中期。由一户人家发展到了现在的200多户。它门前有一条河长年清流不断。宋、元、明、清朝时是很繁荣的茶、盐商贸河运通道。现在进村的河道,存有一座古老的桥,叫"普济桥"。桥名普济,可见建桥者有以苍生为念的胸怀。过了桥向上游行走30多米,不远的右边是坪坦村悠久的文化广场。广场周边布满了醒目的文化符号。中心是有色石头镶嵌的周易八卦图,周边为芦笙、哆椰的场所。正前方是我们侗家图腾老祖母萨坛,由左向右依次是孔庙、南岳庙、戏台、寨中鼓楼,各建筑错落有致,井然有序。侗家文化、周易文化,并存于广场,儒家文化、道家文化共处于一处。走在村落之中,不时又是一处庙宇,雷公庙,城隍庙,杨姓、吴姓的飞天庙等等,昭示着一种共同的精神仰望。那浪漫多姿的吊脚楼,文韵风雅的牌楼,平添一些生动和文气。村寨中防火盛水的池塘,锦鲤欢蹦,村寨边高大的风水林悠然招摇。树上的小鸟在唱歌,树下的鸡鸭也在唱歌。学校的读书声在荡漾着柚子花香的清风里阵阵飘来,很香,很香,几十个少男少女,在河边占据观望村中美景的最佳位置,画笔拿在手中,时而沉思,时而奋笔,他们在涂抹心中的村落之美,也是在描绘他们青春最美好的梦。整个村落古雅和美,包容大度,每个村民的笑意也是那么欣然坦荡,纯真和善。真可谓是"各美其美,美人之美,美美与共,天下大同"。侗寨,美好和谐的村庄,这辈子忘不了啦。

原载于《贵州民族报》2018年7月6日

下雪了，我就回来

帕蒂古丽（维吾尔族）

❖ ❖ ❖

我对大梁坡说，下雪了，我就回来。似乎大梁坡冬天的雪，能够为我积蓄生命能量。没等下雪我就回到了大梁坡，固执地等着跟村里的人一起迎接今年第一场雪。也许是故乡疼顾我，怕我冻着，进了12月还不肯下雪。

天不亮，窗纱上隐隐约约有一层白色的碎花在飘动，我担心自己又在做梦。我总是梦见下雪了，一次次拉开窗帘，一次次失望过后，再梦见下雪，总是忐忑犹豫，不敢拉开窗帘。

我裹上围巾和棉衣，拉开门，地上白蒙蒙的，空气里有股雪花的寒香。一直等待的雪，趁着我睡着，悄悄落满了我的院子，我的房顶，我的老河坝，我的大梁坡。

我跑出院门，在村道上飞奔，去看雪中的村庄。彻骨的寒冷，会让人调动身上所有的热能去应对，仿佛漫长的冬季背后有一种彻骨的力量在支撑着，奔走在大梁坡的雪地上，脚步总是那么有力。

一、雪变成满天的鸽子

天色在随着我的脚步渐渐亮起来，大雪中，我闻到了东北风吹过来的汽油味,接着看见东边阿哈提家的灯光。如果在过去,谁家一早要出门,一定先听见驴叫跟人声。起太早,驴嫌人吵醒了它的瞌睡跟人对抗的声音,人用道理驯服驴的声音搅和在一起,从风里滚过来,滚到醒来的人家院子里,这像是扔进东风里的声音包裹,你用耳朵打开就可以了解东边院子里发生了什么,你可以检查一下自己家的茶盐酱醋剩下多少,够不够坚持到下一次有人套驴车出门,决定自己是不是搭着谁家一早套好的毛驴车,去镇子里或者144团部、红旗农场买一点家里短缺的东西。现在阿哈提没有了驴,有家用小汽车了,给汽车加油的味道传过来,你根本无法判断他今天要去哪里。因为汽车一天可以跑很远,跑到乌鲁木齐、奎屯、独山子、克拉玛依再回来。

泽乃提罕窗户的灯一闪一闪,似乎是开了电视,她是个倔强的孤老婆子。夏天我去看过她,送她两块做裙子的布料,她怀疑我给其他女人一块,给了她两块,是不是认为她穷,考虑要把一块退还给我,好保全自尊,尽管很不富有,她还是想活得体体面面。

阿哈提的小汽车朝西边开走了,没有人知道大雪天他要去哪里。泽乃提罕在这个村里很少出门,孤身一人守在屋子里,守着大梁坡。她的电视屏幕亮着,她的眼睛除了用来看电视,就是用来看大梁坡。她死之前不会离开大梁坡,死了也不离开,她拜托邻居,如果她先走了,就让邻居把她埋了,如果邻居先走了,她让邻居的家人把她埋了。她在黎明的黑暗里一闪一闪的窗户,其实比电视屏幕大不了多少,她的世界也就一个电视屏幕加一个窗户那么大。她很知足,在她眼里,大梁坡前面带着个"大"字,证明这是个大地方,而且是个可以完全交托自己生前身后事的大地方。

阿哈提家的灯黑了以后,图拉甸家的灯亮了两间屋子,估计是他妻子收拾着要去镇里食堂打工。为了不让狗跟鸽子抢食,邻居图拉訇把家里的大白狗和一窝狗崽药死了。现在他家院子里没有了他呵斥的对象,本来走路都看着天的图拉訇,更加不用看地了,初冬地上完全没有了他要看的东西。他每天天不亮就站在门口的空地上,抬起头看天上的鸽子。有时候天上什么也没有,他也一动不动昂头看着天。图拉訇为了看天,从来不戴帽子,以免抬头的时候帽子掉下来耽误他看天,一到冬天他的耳轮总是黑红的,像是被严寒给烤焦了。

雪从天上扯下一道道白纱,我满身披着白纱往回走,看见图拉訇又站在门口习惯性地抬头看着天,大雪也没有网住他执拗的视线。我也学着像图拉訇昂起头看天,天上的雪变成满天的鸽子,向我飞过来。

二、消失的人物

冬天,大梁坡的人们都和我一样生炉子、做饭、扫地、洗衣服,除此之外,男人们忙着喝酒、挣钱、追女人,女人们忙着结婚、生孩子、办满月酒。我相信,他们还有我看不到的内心生活,比我看到的和搬到纸面上的更彻底。

傍晚,我喜欢坐在炕上看村庄,从窗户里远远地看过去,新添的路灯围着种棉花的大坑耀眼地开着,村庄像一本打开的书。大梁坡的人物就适合住在村子里看,他们一旦进到了我的书里,从此就从我的现实世界里消失了,被我用薄薄的纸张埋在了书里,再也出不来了。

我在村里再见到我写过的某个人,会有一种悲哀,我不愿意承认这个人就是我写进书里的那个人。我写的喀里喀孜,有着帅气的外貌,夏天我在他家见到他时,他抱着孙子出来迎我,人已经老得找不到一丝过去的模样,蓬头乱发,胡子拉碴,他还用少年时候的那样热烈眼神看我,却没有了那时的单纯无邪,比我早年见到的他父亲还要衰老。如果夜里见到他,我一定认为是他父亲苍老的幽灵。

有时候,我后悔把大梁坡的人们写进我的书里,他们被我锁在陌生化的描述里,再看到现实中的他们,反倒让我生疑。在村委会门口碰到童年伙伴小石头,他见面跟我握了个手,这个成人化的举动,一下子让我向童年记忆里那个顽皮的小石头告别了。他和我的手握到一起的刹那,我就把他和笔下的那个小石头彻底断开了,把他和我的童年断开了,我只认识记忆里那个小石头,不认识眼前的这个人。我有一种犯罪感,仿佛我把他俩其中的一个杀死在了我的文字里。文字是我给童年记忆修建了牢狱,进入我文字里的都成为我的囚徒,他们被我判了无期徒刑,一辈子不得离开我为他们铸造的牢笼。

我朝着尚在熟睡中的白蒙蒙的村庄走去,想趁着早上村庄还没有苏醒过来,一个人安静地走走,复活一些过去的记忆。我感觉被这个村子扔在了尾巴根上。隔了30多年后回来,村子里总有一些东西,是我无法追赶上的。

空气中有股干草的甜香,仔细闻,有种淡淡的草药味道,可能是艾蒿上下了雪,被晨曦一照有股艾香。村子四周房子顶上落着雪,有一种威严感,仿佛一个城堡,联合起来护卫着什么,一副提防着谁的架势。

一个人偷偷走过村子最东头,就像小时候边走路边捡柴火和牛粪那样,我躬下身在路口捡了一段谁家丢弃的拴过羊的麻绳,我抖掉绳子上的雪,绳子一股羊骚味,已经被拉扯成了一团乱麻。我多年没有看到过麻绳了,城市里的麻都在用来做衣料了,只有在农村,麻才被拧成拴牲口的绳子。哈萨克邻居玛泰出来倒尿盆,撞见我匆匆招呼了一声,急忙隐到白刺墙后面去了。

我绕到哈斯木的旧房子门前,哈斯木家的那棵树还是老样子,我记得本来是两棵,不知什么时候少了一棵。哈斯木家门前的大坑是不是原来那个,我有点记不清了,拼命回忆,也想不起来这个位置曾经是什么,是亚森家的后窗?亚森每天等我从学校回来,经过他家后窗时,用左手的食指和拇指圈成一个圈,再让右手的食指不断从左手的圈里穿进穿出,那是一个在大梁坡小孩子都懂的动作。

我沉浸在那个带给我早期启蒙动作的回味里,突然有人打开哈斯木家旧房子的门出来,把我恢复的旧时记忆撞开了一道口子。道莱提罕大婶要生炉子烧火了,在院子里取柴火、铲煤,她朝大坑这边伸长了脖子,我赶紧背过脸往回走,生怕她奇怪我大清早站在大坑边上发呆,幸好大坑里积着的是雪,不是水,不然我恐怕像个要投水自尽的人。我绕回到原来的路上,把一串串可疑的脚印留在了雪地上。

清早不赶羊、不赶牛,一个人在村路上空着趟逛游,总有点行迹可疑,我有点忌惮拖着的那团麻绳。我穿着大棉袄、扎着布围巾、穿着棉拖鞋的样子,很可能像个贼,平时见了我老远就摇尾巴的阿哈提家的狗,一个劲地冲着我狂吠。人们睡着的时候,把村庄交给了狗,清早大梁坡的狗知道人们起得晚,仍然尽职尽责看管着整个村子。我只想去散散步,偷窥一眼苏醒前的村庄,没想到要趁机拿什么东西,走了一圈,无意间竟提了一段没用的麻绳回来。麻绳潜意识里似乎跟线索这样的字眼有关,我是想寻找一些记忆的线索罢了。这根记忆线索可真的够粗够长,断断续续,纵横交错,纠综绕结。

路边肉孜穹家的房子,夏天我来的时候,还有一些残墙,现在被推土机推成了一堆土,像一个坟墓的样子,本来看家护院的高高大大的白刺,如今戳在土堆上不肯倒下,它还不知道,主人早已经不在了,不需要它了,这傻傻的植物,多少年过去了,仍然偃乎乎地挺在废墟的积雪上。

天色亮了,空气飘散着牛羊反刍了一夜的草料的气息。我回到炕桌前,开始反刍清早在村里偷窥的一切。我用笔将好几个熟悉的人物,从现实中拉进我文字的牢狱里。对于大梁坡,我不仅是个文学小偷,可能罪行比这要严重得多,不知道被我关进书里的那些大梁坡人,会不会宽恕我。

三、墙上的风洞

咳嗽哮喘又开始轮番折磨依拉訇,他老伴大婶被风呛得没法呼吸,被风湿痛折腾得没法睡觉。他们对我不停地抱怨着,这都是他们搬进我们家的老房子后,那些风洞给害出来的病。

依拉訇家炕上放着氧气管,努热拉罕大婶被风呛得没法呼吸,动不动就得吸氧,她向每一个来她家的人不停地撒娇,70岁女人剩下的唯一撒娇方式,就是告诉别人自己哪儿又痛了,示意人家关心关心她的身体。老化的身体只有一直疼痛,才会不被忽视。

他们搬进我家老房子前,没有堵好墙根子上那些风洞,长年累月灌进来的风,在伤害完我父亲之后,又伤害了依拉訇的气管和他老伴的关节,钻进了依拉訇的肺和他老伴的骨头缝里游走作祟。依拉訇说,风把他的气管当成气管子,把他的胸腔和肺当成了风箱,从早到晚呼哧呼哧响个不停。

依拉訇想到了我父亲留给他的那句话:"你不把墙洞收拾好,风就会来收拾你。"

依拉訇早晚会搬进我们家的房子,父亲殁之前就有预感。对依拉訇说上面那句话的时候,我父亲身体里已经扯开了风箱。他央求依拉訇和点泥巴,帮着把后墙根的风洞堵上,依拉訇看看父亲已经没了力气,需要靠他的力气堵那些风洞,就出了个大价钱,父亲摇着头,大口大口地咳嗽着,他被这几百块钱的要价给呛住了。

"我帮你把风洞收拾好,就能把你的咳嗽也带走,不把风洞收拾好,你就得和你的咳嗽在一起。想留着咳嗽,还是留着钱,您自己选择吧。"依拉訇以为用咳嗽威胁我父亲,我父亲就会被吓住。

"咳嗽是我养的狗,有咳嗽陪着我,晚上家里不敢进贼。这风洞也是宝贝,我留着,夏天吹个风,图个凉快。您走吧,依拉訇,风洞和咳嗽我先留着,你啥时候想要,我回头再转给你。"

依拉訇把我父亲和他的咳嗽声晾在风里,头一扭走了。

我父亲殁了不到半年,依拉訇搬进了我家的老房子。

我父亲真的把他的咳嗽留给了依拉訇,依拉訇蹲在地上对着地墙根咳,扬起脖子对着房顶咳,咳得前仰后合,房顶的尘土被他的咳嗽声震得四处飞舞。他对老伴嘀咕:"当年依布拉音家的风洞我没帮着堵,那天他蹲在墙根用咳嗽声送我。哎,他一定料到,有一天我们也会吃这风洞的苦头。"

"当时你要是堵上就好了,咱们现在就不用被风欺负。"老伴腰疼得直不起来。

"依布拉音说过,我不收拾他的房子,风会来收拾我。自从我们住进他的房子,我一直在收拾那些风洞,可是有什么用,风像是认识那些洞一样,堵上以后过不了多久,又从原先穿过的地方刮开了,我们还是被风收拾。"

"等我们搬进来,风洞已经开得太大,堵不住了。"

一到冬天,风就开始折腾依拉訇老两口,袭击他们薄弱的关节、气管和肺,甚至侵入心脏了。愧疚和懊悔让老两口常年失眠,风一刻不停地在他们的良心上穿孔打洞。

他们用棉花堵,风从棉花缝里钻进来;用破布堵,破布被风撕掉。

他们用泥巴堵,老的墙皮不认新的泥巴,新墁上去的泥巴被旧墙皮挤得脱落,他们干脆铲了一大堆土,堆在墙根,土每天被风吹掉一些,被狗刨掉一些,被蚂蚁做窝,鸡叼走土里面的草籽和虫子,最后被老鼠、黄鼠狼洞穿。似乎满世界的东西都在跟他们作对,帮风把风洞重新打开,风的嘴对着他们不停地吹,他们怎么合也合不上。

依拉訇总是感觉,我父亲没忘记他们,一年四季都在用风洞里的风,问候他们一家的生活。

为了逃离我们家老房子的那些风洞,依拉訇盖了个结实的房子,把我们家的老房子拆了,抽走了檩子和椽子。这些檩子和椽子被上到了陌生的房顶,不愿意服服帖帖承担起别人家的重量,时不时地漏点土、漏点水,让依拉訇的咳嗽、哮喘和他老伴的关节炎、风湿痛加重。

住在新修的房子里,依拉訇和老伴还是感觉冷风像蛇吐着蛇信一样,从四面的墙洞里钻出来,风蛇的毒液已经浸入了他们的身体深处。

"依布拉音一定在怪我,怪我不帮他堵风洞,人搬走了,还要抽走他家老房子的这些木头。你看我们盖的这新房子的屋顶,总是往下面漏水、漏土,好端端的墙上就裂口子,感觉到处都在漏风。"

努热拉罕大婶,指着头顶说:"那不怪依布拉音,幸亏依布拉音那间老房子里这些椽子、檩子,不然我们这房子盖不起来。"

依拉訇怀疑我父亲对风念了咒语。他们每次见到我就拉住我,给我诉苦,希望通过我让父亲收回他的咒语,不要再让风跟他们作对,收拾他们衰老的身体。

我说,我父亲都睡在土里了,总不可能趴在墙根子上帮着风刨土打洞。

自从他们跟我说了那些风洞的事情，风洞就打在我心里了。好像依拉訇和努热拉罕大婶的身子，变成了我父母在世时的身子。父母用衰老羸弱的身体，抵挡那些风洞的漫长冬夜，我在远方，睡在四壁结实严密的楼房里，梦里总有风雪漏进来。

如今父母躺进严实的黄土，坟墓里应该不会再有风，可我总担心那些老鼠、蜥蜴和蛇，它们依旧会把洞打进坟墓。我总担心坟墓的一角会漏风，就如同小时候，父母总担心我晚上睡觉被子没有盖严实。我一直没法堵上心里的那个风洞。

依拉訇把房子连同墙上风洞卖给了老邻居，就像当年哈斯木把我家的老房子买过去以后，转手卖给依拉訇。依拉訇又把老邻居晾在了风里，就像当年把我父亲晾在风里。依拉訇老了，已经没有力气堵上那些风洞了。

依拉訇两口子搬走了，带着他的咳嗽哮喘，带着老伴和她的风湿痛，搬到了镇里的女儿家，他们的女儿最终在父母活着的时候，让父母永远逃离了那些风洞。依拉訇的女儿把那股吹彻过父母们的寒冷留给了我，把愧疚和懊悔留给了我，把那些我没替父母抵挡的风洞植入了我的身体。在冬夜，那些吹彻过他们生命的风洞，在我的身体里不断地开合，仿佛天地的呼吸都变成了风，吹进我的每一根骨头，在我的骨头上打孔钻洞，让它发出类似骨哨骨笛的声音。

原载于《大家》2018年第1期

清风吹过清水河

王树理（回族）

　　严冬季节，中国北方的天气正冷。然而，位于海南省东南部的陵水黎族自治县，却是一派天蓝海碧、云蒸霞蔚、万木葱荣、鲜花盛开的景象。脱掉厚厚的冬装，换上便捷的服装，来领略陵水河的大好风光，真的是心旷神怡的人生乐事。

　　不久前，我来到陵水游玩，住进了清水河畔的一家宾馆。宾馆的服务人员告诉我，出宾馆就是一处供人们休闲娱乐的公园，一早一晚都可以在里面散散步，活动活动，给自己的心情来一个放松。

　　对于如此善意的提醒，我不能不心存感激。当天傍晚，我就走进了这所椰林高耸、树木蓊郁、百花盛开、色彩斑斓且又濒临大河、堤坝秀美、波涛翻滚、清风习习的公园。那浸润着甘甜气味的凉风吹拂过来，就给人以秀手拂面的快感，仿佛冥冥中有某种仙人指路的耳提面命。走在这么美好的公园里，不知不觉就到了太阳落山的时候。虽然仅仅走了公园的一小部分，但我仍觉得不虚此行。

　　按捺不住对这个公园的眷恋，第二天，我起了个大早，背上相机就到公园里去了。这次，我才彻底地转遍了整个公园。让人感到非同一般的是，这个看上去如此秀美的所在，原来是一处设计主题为"廉政"的休闲娱乐场所。除了让人心旷神怡的风景娱乐设计，更能让人振聋发聩、警钟长鸣的是,园区里如雕塑、座席、碑廊等等,全都被赋予了提醒人们在道德底线、大是大非、个人修养等方面保持清醒,让人廉洁自律的内容。比如:在廉政公园大门的正面,一组构思奇特、警示性极其强烈的"廉"字景观,就深深地吸引了游客的眼球。艺术造型的"廉"字,上面是一顶寓意为官要清廉的官帽,廉字背面的石刻是"公生明,廉生威"六个金光闪闪的大字,阐明了为官之道、为政之德和立身之本。而在离此不远处,则是一组寓意深刻、独具匠心的"却步桥和爱莲池"。这组设计由两座断桥组成,爱莲池中央矗立着一组曲线群体雕塑,雕塑以多个曲线连接成表现人体身材性感美的视角;爱莲池中种满了莲花,不少莲花枝头已经结出莲子,寓意清正廉洁。而这两组雕塑的两端,则是两爿永远不能走到一起的断桥,它警醒世人尤其是为官之人,在美色和利益的诱惑面前,绝对不能有贪欲之心,必须时时刻刻想到"廉洁"的要求,以出淤泥而不染的慎独之心,自觉抵御各种不正之风的侵袭与腐蚀。稍有不慎,就会跌下断桥,身败名裂。

再往前走,公园里浓郁的树荫下,原来处处都有让人从纷繁世态中猛然惊醒的设计。一丛用绿篱栽种起来的迷宫,提醒你一旦走错了路,就会陷入令人迷失的"迷魂阵";而离此不远的几株椰子树下,则是几尊中国古代钱币形状的雕塑。乍看上去,几枚造型逼真、写着"康熙重宝""永乐通宝"的钱币,真的很传神,但仔细审读,你才会发现,那"孔方兄"的方框里,正正规规地镶嵌着几个让人眼睛一亮的小字,如"金钱有价人格无价""常怀律己之心"等等,发人深思。

廉政公园中唯一一个人物雕塑,那也算是陵水人的骄傲——明朝海南籍清官海瑞。雕塑旁的石碑上毕恭毕敬地介绍了这位几乎与包拯齐名的历史人物为官清廉、洁身自爱、为人正直刚毅、不献媚奉迎的品格,以及他对国家忠心耿耿,为百姓直言上疏、蔑视权贵、抑制豪强、惩治贪官的故事。海瑞一生严于律己,自甘清贫,获得百姓的赞扬,被人们称为"海青天"。

公园里的廉政教育内容太多了。当我朝着一座亭子走过去时,发现这原来是一座悬挂着警世钟的所在。乘着清晨旭日投下的曙光,我似有所感地撞响了这口足以让人头脑清醒的大钟,那警钟长鸣的巨响,让我的心底涌起了一阵难以名状的激动。

当我拍摄了几十张照片要返回宾馆的时候,门口一块硕大无朋的石碑上镌刻的大字,让我本来有些激动的心情又增添了一种温暖:"漫漫人生路,走好每一步。"我想,这不仅是对到公园散步休闲的人的提醒,也是对所有人民公仆的提醒。记住它吧,历史的回音壁下,你能听到这些谔谔诤言的回响。

原载于《民族文学》2018年第5期

四月在乌江

张健（苗族）

久闻乌江名,今至乌江边。

此乌江旧称黔江,乃贵州第一大河,浩浩汤汤,自黔入渝,于重庆涪陵注入长江。车子在渝东南的酉阳境内起伏穿行,漫山遍野都是初春的爽朗气息。无边的青葱翠绿中,间或露出一树红艳艳的花,在眼前一闪而过。路边的坡田里有不知名的鸟儿栖落与起飞,成群结队,叽叽喳喳,有的从车窗外掠过,眼看要撞上树杈了,忽而一转,划出一道优美的弧线,竟自箭一般扎向蓝天。人正在这样的景色里陶醉,就听到有人在喊:"乌江!乌江!"赶紧起身随大伙往窗外看,右前方是屏风一般的伟岸山崖,山崖底部躺着一条翠绿的大河,河也看不出来是在流动,只安安静静躺在那里,与巍峨无言的群山倒正是天造地设的搭配。这河的头与尾都隐在群山之中,只在山脉转弯的地方突然露出这一段,与大山依偎缠绵。河面上的山崖,如鬼斧神工一样夹河而立,常常近90度直角地插入江中,层层叠叠,蜿蜒逶迤。崖壁上裸露着大块的岩石,岩石上又生出大大小小的豁隙,有的则长满密密麻麻的树,高的矮的,一色的翠绿,远看有点像松,当地人则说是竹。

车子沿着山道又转了半天,终于来到乌江岸边。跳下车子一看,好美一条江！兀自安静地横在眼前。两岸高山的倒影映在水中，一江碧绿，让人忽而想起"两山排闼送青来"的古诗。走到江边，掬一捧水在掌心，便有一股清凉从手心开始蔓延，很快流遍全身。抬头使劲吸一口气，略微潮湿的江风，夹杂着两岸草木萌动的气息，一下子灌满了整个胸腔，畅快之感，难以言喻！这时候，我相信了世上的河大约分为两类：一类是从土里流出来的；一类是从树上流出来的。土里流出的河，肤色是黄的，就如黄河，流淌起来仿若铜黄的牡丹在缓缓开绽。乌江则是一条从树上流出的河，流淌的是两岸青山的颜色，它的每一滴水都是树的汁液，整条河就好像是翠绿叶片上的一根脉络。静水深流，乌江看不到底，但人在江边一站，却本能地察觉出它的幽深。一定是极深的水，才能养出这极纯的绿。当地人说，以前这里水流湍急，礁石密布，行船江上往往提心吊胆，现在因为在下游修了水坝，江面抬高100多米，急流似箭、猛浪若奔的情景一去不复返，乌江变得安静，也变得深沉，只有走到它的跟前，甚至只有注视着江面上落叶的移动，才能感觉到江水缓慢地流淌。

我们下车的地方，正是乌江百里画廊的泊客处。从这里登船，便可以投进乌江怀抱，零距离领略乌江的风采。若是逆流而上，便往贵州沿河县方向，最终会追溯到乌江的发源地——贵州威宁县；若是顺流而下，则经过重庆彭水县，然后到达涪陵，涪陵的榨菜天下闻名，而那里更是两条大河的交汇之所。我们选择了逆流而上，人在船头一站，江风拂面，衣袂翻飞，一江碧流仿佛都要拥入怀中。抬头望两岸的高山，会感叹于这山的伟岸与峭拔。想到这还是水面抬高100多米之后的情景，那么，古人行船乌江，若也一样地抬头望山，会看到什么样的情景？他们一定会更加震撼，因此写出了"两岸连山，略无阙处，重岩叠嶂，隐天蔽日"一类的神来之笔。这世上每一处山水都是一篇雄文，只在等待有缘人的发现与昭写。细看两岸的石壁，只见峭崖耸立，造型千奇百怪,崖上多生松木翠竹,从山腰一直延展到水边。有的崖壁突然秃出一块,却是寸草不生,岩缝中露出一两个洞口,从船上遥望,难辨其详。如果能循岩壁攀缘而上,进洞口探索,不知会看到什么风景。我想到书上说,巴蜀一代的峡江之中,往往藏有悬棺,棺材就安放在如这般的悬崖峭壁上。我不知道古人是怎么把沉重的棺材抬上那样高耸的悬崖,只是想,不管是谁被葬在这样的地方,倘若有灵,日夜看江水流淌、草木枯荣,看太阳升落、月儿圆缺,该是一种巨大的幸福,还是一种难挨的寂寞?

在这乌江东岸的群山中,藏着一个精致的龚滩古镇。据说因为修水库,真正的龚滩古镇已经被淹没了,现在的古镇乃是按照旧址的模样,1:1重新建造起来的。古镇里的街道都是细长而狭窄的巷道,巷子两边是一家挨着一家的商铺,出售着各色各样的土特产。与很多江南古镇不同的是,这里的巷子七拐八弯,忽然要拾级而上,忽而又要下坡急行,仿佛是在走迷宫。那种原生态的吊脚楼已难寻觅,取而代之的是临江修建的一座座木板楼,两层三层的,错落排放,簇簇拥拥。家家檐角高耸,挑一面桃红旗或者湛蓝旗,上书客栈酒店的大名,一路走过去,先是看到八哥饭馆,拐几个弯,又看到六哥茶楼,心想这莫非是一家子的兄弟,便继续往前寻去,想看看大哥在哪里,却终究寻而不见。这些临江的茶楼饭庄都是理想的休憩之所,找一个靠窗的座位,面对碧流青山,绿树红花,任凭江风送爽,燕语莺啼,邀三两好友,品一壶香茶,可以消磨半天时间。若是肚子饿了,就点一尾乌江鱼,要一道绿豆粉,再加一碗香椿炒鸡蛋,或者干脆来一盘春笋焖腊肉,尽是人间美味,保管让人暂抛下万般烦恼,直乐得不知今夕何夕。

在古镇里漫无目的地走,游客并不多,这让游玩增添了不少兴致。走着走着,眼前突然冒出一个木制牌楼,牌楼后面是一道石阶蜿蜒而上。循石阶往上望去,茂盛的藤萝绿树挡住视线,石阶往树后一绕,便不知去向。这很有些曲径通幽的味道,便好奇地沿石阶往上走,拐了两三个弯,来到石阶尽头,却是一座门楼高耸的庭院,藏在绿荫花树丛中,奢华而又低调。院子的大门挂着一副对联,苍劲的行书雕刻在暗黄的木板上,上联"东倚云山一楼独胜把美酒可开醉眼",下联"西揽江月三院俱荣品香茗且话诗情",横批"夏家院子",上面缀满藤萝绿叶。我低头一想,这对联倒是点出了这座庭院的地理之胜与主人的情怀之雅。这院子坐落在乌江东岸,身后是万山巍峨,云蒸霞蔚,可不正是"东倚云山"? 院子又坐东朝西,面向流淌的乌江,可不正是"西揽江月"? 又因为地势极高,可以俯瞰古镇江流,目送霞飞日落,真真算得上"一楼独胜"。至于"三院俱荣",我才疏学浅,而且不知根底,一时之间不知所指。至于"把美酒""品香茗""开醉眼""话诗情",自然是一种人格情怀的自况,历经世事的中国知识分子,往往喜欢追求这样的格调或者说境界。跨过大门而入,里面的正堂上又是一副对联,尺寸要小很多,内容却更加大气。上联"临水读书忠孝立世",下联"开轩闻道勤俭持家",横批"万世英俊"。我来之前未曾做功课,但走进这座小院,读到这两副对联,我猜想这院子大概属于一个很有历史与故事的家族。"临水读书"的意境何其让人神往,更何况这里临的"水"还是钟灵毓秀的乌江! 院子里草木葳蕤,大量的盆景安放有序,看得出主人的精心与勤劳。小院的角落里有一个小男孩正在做作业,他对我们的到来既没有阻止,也没有惊奇,仿佛是司空见惯,又或许是心无旁骛,不得而知,但我们却不愿再逗留,于是悄悄退了出去。

  这一次来龚滩古镇,还看到了当地土家人的摆手舞,喝到了土家人敬客的包谷酒,尤其是那酒,一口下去,整个身子仿佛就开始燃烧,果然火辣而炽烈。同行者说,这酒就如当地的山民,这说法我很赞同。所谓"物如其人",而人又如其所生长的山水,概因人就是山水之精华。

行走在酉阳境内的乌江之滨,行走在仿若世外的龚滩古镇,我忽然生出这样的感慨。我辈天天在尘世中摸爬滚打,能来乌江边的古镇里走一走、看一看,偷得浮生半日闲,也是一种难得的清福。

原载于《中国作家》2018年第8期

悲欢之上

朝颜（畲族）

一

他胖得理直气壮，手臂永远摆不直，提溜着，像一对标准的圆括号。他抡着那对括号跑到我梦里来，理直气壮地笑话我："钟校长啊，你抱'西瓜'啦？"

蓦地醒来，是清晨6点10分。拉开窗帘，看到窗外的玉兰树浸在晨光里，残存的几片白色花瓣稀稀落落挂在树上，树叶都抽了芽。一种时序更替、物是人非的伤感漫过头顶。

在手机通讯录上，他依然是我的四舅。现在，他去了远方，他在梦里说到的"西瓜"已经从肚子里蹦出来，长成了一个12岁的姑娘。只是，他到最后都没有看到"西瓜"迸裂之后变成了什么样。

2003年，应是他最后一次从南昌回到瑞金。我们一起去吃饭，人多，车子座位不够，他让我坐到他膝上，打趣地说："我抱着你，你抱着'西瓜'。"彼时我已是一个新婚的孕妇，总归有些羞涩。但他不，像小时候无数次怀抱我那样自然贴切。

其实那时候癌细胞已经不可逆转地钻进了他的肌理，但他出现在众人面前，依然是高谈阔论、谈笑风生的样子。从我记事起，他仿佛就是一个从来没有悲伤的人。

　　他活在一些永远笑声不断的片段里。我与哥哥年幼时,家中劳力少,外婆常派四舅五舅来插秧割稻。我什么也干不了,也非得屁颠屁颠地跟到田间地头去。他站在水田里干活,不时拿着畚箕把脸遮住,又倏地打开,喊一声"家共"(方言,躲猫猫),把我逗得咯咯直笑。插秧时,每扔一把秧苗,他都像掷一个飞镖那样刷地飞出去,嘴里念着"着",秧苗就划了一个优美的弧线。夸张的动作和诙谐的话语,往往把田间地头村民们的目光全都吸引了过来。日复一日形同苦役的农活一下子就成了快乐的事。

　　长大以后,我常常想,他为什么快乐呢？其实他真的有理由不快乐。未经人事便失去父亲,幼时差点被送养,求学之路又艰辛多舛,三番五次被外婆拉回家务农。这中间吃过的苦受过的委屈,岂是三言两语可以说尽。可他硬是一坎一坎地跨了过去,还生就达观的爽朗劲。

二

　　11岁那年,没有人想过要为我过一个生日。因为,我是一个女孩。

　　最后只有四舅记得我的11岁。他托人捎来一把紫红色缀花边的折叠小伞,还有一套粉红色镶金边的衣服,每粒纽扣上游着两条摇头摆尾的金鱼。

　　第一次穿上那套新衣服去上早自习,我迟到了,悄悄地溜进早操的队伍里去,但还是招来了无数注视的目光,包括年轻的班主任。他看着我,一副从来不认识我的神情。我想,一定是这套衣服使我焕发出了从未有过的华丽,以至于引起惊诧和侧目。我一向衣着土气而破旧,这套衣服成为我人生中第一次确认自己与众不同的依凭。

我对四舅的亲近几乎全凭一种直觉。七八岁的样子,我和哥哥在外婆家度暑假,开学前外婆安排四舅五舅骑自行车送我们回家。两辆旧自行车并排摆在屋前的空坪上,两个英姿焕发的舅舅各扶着一个车把手站定。外婆指着他们问我:"满崽,你想坐哪个的单车?"似乎不用经由大脑思索,我一言不发径直走到四舅身后,拉住他的自行车货架。

跟定四舅,就相当于被一路的惊险锁定。没骑出多远,四舅已经将五舅远远地甩在了身后,直到影子也不见。起初我是得意的,瞧,我们跑得多快呀,用现在的话来说就是两个字——"拉风"。但是简易的沙石路哪经得起快速的颠簸,骑得越快,屁股震得越疼,好多次感觉自己就要被震飞。四舅却不管不顾,经常整个身子立起来用尽全力蹬。从石罗岭下行,时遇陡坡急弯,自行车简直像疯了一般往下蹿,而边上就是万劫不复的悬崖。我大惊失色,不迭声地喊:"舅舅,你慢点呀!"他回我一句:"刹车不灵,你抓牢就行。"我没了主意,只得拼尽全力死死地握住货架,没被抛下深渊,真是个奇迹。

多年以后,我一个人骑自行车从石罗岭疾驰而下,飞一般掠过一群担柴火的妇女,掠过一阵又一阵的大呼小叫。同样是刹车不灵,我竟然没有太多的恐惧,有惊无险地顺利下了山。在后怕之余,我心里不免有些许自得,不管怎样,我毕竟是跟着四舅"飞"过一次的人。

三

小时候,我是将四舅当成偶像来崇拜的。

寒暑假,四舅穿着警校的警服来我家,一大群小伙伴便围了过来。四舅爱表演,他只需要用一只手臂,就能将我高高地吊起来。然后是比我重一些大一些的孩子,无一例外,像拎小鸡一样拎在手臂上。想来,村里的孩子没人敢欺负我,是不是也因为我有个威武的舅舅。四舅教我最简单的防身术,如遇拳头袭来,左手格开,喊声"防",右手一拳击出,喊声"攻"。此招我与哥哥操练多年,直到我们都已长大,不再武斗为止。

我曾经以为这辈子都不会看到四舅的眼泪。一个天不怕地不怕的人,一个永远将苦难狠狠地甩在身后的人,他怎么会无助到需要用眼泪表达内心?可是我分明看到有晶莹的液体蓄在眼睛的深处,他的眼眶红红的。彼时,他扶着门框,已经没有多余的力气送我下楼。

那是2005年的初冬吧,就在所有人都知道他已经时日无多的时候,我撇下刚刚断奶的孩子去江西农大看他。那几天,他大多数时间是爽朗的。虽然已经行动不便,但没有疼痛的时候,他依然高声谈笑,像从前那样把每一句庸常的话说成笑话。

舅母去上班的时候,屋里就剩下我们两个人。四舅开始和我讲他四十余年的人生心得,讲着讲着,他突然问我:"你也是个孩子的妈妈了,还当了副校长,做完一件事的时候,你有没有总结经验的习惯?"我一时愕然。他看出了我的局促,没有过多追问,然后只是将那些工作和生活中的关键节点讲述与我,一一例证一个人从稚嫩走向成熟,需要怎样不断地总结经验教训。

我忽然意识到,这可能是四舅这一生中与我最正式的谈话,也是最后的一次谈话。

一个一穷二白的苦孩子,经历高考落榜,复读考学,再艰难留城,又一路打拼,由一个小民警变成大学校领导,他的一生无论如何堪称励志与传奇。四舅是想把他人生的精华一股脑地传授于我呀。我心性再愚钝,也能体会到四舅的用心良苦。那天晚上,我失眠了。

四

我依然记得分别的那天寒气逼人,四舅不断巡睃着那套不大的房子,以期找到一件珍贵的物品,好送我留做纪念。终于,他想到床底下有一套景德镇瓷器。他挪过去,想奋力拖出它,被我先生制止。我与先生一同搬出那箱笨重的瓷器,放在门边。

我们明知道这也许是最后的一次见面,却仍旧说着一些诸如"安心、保重、早日康复"之类的违心话。四舅握着我的手,眼眶渐渐变红。待我拉开门回过头,他的眼泪早已毫无节制地奔流而下。我不敢再说话,怕发出声音的全是哭腔,只好急急转身下楼。

到了楼下,我和先生放下沉重的瓷器,放声大哭。

那套瓷器从南昌运到瑞金,正遇上我乔迁新居的当口,我把它们一个一个取出来,擦得锃亮,小心翼翼地存放在橱柜里。我知道我不会轻易地使用它们,因为我更愿意让它们完好无损地存留于世,就好像我的四舅从来没有离去一样。

四舅的最后时光,正是旧历年的大年三十,新年钟声即将敲响。那个冬天多么冷啊,整整一个月,母亲第一次穿上了羽绒服,待在南昌陪伴着他。好多好多的不堪,还有不忍,都由母亲转述。她说,一群四舅善待过的贫困大学生,围在他身边哀哀地哭;她说,四舅却笑,含着眼泪笑,虽然他已说不出话来;她说,那么胖大,那么乐观的一个人啊……

一个人的出场总是伴着欢喜,而退场却裹挟着无与伦比的悲伤。

白玉兰飘落下来,不经意间,时序换了一茬又一茬。如今,四舅住在梅岭,不知道有没有想念家乡的糯米酒,有没有人陪他大块吃肉大碗喝酒,有没有最欢畅的笑,被掩在悲伤的深海。

我跌跌撞撞在人世沉浮了三十余载,终究没有将四舅教我的总结经验当成习惯。但是我继承了四舅的笑,无论是山雨欲来风满楼,还是大浪淘沙始见金,我都相信,笑比哭好。我常常觉得,总有一股隐秘的力量,蛰伏在悲欢之上。

　　从此,在这个世界上,再没有什么能够夺走四舅的笑。

原载于《在场》杂志2018年6月夏季刊

解读阿云嘎(节选)

布仁巴雅尔(蒙古族) 著
海风(蒙古族) 译

以前,我对"认识"一词的理解过于肤浅,因而与人见过一次,询问其姓名和年龄,便随口说,我认识他。

其实,我和阿云嘎主席早在20世纪80年代就相见相识。《花的原野》编辑部为庆祝内蒙古自治区成立40周年,在伊克昭盟杭锦旗举办全区蒙古族作家创作会议,我有幸参加此次会议。

那时的伊克昭盟简直一片荒芜,是个贫穷落后之地。放眼一望,尽是光秃秃的戈壁荒漠。我们乘坐的班车像咯吱咯吱作响的牛车一般走在蜿蜒的沙路上,扬起漫天尘埃,车轮忽而陷入沙子里,一路推推扯扯,吃力地行进着。

一大早急匆匆喝完早茶即出发的我们直到过了晌午才风尘仆仆地赶到东胜,终于松一口气。晚上五点左右,《阿拉腾甘德尔》编辑部的莫·哈斯巴根喜笑颜开地来到我们住的旅店,用那作家独有的风趣语言说到:"老布啊,盟里的一位领导要为你们接风洗尘,千万别到外面去吃,乖乖地待在这儿吧!"他如此发出邀请:"闻名遐迩的科尔沁至少离这里有几千里地吧?若不是酷爱文学创作,千里迢迢来我们这穷乡僻壤,那真是活受罪呀!"他呵呵大笑着。

我们几位都与莫·哈斯巴根初次相见,但他待我们如故友般称呼着"老布""小高",与我们拉近了距离,相见如故。

当我详细问道:"喳,莫·哈,你们哪位领导要接待我们?"他说:"是你们的大舅哥呀。他的岳父是你们盟的政协副主席、统战部部长,叫阿日斯楞还是巴尔斯来着,反正有此类名称。作家阿云嘎是我们盟委副秘书长,你们也许认识他吧?"

"只读过他的作品,本人没见过。"

"哦,简直生得人中俊杰。他虽然是个当官的,可对文学创作更情有独钟。"我似乎从莫·哈斯巴根的话语里依稀看见所讲人的形象和嗜好。

作家介绍人一语道破。我与初见阿云嘎时,果真觉得他魁梧雄壮,英气逼人。看他那头、毛发、脸庞、耳鼻、肩膀与那高大的身躯完美相称。他身材虽然魁伟,但脚步轻盈,话语温和。

在接待宴席上,阿云嘎说:"蒙古族同胞们光临到我们家乡,就让我们欢聚在一起,唠唠家常。"接着说:"喳,第一杯酒干了!"咕嘟一声一饮而尽。

他讲起话来不带官腔官调,不分东部和西部、城市和乡村、有名和无名、老作家和青年作家,讲话言简意赅,使我们的宴席显得气氛热烈。

那是一次难以忘怀的初次相见,使我刻骨铭心。阿云嘎虽身为领导,但不摆官架子,不打官腔,不会夸夸其谈地说认识自治区的某某领导。其实身居盟委秘书长要职的领导所会见的领导、遇见的达官贵人、所赴之地、所出席之会议当然比常人多得多,肯定率先听闻盟市乃至自治区的事宜,但他关于这些没有透露一言片语。在那次宴席上他津津乐道地讲述着什么样的作品才能得到读者的青睐。

阿云嘎开聊时,毫不影响他喝酒抽烟。聊得兴起时,拿起酒杯,朝大家一举,咕嘟一声,一饮而尽。更不用说抽烟,他右手时刻备着打火机,左手拿烟,一点烟就过瘾似的深深吸一口,快要燃到烟蒂要烫手时,又抽出一支烟,用备好的打火机一点,亮光一闪,继续抽起来。

整天与盟市里的大领导召开会议,商量事宜的这位领导抽的是什么烟呢?我倍感好奇,瞄了一下他的烟盒。

映入我眼帘的是"大青山"这一熟悉而亲切的品牌。于是我暗自想到,哎,可怜啊!甭说我们那里如此级别的领导,就连科级干部也不抽这牌子香烟的。

宴席在继续,文学话题在展开。关于作品的开篇,阿云嘎不仅列举了外国的经典作品,还聊到文学作品的总体结构。他将眼镜提到额头上说道:"要以波浪的形式推进。"对这些话我至今都记忆犹新。

他讲道:"要将矛盾时而激化,时而松懈,使叙述节奏时而激进,时而缓和,使故事情节时而强化,时而舒缓,要有轻重缓急地部署结构……"

我的眼睛不由发亮。此话指的是,作家要把持读者的心,但留给读者足够的空间。作品若过于松懈则会影响读者的兴致,可过于强劲则让读者感到阅读疲劳呀。一篇短篇小说若不激起一两个波浪怎么可以呢。尤其是长篇小说,若不激起很多波浪,撰写一部民族历史和命运的长篇作品,如何紧紧把持读者的心,使他们为作品中的人物上心,倍加深思作品中的故事情节和矛盾呢。

这是我和阿云嘎的首次相见。他已身居要职,但却喜欢与书籍为友,与作家结友,忙得不可开交。

他是在贫苦的家庭里孤独生长的农村孩子。他当然秋毫不犯组织的规定。可让我感到惊奇的是他对文学创作的爱好毫不亚于对现任的职务。

那是在1999年的9月末,通辽市文联主席布和德力格尔突然给我打来电话说:"阿云嘎主席的岳父——盟政协副主席阿日斯楞去世了。我们现在就去参加他的追悼会吧!"

届时,阿云嘎被选为内蒙古文联主席已到五年之久。他最避讳为私事麻烦朋友,有事总会悄无声息地出行,直奔所行之事。

老领导阿日斯楞虽说是赤峰阿鲁科尔沁人,但参加工作之际便来到哲里木盟,是为哲里木盟的建设奉献一切力量的功勋卓著的领导。他腰杆挺直,身材高瘦,穿着像军人般整齐,走路时双手总是背着腰。讲起蒙古语不掺一个汉语,说起汉语,不带蒙古调,蒙汉兼通,水平极高,是个德高望重的老领导。

我从鄂尔多斯回来后,去位于内蒙古民族师范学院南门的黑骏马理发店理了发。

当我推门进入时,恰逢坐在镜子前理发的领导阿日斯楞,他问我:"一个多月没看见你了,出差了吗?"他指着旁边的椅子说:"坐这里,聊聊天!"

"是的,我去鄂尔多斯参加文学创作会议,昨天才回来。"

"那见到阿云嘎了吗?"

"见到了。他把我们当成从亲家来的人,摆下丰盛的宴席,接待了我们。"

"你以前认识阿云嘎吗?怎么知道他是我的女婿?"

"以前没见过,这次有幸得以认识了解。"

"阿云嘎没有官架子,为人谦虚,不分东部西部,实属既诚实又公平的人啊。你们以后多来往。他是个十分可怜的孩子。听说他只见过亲生父亲一次,在他小的时候来了个牵骆驼的陌生人向他问路,于是他直立着,为其指路。那路人夸赞道:'真是有教养的聪明孩子。'那人掏出一大堆糖块,放入他的衣兜里,抚摸着他的黑发,久久凝视了他。据说这是阿云嘎在村子前第一次见到父亲,也是最后一次。母亲为他说明缘由时他才晓得那是他的父亲。那是实实在在的骨肉关系呀。父亲可能以微妙的感觉意识到了儿子。但对于一个孩童说什么呢,父亲久久注视了他一番,眼里噙满泪水,离他而去。说来阿云嘎也是有福气的人,他的养父是个大好人。"阿日斯楞老人如此一说,似乎心满意足般深深松一口气。

德高望重的领导阿日斯楞就这样走了。我怀着沉痛的心情,泪眼婆娑地走入追悼会现场。

真可怜!那场面让人不忍一睹啊,老领导阿日斯楞的掌上明珠,他倍加爱护的姑娘乌日娜由两个女儿搀扶着,为失去慈父而沉痛万分,柔肠寸断。她的两个女儿为外公的离世而泪流满面,再加上母亲如此捶胸顿足,浑浑噩噩,更是不知所措,用悲戚的声音叫着母亲:"妈!"母女三人缠在一起,抱头痛哭。

阿云嘎在一旁,默默地站立着,偶尔深深吸口烟,唉声叹气。他想,妻子为了我远嫁到鄂尔多斯,未能给慈父尽孝,今天她这是为此感到忏悔啊!他心事沉沉,噙着眼泪,却依然操办着火化岳父的遗体等后事。

慈悲之人的后事是那么顺顺利利。在上午十点时,追悼会顺利结束,前去追悼的几百人在盟宾馆的大餐厅里坐满,等着享用阿日斯楞老人的儿女们准备的答谢宴。

这家子有乌日娜、乌仁呼两个女儿,有阿云嘎、戴友两个女婿,究竟是其中哪位代表亲戚发言呢?我们正期待着,只见阿云嘎上台了。

身材魁梧,有一副将军相的他向大家深深鞠躬,这对像我这样的矮个子人来说,简直比行跪礼还要费劲。哦,对了,在没有儿子的家里女婿就是儿子呀!而且还是阿日斯楞老领导倍加欣赏,将爱女许配的乘龙快婿,身材魁伟,相貌英俊,知书达理,才华横溢,具有孝心的好女

婿。有时,老丈人和姑爷聊起天来直到三更半夜。而此时,阿云嘎的嗓音明显变得嘶哑,心情愈加沉重,

他讲道:"首先,感谢培养和淬炼我父亲的党和政府;再感谢父亲的同事,特别是参加追悼会,目送父亲驾鹤西去的全体同志;还要感谢为延长我父亲的生命,奉献医术和药品,不分昼夜,辛苦付出的全体医生和护士……"

三分钟,三句话,言简意赅,意思明确,但道出了欲言之事,表达了所言之意。在这失去一位老领导的悲痛时刻,讲太长的话语似乎难以符合人们的心情。如此这般,思路清晰,逻辑性强,没有半点表面话,发自肺腑的言语,虽然简短,但能感动大家。

他可是秘书长出身的正厅级领导啊。他不是不会摆摆架子,整整嗓子,接二连三地讲出天大的话语。比如,我父亲具有如何如何功劳,做成了如何如何事,如此夸耀一番,作家当然不缺那些华丽的语言和赞美之词。但我从阿云嘎主席的三句话清楚地看出一个诚实的人做什么都正派,讲什么都谦逊。

在人心不古的当今,阿云嘎可以说是有人性的人!

第三次见阿云嘎为我留下了更为深刻的印象。他热衷于下基层搞调研。当我负责通辽市文联和《哲里木文艺》的工作时,他几次去通辽视察工作。在此,我通过以下两件事,愈加佩服他。

中国文联曲艺家协会、内蒙古党委宣传部、内蒙古文联及通辽市市委宣传部、通辽市文联联合决定在蒙古族曲艺艺术大师——琶杰、毛伊罕的故乡扎鲁特旗为两位大师竖立纪念碑。

阿云嘎为此事莅临通辽市。当吃完晚餐时,经验老成的白音那老师找到我,向我十分认真地询问:"阿主席明天的讲话稿你们准备好了吗?"

我匆忙说道:"没有啊,没人吩咐我们写讲话稿呀。"

白音那老师态度坚决地说:"唉嘿,那可是正厅级领导啊。这次还是代表自治区党委宣传部来的。这是你们策划举办的活动,你们不提前准备好领导的讲话稿,他到时候讲什么呢?"

自治区理论研究室主任白音那平时总是笑眯眯的,凡事都通情达理的。如今我第一次看见他如此义正词严。

我说:"还是同乡兄长好,您说得非常对。但别说我们准备他的讲话稿,就连想都没想到。喳,如果必须要准备的话,今晚我给起草吧!"我匆匆推门而出时,正巧碰见阿云嘎主席。

阿云嘎主席对我说:"嘿,您也在这里呀?这位是你们家乡的元老,著名的曲艺艺术研究家,请你们多多关照啊。我是来看白音那老师的,他是曾经修改我作品的恩师。您快回去休息吧,明天还要驰到你们故乡,不是吗?"他的此番话温暖着我的心怀。

"过去同乡兄长是您的老师。可如今您是老兄长的领导。刚才白音那老师问我有没有准备您明天的讲话稿。"

他说:"盟市文联一向事多。为著名说书人琶杰、毛伊罕竖立纪念碑一事非同小可,而且中国文联副主席、曲艺家协会主席罗阳要大驾光临。我的讲话稿你们就不用管了,但你们需要准备好罗阳主席的讲话稿。你们看着安排我做什么,什么时候讲话吧。我们之间无所谓,还是好好协调嘉宾们的事吧。"

天啊,他确实是多年担任秘书长的老手,深深晓得干实际工作之人的辛酸。最近两个月,我们都忙着撰写领导们的讲话稿了。哪一级领导的都得准备呀!这还不算头疼之事,最麻烦的是让哪位领导先讲话,让哪位领导作最后总结讲话。

学识越渊博的人,越谦虚,我从阿云嘎主席的身上看出这一点。

他的讲话不那么长,主要讲了文化品牌和文化自信以及如何保护、继承和发展文化遗产。果真如此,没有文化自信,何来继承和发扬。不理解自己的文化特征,何来创造文化品牌之说。

正如他所讲:"芭杰、毛伊罕——不只属于内蒙古,不只属于蒙古族,而是属于中国乃至世界的两位曲艺大师……"他所言极是,芭杰、毛伊罕是让我们引以自豪,深深缅怀,为之发扬的科尔沁文化品牌。

就在我调到内蒙古文联之前,他为评选全区旗县文联工作会议的典型而再次莅临通辽。阿云嘎主席的到来对盟市文联来说是个大事,他还将要选定全区的典型。我们的扎鲁特旗、科左中旗、科左后旗、奈曼旗、科尔沁区等地的文联工作开展得都十分红火,成绩显著。我们坚信,从这几个旗、区里至少涌现出一个典型。

通过几次的相见经历和交往,我更加了解到阿云嘎主席谦卑的秉性。

我如此认识阿云嘎主席。他说,他与我结交二十几年,在文艺战线上并肩工作十来年,才认识了我。而我在三十年后的今天才得以真正认识和解读他。

他如今已成为历经七十个春秋的老作家。他的血压高,血糖高,血脂高。

但他依然在饮酒,抽烟,写作。

当我对他说:"血糖高的人与烟酒无缘喽。"他却笑逐颜开,若无其事地说:"唉,老兄我不是毫发未损地活过七十了吗!若实在不行的话,动个手术也能活个十年嘛!这人吧,不想当官,不贪得无厌,就会变得简单多了。有句名言说'若是该死的病,医生也没办法;不该死的病,阎王爷也没法子。'做我该做的事,心情乐观豁达的话,一切顺其自然!"

他的世界观、生活观、价值观如此简单明了。

他不玩麻将,不打扑克牌,不下棋。只是每天喝半斤酒,抽三盒烟,吃几块肥肉,一旦打开电脑坐下来就两耳不闻窗外事,忙碌于己之创作,忙个不停。

他曾是如此,如今也一样……

原载于《鄂尔多斯》2018年第3期

盛唐中的八桂诗圣——曹邺、曹唐

潘琦（仫佬族）

中国是一个诗的国度，唐诗则是中国诗歌的高峰，诗人们怀着极大的热情驰骋才情，发抒灵性，或记叙都市的繁华，神州大地之秀美，或感慨世事的变迁，倾吐爱情的心声。在诗中随处可见高标逸韵的浪漫气息和心物相应、神随物游的意境。这座诗歌的高峰的出现并不是偶然的，中国韵律文学的发展，社会经济的繁荣，相对开放兼容的创作环境，长期安定的社会局面以及英才辈出的创作队伍，长期孕育和成就了这个延续数百年的中国古体诗歌的伟大时代，人们将这段群星璀璨的岁月称之为"诗的盛唐"。

大唐千百位才华横溢的诗人中，广西两位与李白、杜甫、白居易齐名的诗人曹邺、曹唐，却鲜为广西人所知。他们怀着极大的热情，颂扬大好河山，尤其是甲天下之桂林山水，以大无畏的精神正视现实，抨击黑暗，间或流露出退守自洁的情绪。他们的诗歌中随处可见浪漫气息，希企隐逸、热爱自然、热爱故乡的思想感情，给我们留下的无数珍贵的诗篇。《全唐诗》收录曹邺诗二卷，106首；曹唐诗二卷，140多首，此外还有一些诗句散见于其他记载。这是广西难得的优秀文学遗产。

曹邺字邺之，阳朔人，唐时属桂州（相当今桂林）。他在《寄监察从兄》诗中说过："我祖居邺地，邺人识文星。"又说："古风既无根，千载难重生。空留建安书,传说七子名。"他承认自己是魏武之子孙,但其祖先究竟何时迁到阳朔,已无可考。他好作五言古诗,也颇能把铿锵语言与建安风骨结合起来,且很多诗作能不同侧面反映时代特征。

曹邺于宣宗大中四年登进士,曾任天平节度使幕府掌书记,后调京为太常博士,旋升祠部郎中,又出任洋州刺史。郑谷有《送祠部曹郎中出守洋州》《送祠部曹郎中负官南归》两首诗中,其中两句是"贤人知止足,中岁便归休"。看得出曹邺在洋州任上不久便返归桂林了。太常、祠部是掌管宗庙祀典与礼乐之事的官职,博士与郎中都是中下级官员,刺史是一州之长,官位也不很高。据《唐才子传》中记载,曹邺早年"累举不第",写过四怨、三愁、五情诗,寄托自己怀才不遇的心情,诗名逐渐为人所知,后来中了进士。看他的诗"一辞桂岭猿,九泣东门月。忽然风雷至,惊起池中物。拔上青云巅,轻如一毫发"(《成名后献恩门》),"歧路不在天,十年行不至。一旦公道开,青云在平地"(《杏园即席上同年》),可见他至少考了十次才中进士。

曹邺中进士后不久即到天平幕府任职,很想有一番作为。《将赴天平职书怀寄翰林从兄》一诗写到:"匹马渡河洛,西风飘路歧。手执王粲笔,闲吟向旌旗。香晚翠莲动,吟馀红烛移。开口啖酒肉,将何报相知。况我魏公子,相顾不相疑。岂学官仓鼠,饱食无所为。"他以魏公子信陵君比喻幕府长官,而相信自己决不是饱食终日,在任期间要有所作为。有一次他到齐周检查刑狱,写了一首长诗《奉命齐州推事毕寄本府尚书》说"州民言刺史,蠹物甚于蝗",如实反映齐州老百姓说州官害民甚于蝗虫;"驱囚绕廊屋,臲臲如牛羊。狱吏相对语,簿书堆满床。敲枷打锁声,终日在目旁",描述他亲眼看到狱吏把"犯人"像牛羊般任意驱赶毒打,案卷堆满狱吏床上,敲枷打锁声音不绝于耳。他面对这种惨不忍睹的社会现实,心中十分不平,因而大声疾呼"国中天子令,头上白日光","截断奸吏舌,擘开冤人肠"。他想到自己所担负的职责,决心做一个正直的人,"曲木用处多,不如直为梁",这样才能为老百姓伸冤除害。他痛恨官吏贪暴,同情人民疾苦的思想是值得点赞的。在史书中有不少记载,曹邺为官处事,通达民意,疾恶济贫,敢为民伸张正义,是一个清官,一个正直的人。

曹唐字尧宾,临桂人,也属桂州,做过道士,后来还俗去应科举。《唐才子传》说他是"大中间举进士"。但《全唐诗》中说他"举进士不第",不知孰是孰非。他做过"使府从事",写有五首《病马》诗,寄托他怀才不遇之感,也很为人称道,其中一首:"骢耳何年别渥洼,病来颜色半泥沙。四啼不凿金砧裂,双眼慵开玉箸斜。堕月兔毛干觳觫,失云龙骨瘦牙槎。平原好放无人放,嘶向秋风苜蓿花。"

从这首诗的诗意可以看得出,这位道士出身的诗人,原来也颇有"追风逐电"的雄心壮志的。只是因为无人赏识,所以当年的骢耳骏马,只落得"霜侵病骨无骄气,土蚀骢花见卧痕"的境况了。但他以"王良若许相抬策,千里追风也不难",作为全诗的结尾,正说明他壮志始终未消。曹唐也写了一些情调比较高昂的诗,比如"海风卷树冻岚消,忧国宁辞岭外遥。自顾勤劳甘百战,不将功业负三朝。剑澄黑水曾芟虎,箭劈黄云惯射雕。代北天南尽成事,肯将心许霍嫖姚"(《奉送严大夫再领容府二首》其一);又如,"灞水桥边酒一杯,送君千里赴轮台。霜粘海眼旗声冻,风射犀文甲缝开。断碛簇烟山似米,野营轩地鼓如雷。分明会得将军意,不斩楼兰不拟回"(《送康祭酒赴轮台》),这首诗体现了他或以功业自期,或以立功边疆期望于友人,积极用世的愿望跃然于字里行间。

游仙诗是曹唐现存诗作中数量最多的部分。他有大游仙诗,又有小游仙诗。小游仙诗有90多首。曹唐的游仙诗,在描写仙境的同时,却一再写出这样的诗句,"谁知汉武无仙骨,满灶黄金成白烟","天上邀来不肯来,人间仙鹤又空回;秦皇汉武死何处,海畔红桑花自开",还有"一曲哀歌茂陵道,汉家天子葬秋风",等等。这些都带有辛辣讽刺的深意。在当时的社会环境中,能写出这种带有浓烈政治意义和思想性的诗作,是难能可贵的。

曹邺和曹唐都是生长在山清水秀的桂州胜地,他们的作品中,不乏歌咏怀念故乡、赞美故乡风物的作品,可惜流传下来的很少,但是现存的作品,让后人读起来很亲切,也颇有感触,更觉可贵。在《全唐诗》所收集的曹邺的诗中,《寄阳朔友人》是这样写的:"桂林须产千株桂,未解当天影日开。我到月中收得种,为君移向故园栽。"这大概是他移居桂林后寄回阳朔之作,表面是讲种桂树,实意是鼓励故乡子弟读书勤奋好学上进。还有两首是写阳朔风景的。其一《题广福岩》:"未有天地先融结,方广高深无丈尺。书言不尽画难成,留与人间作奇特。"据史料记载,广福岩,地处阳朔县城之南20余里,石门天成,岩中虚朗,可容100多人。岩中有观音阁,左右石壁上列有五百罗汉,故又名"罗汉洞"。如今已废。岩洞经长年涌滴结成石乳,形象各异,天然奇特,是八桂岩洞之奇观。诗作虽只短短28个字,但将此岩的奇特景色形象地描绘出来了,可见其诗文的功底深厚。其二《东洲》:"江城隔水是东洲,浑似金鳌水上浮。万顷颓波分泻去,一洲千古砥中流。"东洲,在阳朔县东江中,沙滩长数百丈,江水为之分流,又名金鳌洲。曹邺写阳朔风景的诗还有一首《山中效陶》:"落第非有罪,兹山聊归止。山猿隔云住,共饮山中水。读书时有兴,坐石忘却起。西山忽然暮,往往遗巾履。"这是他应试落第在故乡居住时所作,借景抒发当时的失落之情。题中"效陶",他写山居情景也颇具陶诗的真切自然的风格。他尚有一些写阳朔风景的诗作未能收入《全唐诗》。比如《西郎山》:"西郎何事面西方?欲会东郎隔大江。自古朋良时一遇,东郎未会恨斜阳。"《东郎山》:"东郎屹立向东方,翘首朝朝候太阳。一片丹心存万古,谁云坐处是遐荒?"曹邺这些吟咏故乡山水的小诗,清浅而有情致,接近于口语,颇有中晚唐诗人所写的竹枝词之风味,是历代文人墨客描写阳朔风景诗中的佳作之一。

曹唐在桂林居住期间,曾游桂南。《全唐诗》收录他的《南游》七律一首,这是他乘船游梧州时写景抒情之作。"尽兴南游卒未回,水工舟子不须催。正思碧树关心句,难放红螺蘸甲杯。涨海潮生阴火灭,苍梧风暖瘴云开。芦花寂寂月如练,何处笛声江上来。"其中第三、四联写梧州气候与江上风景,十分真切。在唐诗中有些咏岭南景物,曾有"林昏瘴不开"之说。读起来使人感到闷气,而曹唐诗中的"风暖瘴云开"五字则写出南国一派明媚绚丽的景色,也看得出他热爱家乡的情怀。还有他在《奉送严大夫再领容州二首》中,在写景部分也很能体现广西地方色彩。诗一开头便是"海风卷树冻岚消",写出了南国特有的风光和雄伟气象;接着写"日照双旌射火山"。《全唐诗》作这样的注释:"岭表录云:梧州西有火山,下有澄潭无底,山头夜见火三尺,如野烧燃,广十余丈。或言水中有珠宝也,焰如此,山产荔枝,四月子丹,以其地热,故曰火山。"山头见火光,水中有珠宝,这是传说。但四月荔枝红熟如火,则是实景。曹唐爱作游仙诗,想象力十分丰富,情感极其真挚,有独到的诗风。他写自己家乡桂州一带的风光,因诸多原因流传下来整首的诗不多见,但在他的《游仙诗》中,却常常可见桂林、桂树、桂影的诗句和字样,所写的虽是想象中的仙境而非人间实景,但字里行间多少体现作者一些乡土之情。山水灵秀之气钟于诗人者原不在一岩一壑的描绘,我们从这两位唐代诗人的全部清词丽句中,可以领略到八桂的山水秀色与人文的绚丽多姿。

中华民族文化的持久生命力来自于无比广大,无比坚深的基础,来自于古今一批文学家、艺术家的基础创造活动和留下的无数不朽的作品。他们共同铸就了灿烂的中国文艺历史星河。广西作为中国岭南一片美丽神奇的土地,人杰地灵,人文荟萃。在历史上出过不少知名的文人、学者和官宦名流,有丰厚的文化积淀。曹邺、曹唐仅是其中的代表。以史为鉴知兴替。广西文化如此之璀璨,前人文艺创作力如此之强大,作品如此之丰硕。我们应当充满文化的自信,应该为此无比自豪。面对史诗般变化的新时代,文学桂军有责任书写出不愧新时代的中华民族新的史诗!

原载于《广西日报》2018年4月3日

峨边黑竹沟

冯艺（壮族）

◆ ◆ ◆

到达黑竹沟当天，我们就成了航飞黑竹沟项目的首批客人，就是乘坐小型直升飞机绕行一周，在高空上俯瞰黑竹沟。老同学吉米悄悄地问我：:"你敢飞吗？""飞啊"我说。说实话，当时我也在犹豫，心里有些不安。黑竹沟，那可是著名的"中国的百慕大"。

关于地球神秘的北纬30度线上，发生过太多太多令人不解之谜了，恐怖失踪最著名的莫过于"百慕大魔鬼三角区"。之前，在峨边彝族自治县县城的宾馆里，我看到一本叫《小凉山》的杂志，上面有这样的文字吸引我。"往事尘封已久，最近从网上才有消息传来，旅行探险者进入峨边的深山老林，七十年前失踪的飞机又一次被提起，引发人们的议论，然而莫衷一是，以讹传讹，有许多不确切。于是，我想当今世界我若不言，那段往事将永远湮没在四川乐山峨边的深山峡谷之中。"这是95岁的陶昌老人的口述。陶老是1946年在峨边失踪的中国航空139客机空难者遗属，也是一年之后到达失事地点搜寻的三位亲历者之一。他叙述其父亲于1946年3月19日乘坐三名美国飞行员驾驶，机上载有30多名中国乘客，由重庆飞往上海的中航139客机，该飞机在飞行途中失踪，一年后在峨边小凉山的深山峡谷中发现的复杂过程。当年悲剧的发生，让我联想起2014年3月8日马航370客机失联也一样,云霸杀羽,犹如晴天霹雳。亲人们一天天的等候,终无确切的消息,惶恐,惶恐一天天在眼前掠过。于是,半个多世纪以来,各种传说,纷至沓来,黑竹沟真的就像百慕大三角区一样,成了一个世人惊恐的迷惑之地。

当然,关于黑竹沟的诡异不绝于耳。1949年国军宋希濂部惨败川东,率部向西昌方向逃奔,又被解放军追尾截击,他试图从小凉山的黑竹沟穿越到大凉山,两个美式装备的先遣排进入黑竹沟后,多日杳无音讯;后续部队再不敢贸然重入,宋希濂走投无路,于是,抽出手枪试图自杀,被其警卫排长一把抓住,随即被俘于峨边今县城沙坪镇。更有近十来年流传于民间的说法,说的是当地的彝族老百姓在放牛的时候,发现有的牛因为贪吃,跑到了黑竹沟里,村民进去寻牛,数天也没有出来。后来很多人去找他,一直没找到,却发现里面有很多牛。如此,本来就非常神秘的黑竹沟就显得更加的扑朔迷离。村民把这情况报告了当地政府,都想弄清楚到底是怎么回事。后来有6名地质勘探人员来考察,进去了,最终还是不见出来。系列集体人畜入沟神秘失踪的事件,口口相传中,黑竹沟更加灵异变幻,令人生畏。初次听闻,我既对鲜为人知的峨边秘境充满好奇,同时又陡增对黑竹沟的畏惧。

坦率地说,我对许多地方为了旅游而无中生有编造传说的现象,多有厌恶。但是,峨边这个地方充满了许多传奇色彩的史实,竟令我抱着一堆文史故纸相伴入眠。神奇神秘,是需要一双特殊的眼睛去引导的。毫无疑问,黑竹沟作为一个早已存在的自然景观,天地万物间每个缝隙都生长着这么多历史,粘黏着那些曾经飞过上空或脚踩大地的人们,以及他们重重留下的悲剧与遗骸,更加有了后来的特定意义,我琢磨着黑竹沟足够的魔力,想象它无言无限的能量。比如传说中的惨重伤亡,就是这看似温柔的绿色世界,却到处都隐藏着神秘陷阱的大山沟。既然我已经到来，何不走一遭。因为我们对自然的未知才会感觉它的神秘，因为神秘而吸引我们去探寻，也许探寻的结果有时候是让我们豁然开朗，有时候是让我们更加迷惘，我壮了壮胆，走向直升机。

飞机慢慢地升上天空，蓝天渐次铺开。当我低头向下望去，隔着一层层云裳，墨绿葱郁，浓浓地灌满整个山体，在黛绿中不时地闪出一片片红的，微红的，黄的，微黄的，不知道是花还是树，它们盛开在绝望天界之下魔界之上，能把一切生灵熏醉。我问身边的彝族朋友粟那针尔那些黄的红的是什么花。粟那针尔说："我们飞过的地方就是黑竹沟口，是一片高山湿地，海拔在2000米左右，彝语叫马里冷旧。这里生长的多是珙桐树。""哇，这里也有珙桐树啊？""多着呢！整个黑竹沟到处都生长着珙桐树。"粟那针尔说。还真的是，秋天来了，珙桐树的叶子当然会变成了黄色，再过些日子，还会变成了红色。眼前千亩草甸，碧草如茵，湖光潋滟，山色黛蓝，珙桐树便是其间巨大的染色板。

记得我第一次看到珙桐树是在神农架。神农架地处北纬31度，应该说与峨边相隔只是一个纬度，都是地球圆圈里保存完好的亚热带森林的生态线，保存着良好的自然状态，这里有许许多多珍稀动植物，其中不乏众多濒危物种。生态适宜的气候温湿和润，随便选择一个地方步入林中，无论抓到哪一处细节都会有独特的发现。珙桐是有着活化石之称的第三纪遗存植物，历万年沧桑，每年春天在它身上都开放着"中国鸽子花"，满山白茫茫的，它是日月精华的结晶，野性而清香。一百多年前，英国自然学家威尔逊前来中国探险寻找的就是珙桐。据说，他第一次在神农架看到蓬蓬勃勃的珙桐惊喜得都要晕过去了，兴奋得几天睡不着觉。于是，他从中国带了很多珙桐的种子回国。此时，我又看到珙桐树在黑竹沟不慌不忙地生长，它是有福的。我想,为了这一片片珍稀的树种,这里的阳光、雨雾、风神,还有甘嫫阿妞和她的兄弟姐妹、子孙后代,多少人事万物悄无声息地加入为了珙桐树的合唱,深情守护,使得黑竹沟的生命如此蓬勃。

可不是吗?再一看那些历经亿万年时光雕凿的石峰之间,深不可测,可了不得,有青峰似剑,有深潭罩云,在天空的色泽、阳光照射下,熠熠发光。那一条条一幅幅垂挂的瀑布,顺崖而下,万流归壑,水烟飘渺,在这样的澄澈的天光之下,成为了不可替代的自然杰作。我在想,千万年之前,不知是谁的彩笔痴狂,把它描绘得如此多情,安抚了我初时的不安。此刻,黑竹沟完全没了应有的狰狞,完全没有我想象中的情景,那些读过的史料,听到的往事,留在脑子里的画面早已了无踪影。

秋色,在缤纷之上。

我俯瞰眼下的黑竹沟,却突发奇想,先前中航139客机从这里飞过的时候,正是兵荒马乱的日子,乘客们恐怕无暇也没有兴趣细细欣赏黑竹沟的奇特景观,还有那些有爹有娘的可怜的两排士兵,那些寻牛的村民和勘探队员,他们走进黑竹沟的时候,他们的心境又怎么能与我同日而语呢?我想,他们可能连瞬间的美景都来不及看一眼,便留下可贵的生命,而这些生命又赋予了黑竹沟更多的内在语言。

而后,我们回到地面,进入的是一条原始峡谷林带,这就是所说的"魔沟"。那又是另一番感觉了。粟那针尔说,这里就是曾经发生过多起人畜入沟神秘失踪的地方,石门关就是这条道上最凶险处。他这一说,恐惧瞬间燃烧我的眼睛,我看到黑暗的山影像乌云一样压下来,无数道阴风从石缝里钻出来,身子一抖,打了个寒颤。前行之路将把我带往何处,我并不知晓。地上潮湿一片,浑然不觉,参天大树的叶子垂下水滴,水声笃笃,时大时小,滴在蜿蜒的石头路上,有节奏的响声就在近处,却仿佛又在山那边。偶尔看到一眼从树尖而入的天光,天光暗淡,雾气缭绕,形成了湿重的喘息。闪着微光的森林,让我生畏不已。这里的生命如此之多,很多生物以防着自己成为被捕食者,有的高高在上盘踞无精打采的树叶上,有的挂在树杈,看起来最无害的昆虫却有最致命的毒刺,没准脚边最灿烂的花朵却秘密带有毒性,这种生存竞争悄无声息地进行着。我左顾右盼,不希望任何大小的灾难出现在我们面前。我想,大自然有自己的法则,它是公正的,同时它又是很残忍的,这里并不存在可以上诉的法庭。大自然赐福于我们,而且毫不吝啬地给予,但是作为回报,它要求我们考虑它的感受,万万不可伤害。此时,我发现手机进入了无服务状态,心里越发紧张。粟那针尔看了我一眼,说,黑竹沟有一个大约60公里的地磁带,我们走了还不到1/10的路程,看了不到1/10的景色,沿途火山岩石中含有大量的丰富的矿物质,会产生高强度的地磁,超强度的地磁可以使钟表停摆,指南针失灵。即使装上了基站,手机也不一定信号畅通。再加上山峻沟深,林野兽多,石苔厚滑,水流湍急,沼泽遍布,是一个藏在僻处无人知,人类不曾搅扰,无力侵占的洪荒地界,诸多因素随时都可能导致人畜失踪离奇事件的发生。粟那针尔话音一落,一行人全都哑言噤声。是的,我们所有人都生活在同一地球上,其他每个人的幸福和灾难也是我们自己的幸福和灾难。我们的生存唯一希望有赖于这样一句话:我们所有人都生活在同一颗行星上,我们所有人共同为我们碰巧生活的世界的安宁承担责任。

我们人人踩着前者脚印一步步前行,突然"哎哟"一声,我们回头眼睁睁看着一位同行的文友陷入一旁沼泽。原来他迷醉于美景,没有按照规定踩着前者脚印行进,一不小心踩入沼泽,顿陷齐腰。所幸施救及时,才避免发生灾难。慌乱停息后,我想当年红军过草地时,多少生命就是这样在川西沼泽沦陷的。因此,面对大自然,我们心存敬畏。

这一回,我是真正感受到黑竹沟的色彩和气息,我也仿佛听到魔鬼的呼唤,这是黑竹沟傲然世外,兀自生息的洪荒气度。也许,地球最为洪荒的气度,只能留存于人迹罕至之处,留存于爱山护山的民族身上,它才能始终保持初始的本真本色。故而,倘若还有机会,我还来峨边黑竹沟。

原载于《民族文学》2018增刊

福州四记(节选)

巴音博罗(满族)

你能用纪念碑一样沉重的泪水举起他们吗?

——巴音博罗《悲怆女真》

春,三坊七巷中的名士之花寂寞地开着

春日里三五月的午后,一个人恹恹踅进巷子,拣一处临街的茶肆,独坐二楼靠窗的闲位,叫一壶浓郁香馥的茉莉花茶,懒散地斜倚窗棂凝神或发呆……

老街上游人如织,市声如蝉鸣,有叫卖福州特产小吃的,有兜售草编箩筐的,也有在几案上埋首方寸寿山石上刻章炫技的。这时候温润的春阳如一块湿滑的丝绸正徐徐自街巷尽头缓缓铺陈开去,而风却屏气蹑足,溜过这人间福地。

我猜测那市井人流中,有放鹤归来的林则徐,挟二三好友于茶肆酒楼间徜徉。有因哮喘而佝偻身躯的老严复,踽踽自空巷中踱出,他苍老木然的脸上堆着阴暗的浮云,像一棵百年老梅桩,朽朽地立于春的辉光里,他还能爆出新绿否?

抑或,这嘈杂人流里,也会有那个胸襟了得抱负高远的热血青年

的身影,他叫林旭,号晚翠,著名的"戊戌六君子"之一。这个只活了23年的烈士,眼下正自金鸡山麓的地藏寺呼啸而出,似一道炫光(那是他的不屈之魂,而他被一分为二的肉身,此刻正沿着古街上的麻石板路,款款游回他短暂囚居的郎官巷的老宅而去了)。他在苦寻他的发妻沈鹊应,他在为她那颗在凄风苦雨中哀伤的心泣血悲鸣。

当然,在暮春的慵懒中,我也会遇见三五佳丽携手挽臂云蒸霞蔚。她们每行于市常让路人惊诧,宛如春五月时分在旧巷深处或山野荒坡上,猛然瞥见一树榴红似火开得正艳的石榴花。我猜这些闺媛中有流寓他乡的《榴花梦》作者李桂玉,有寿香社的福州八才女冥思觅句的丽影,自然也有那位风华绝代的民国第一才女林徽因,她日后与徐志摩、梁思成、金岳霖演绎出的古今最典型的才子佳人的风骚韵事,至今仍让文坛艺界咀嚼和回味。

福州作为八闽首邑,古称"海甸都会",就因其是海湾盆地,四面环山,一水中分,丘屿星罗棋布,水系密如蛛网。故清初诗人黄任叹曰:"山藏城内皆三岛,水到门前即十洲。"唐五代时,福州便是"城内人烟绣错,舟楫云排,两岸酒市歌楼,箫管从榕阴柳叶中出"的繁盛景象。福州建城二千余年,因其占尽自然地理形胜与自然人文优势,因而成为东南一大都会。而到了宋代,文化昌盛已达顶峰。明清、民国乃至近当代,更是代代英才辈出,名震遐迩。

三坊七巷地处省城中心地段,自晋唐以来便成为缙绅学士择居之地。这小小的坊巷,千八百年间,细细数来竟孕育出一大批声名远播,成就卓著的文人名士:黄璞、陈烈、张经、黄任、陈寿祺、严复、郑孝胥、沈葆桢、林旭、林觉民、林徽因、谢冰心、庐隐、郁达夫……这些对中国历史和文化都产生过深刻影响的风云人物,他们的生活背景竟然都与这弹丸之地的三坊七巷有牵扯,真是令人感叹和感慨!

我其实是来过福州三次的,三次皆去了三坊七巷,也许是冥冥中的无意,也许是私下里对文人雅士的崇敬,总之我是每次去福州都游逛了这流淌着文人骨血的老巷子的。

我首次去时是在20年前,那时我正年青,意气风发,且目标地是厦门的鼓浪屿,福州只是匆匆一过,故对三坊七巷亦只是风过耳,没留下什么印象。之后是今年的晚秋,为考察福州的温泉建设重来这文脉福地。是晚与几位同事闲逛灯影夜声里的三坊七巷,在摩肩接踵的游客人流中,乘兴而访,除了寻些当地名产小吃,亦不曾潜入古巷深处,也不曾抚摸那历史的伤痛和疤痕。虽说后来驻足南后街口,屏息读了石牌坊上的文字,情知这里曾蛰伏过四百余位名人雅士,是粉墙黛瓦的半部中国近现代史,也是里坊制度的活化石,可是由于当晚名家博物馆和名家私宅早已闭门谢客,所以也只得悻悻然回了酒店客房歇息。

真正的机会来自这年终岁尾的冬月里,我鲁院高研班的同学、著名女作家林那北诚邀我与十几位作家齐聚福州,搞书画展和游历访谈,这才有了一次深入了解和研习这幽深如历史烟尘的神秘古巷的机缘。

历史的篇章是肃穆沉重的,壮士的血迹是温热壮烈的,老去的是不高不矮苔痕斑驳的墙,狭窄乃至逼仄的回廊和天井。当池塘中的一丛睡莲灯一样重新燃放了,它是否照亮了那位喋血菜市口,把一颗沉甸甸头颅献上变革祭坛的赴义英雄。它是否让死士林觉民那缠绵悱恻的《与妻书》和声隐隐,涤荡着当今俗世上那些灰尘满积的心灵。

我对离我最近的那三位天才文学女性一直充满无端的遐思与猜想,我曾考据过庐隐故居的具体方位,也查询过谢冰心与林徽因是否在三坊七巷留有文章墨迹,然而遗憾的是踪迹寂寂死水微澜。也许当年那花枝般的怀情少女们,是很难能解读注释这血雨腥风中的历史细节的?

我以为探诊三坊七巷最好是春季,春阳暖暖,游客如过江鲫鱼,甚是惬意。若某个街角处忽然人声鼎沸人头攒动,必是某名士出行惹得众街坊围观。1850年的林则徐回乡,就常常受到这等礼遇。其时他已蛰居福州文藻山旧居半年有余了。一旦他前去拜访好友林昌彝,乡邻知晓后奔走相告,顿时街衢鼎沸观者如墙,大家都以一睹林公风采为荣耀。面对百姓此种热闹场面,林风趣地说:"古人看煞卫玠看煞东坡,而今莫不看煞退叟乎?""退叟"是林的晚号。而林公晚年的这件韵事,还一直传颂到今天哩。

由此我也看到,因了这三坊七巷的经年浸淫,福州市井百姓的人文积淀也日渐丰厚起来,这是一个城市的魂,也是一个民族挺立的脊梁。

夏,鼓岭的风和鼓岭的雨

到福州的第三日,一帮文人相约乘车去了鼓岭。鼓岭,又称古岭。自宋大观戊子年至清光绪二十年,所有前人的著述中,鼓岭皆被称为"古岭"。这样一直到了光绪二十一年,也就是1895年,美国传教士毕腓力才第一次在《鼓岭及其周边概况》以及绘制的《鼓岭手绘图》中,把"古岭"改为"鼓岭"。我们去鼓岭途中,当地友人介绍说,鼓岭这地方是因夏日鼓山每每在狂风中有雷鸣如鼓之音,故才如此命名的。

但鼓岭自古以来,确实与江西庐山牯岭、浙江莫干山和河南鸡公山齐名。它终年青郁叠翠,风景如画,福州城内人皆向往之。尤其到了盛夏,这里七月份的平均气温竟只有24摄氏度左右,是天然的避暑休养佳地。难怪早在1886年就有英国驻马尾领事馆任尼先生独具慧眼,在鼓岭修建了第一座避暑别墅。之后,美、日、法、俄等二十余个国家在福州的老外们纷纷效仿,在鼓岭建起多达三百余栋各具风格特点的庄园别墅,难怪童年时在鼓岭待过的美国人加德纳暮年之际仍念念不忘鼓岭的幽静风光、鼓岭的大米粥白萝卜,以及鼓岭那漫山遍野的野草莓、振翅而飞的金龟子。我们一干人去鼓岭时是一个冬季的早晨,出发时天气尚好,但随着汽车如甲虫在险峻陡峭的盘山路上左旋右转,前挡风玻璃上开始出现晶亮亮的小水珠。天真的阴得可怕,我担心有大暴雨,因为福州的海洋气候可不是闹着玩的。经过大约半个小时的路程,就在大家晕头转向迷迷糊糊时,汽车已一跃上了山顶。透过车窗向下望去,但见层峦叠嶂雨雾汹涌,时而现出城市一角和海岸码头,但大多数时间是这十二月的冬雨和陡然突降的雾冰。

天真冷啊!是那种冷彻骨髓的阴冷。那些福州本地的朋友此刻全缩头缩脑像只被淋湿羽毛的鸟,嘴里只管叫着冷啊冷。而对我这个北方佬来说,我倒觉得凉爽惬意得很。甚至,我在想象着此刻正是盛夏,城里酷暑难耐,而我正清闲于此消夏避暑度个小长假哩。

我们一下车,简直被眼前的一切惊呆了,天呐,真是别有洞天啊!简直怀疑自己到了陶渊明的桃花源!刚刚还在高楼林立车喧马嘶的城里,转瞬就到了鸡鸣狗吠耕者自耕的农耕社会里,真是奇迹中的奇迹!

这时雾散雨歇,鼓岭那一派田园风光徐徐展现面前。家家有干净整洁的篱墙小院,即便是秋冬季园子里仍种着各色蔬菜,连墙头屋角的瓦盆里也栽些绿油油的小葱和韭菜,凄艳的蔷薇花兀自开着,挺拔的柳杉浓密苍绿,而沿街的青石板路则如一条湿漉漉的带子,飘曳穿行于黑瓦和白墙之间。

我们先去了鼓岭邮局。很小,仅容十余人的小布局,墙上挂着许多照片和明信片,我买了一套,30元,不贵。邮局外有一古井,井壁长满苔藓。之后沿石板老街去了万国公益社，我们是从后门进入的，首先要绕过一堵厚实坚固的防风墙，可见鼓岭夏季的风是很强劲凶悍的。

公益社建在螃蟹岭下的三宝埕，是个办事机构。前面还有一礼拜堂、一个小舞台、化妆室等（旧时左边还有公共网球场、更衣室等等）。《鼓岭史话》记载，当年住在古街的乡民郭祥顺，时年九十有四了，是当年著名作家庐隐在鼓岭避暑的小房东，他曾告诉大伙："当时每天下午三四点钟，番仔（外国人）都会去球场打网球，那时我才十多岁，主要是给老外们捡球，一次能拿一角钱，但若是没捡到，下次就不会找你了。"他又说："晚上我经常会跑去万国公益社看热闹，那里点着汽灯，非常亮，但办晚会就不让我们进去了。外国人在里面唱歌跳舞，午夜方休。和番仔们混熟了，还常常给他们采花，采到一束就会得到洋人的饼干，真好吃！"说到这些，这个耄耋老人满是皱纹的脸上，往往溢出神奇的光彩。

行文至此我还要补充一句，那小小的鼓岭邮局可是当时民国的五大夏季邮局之一啊！它于1902年6月正式开办，营业时间为端午节至中秋节，每天收发一次，后因鼓岭发现有老虎出没，遂改为两天一收发。美国人毕腓力在《鼓岭及四周概况》里说："因为邮局的存在，许多西人才得以在山上度过快乐时光，并把这份欣喜与世界各地亲友分享。"可见鼓岭邮局之功德无量。

我们继续前行，又遇一荒废的游泳池，以及沿途诸多空荡荡的旅馆屋舍。秋冬季节，相对于鼓岭来说，也许真算得上是个格外冷清的时节。好在沿途有许多小吃店，依然营着业。什么"老汤鸭粉干"啊，什么"现煮锅边"啊，什么"油条油饼""土鸡土鸭"啊等等，不一而全。同行的《福州晚报》副总编张女士不断向大家介绍鼓岭的白萝卜："又香又脆，绝无污染，福州人每每前来大批购买，回家后可腌可窖储，绝对是山中佳品。"

就这样不知不觉我们已走了大半天。终归全是读书人,所以后来走到鼓岭的大梦书店时,就全挪不动脚耽搁下来。

这是一家别具特色的书店,分上下两层,有很洋气的回廊、吊灯和茶桌。我们胡乱翻些书籍,又在隔壁的小茶室喝花茶,我还注意到墙上的一些老照片(这在万国公益社就有了),什么"北屏山镇海楼"啊,百年前的"平民村妇"啊,"鼓山涌泉寺的和尚"啊,以及"古代马尾江面的罗星塔"和"1911—1914年的福州平原"啊等等,我一边呷口茶一边暗自想:时光似乎是可以压缩和抻长的橡皮筋,而这些发黄的老照片留下的,竟然如梦境一般不真实了。

其实我对于那些洋人在鼓岭的生活并不感兴趣,我一直在寻找那个年代两个文人骚客的足迹。他们一个是民国才女庐隐,一个是大名鼎鼎的现代作家郁达夫!

郁达夫在鼓岭实际上只作了一日游,这在《闽游滴沥之四》中有详尽记载:"岭高大约两千余尺,因东南面海,西北凌空之故,一天到晚风吹不会停歇,所以到了伏天,城里自中午十二时起也许会热到百度,但在岭上,却长夏没有上九十度的时候。"

郁达夫在鼓岭的一日,令他印象深刻的是乡民土造的一种酒:"酒的颜色红得像桃花水汁浮在上面的糟渣,一坨一块,更像美人面上着在那里的胭脂美点。"他还说他尝了几口之后,觉得这可牛饮的春醪,真是世上无双的鲜甘美酒。

"从积翠庵下来,是一个叫布头的小村,千年的榕树,斜覆于断桥流水的高头,牛哞犬吠,晚霞缭绕着云霞,等我们走过村上面的一泓清水边时,向烈妇亭一齐行过礼后,田里的秧针已经看不出来了,耕倦了的农民,都在油灯下吃晚饭了……"

按时间来算,仅去一日的郁达夫作此文时,要比庐隐晚上七八年。而且庐隐曾在鼓岭上整整住了四十余日呢！在《房东》及《寄梅巢旧主人》二文中,这位一生命运多舛的才女如是描绘:更奇异的是山间变幻的迷雾。有时雾拥云迷,便对面不见人。举目唯见一片白茫茫,真有"人在云深不知处"的意味。然刹那间风吹雾开,青山初现,隐隐如笼轻绡,有时两峰间突起几朵白云,亭亭如盖。斜风萧萧,一阵阵凉沁骨髓,谁能想到这是三伏里的天气。

庐隐曾在月下与女房东登上山顶,眺望星光点点的福州城,也曾与房东一起,收获田地里自家种的萝卜、白菜、茄子、豆角、白薯、倭瓜……她是羡慕起健壮的农妇及农妇脸上的汗水啦、羡慕那倒骑牛背横吹短笛的牧童啦,她在文章结尾处曾如此叹息:如果我能终老于此,可以算是人间第一幸福的人啦。但离开鼓岭的庐隐婚姻坎坷,后又寻一小她多岁的青年诗人,不久就因为难产早早离世了。

"自是岩居春寂寞,洞中人似白云悠。"(郁达夫《游鼓山白云洞》)

唉,如今这么多年悄然逝去了。逝者如烟而青山依旧,鼓岭依然是让人无限眷恋的仙境绝地。尚若有机缘我也想长留于此,吟诗作画,成为鼓岭山中神仙般的一员。

2018年1月17日于辽宁鞍山

原载于《福建文学》2018年第1期

什么东西在吃掉凹村(节选)

雍措(藏族)

晚上,我从一场大梦里醒来。之所以是大梦,是因为我把凹村的天和地都梦完了。

这场大梦中,什么都在奔跑。地和天也在跑。地和天跑过的地方,一片死下去的黑,什么都看不见,什么都跟从来没有过似的。

我坐起来。这场梦累坏了我。

在大梦中,我跟着几只蚂蚁奔跑。我追不上人,哪怕是凹村最小的人我都追不上。一只蚂蚁跑着跑着就不见了,它掉进了一片死黑里爬不出来。另外的几只蚂蚁边跑边哭,其中一只蚂蚁哭着哭着停了下来,它说,我不想逃了,被吃掉就吃掉。另一只蚂蚁匆忙回头去拽它,边拽它边说,儿子,听话,只要逃过这场被吃掉的命运,一切都会好了。

我心想,这是一场大逃亡,整个凹村的大逃亡。从它们嘴里,我知道如果落后就会被吃掉。一种还没有活够的感觉,促使我拼命地往前跑,累得我气喘吁吁。

我庆幸自己从这场大逃亡中醒来。

外面漆黑一片。一轮小小的月牙儿像贴在天上一样,死气沉沉。凹村的所有人都睡在一场梦里。梦攥住他们不放。

我坐在床上,想这些日子凹村的变化。有好长一段日子,凹村好像不是我认识的凹村了。凹村的人变得恍恍惚惚,不下地干活,话越来越少。他们整天对着太阳看,只要一朵小云移到太阳边上,他们就紧张地指着天说,要吃掉了,要吃掉了。凹村的牲畜减少了很多乐趣,圈门开着,它们也懒得出圈,待在里面一动不动,它们正在对一些东西失去兴趣。凹村的水声和风声也少了,到底少到哪里去了,有人说,还用说,被吃掉了。

夜慢慢朝天亮走。走了很久,也遇不见白天。我想,天会不会永远亮不起来了,太阳会不会已经被吃掉了。想到这些,我探着头往外看。夜的凹村死黑一片,像装在袋子里的东西,随时都可以被什么人拿走。

我正准备缩回头坐在床上或继续睡下来对付这个夜晚。一阵沙沙声从什么地方传进我的耳朵。那声音不大也不小,窃窃的。我把脖子伸得长长地往外面看,声音又没了,头缩回来,那声音又出现了。声音明显是在躲着我。我想我应该也躲着它们。我收回身子,藏在窗户后面,那声音瞬间一片一片地从凹村各个角落传出来。

凹村到处都响着这种奇怪的声音,像什么在吃掉什么。那声音让我想到一群老鼠躲在橱柜后面偷吃厨房里剩下的东西。

我将自己躲进被子里,生怕被吃掉。这样的一个夜晚,我如果被吃掉,凹村人要很久以后才发现我没在凹村走动了。或许会来几个人喊我,屋里没人答应,他们就走了。他们想,我肯定是出远门了。为了不惹人注意,我故意从里面把门用门闩闩得牢牢的,然后从窗户上跳下去,离开了凹村。他们不想找我了。我的房子从此荒废,瓦一片一片地掉,青冈木的房梁一天天被一群蚂蚁啃,燕子感到孤独,搬到其他家筑巢去了。屋子里到处装着荒芜。

没人想住进我的房子。房子里留着很多我带不走的东西。他们怕，我的有些坏毛病沾上他们。

最近几年，凹村人总是把什么吃掉什么的事情，挂在嘴边。吃掉凹村的东西，先从凹村人的梦入手。他们潜伏进凹村人的梦里，让凹村人做一场大逃亡的梦。在梦中，他们让凹村人知道，只有大逃亡才能逃脱被吃掉的命运。他们在梦里驱赶凹村人，像驱赶凹村山上放的马群。每个凹村人半夜从梦里醒来，都像我一样听见过一些什么东西正在吃凹村的声音。

凹村人把晚上听到过的声音，藏在肚子里，害怕说出口。白天，从他们精神的恍惚中，就能看出来，他们一整夜一整夜地没有睡好。他们在担心很多事情，他们很少说话，每个人脸上的表情都变得僵硬。那东西吃掉了他们的笑容。

我用铺盖把自己裹得紧紧的，头埋在里面快要窒息也不出来喘口气。我盼着天亮。但我又在想凹村还会不会有天亮。

"我怀疑有什么东西在地下面吃树。"很久以前，琼达说过这样一句话。

大家哈哈地笑她。

琼达皱着眉头问，你们不信？

听的人都摇头。琼达不作声。

过了一个春天，琼达又当着大家说，我真的怀疑有东西在吃树。

她说，她在她家后院同一个地方种过七次树，七次都没有成活。她七次把死树从地里拔出来，七次树的根都被什么东西吃得精光。再后来，那个院子种什么，什么都活不了。种什么，什么的根都被吃得精光。现在她不得不放弃那块地了。她想看看地下面到底藏着什么。她用锄头使劲往下挖，发现地下面有很多小洞，密密麻麻，像网一样互相交织在一起。

"地下的小洞还在向凹村其他地方生长。有东西从地下面把凹村罩住了。"琼达说。

"这是一次阴谋。有什么东西在偷凹村。那些东西背着凹村的人,在暗地里动手脚。它们从凹村的地下下手,地下得手之后,整个凹村一夜之间就被它们吃掉了。"琼达的眼睛里露出惊恐。

这次谁都没有笑她。谁都看见了整个凹村一天比一天荒凉。

我相信琼达说的话。越来越多的凹村人也相信琼达说的话了。

以前,凹村有很多条路,大的叫大路,小的叫小路;牛走的路叫牛路,羊走的路叫羊路;还有马路、猪路、风的路、雨的路、喊声的路,等等。最近几年,路渐渐变少了。有的路从两条会成一条,有的路越走,越走不下去了,还有的路走着走着就断了,再怎么修补都无济于事。

很多人呀牛呀马呀风呀都被迫挤在一条路上走,把一条路越走越低,就快陷进土里了。有什么东西在土里往下拽一条路。它想吃掉一条路。也不只是一条路。

凹村的房子也有变化。变化最明显的要属三队的布初家了。布初家三口人,五头畜牲。以前,凹村人每次从他家门口过,都喜欢和布初说两句不三不四的话。布初自来就喜欢那些不三不四的话。布初个儿高,很多人说话都要仰着头给他说。布初把很多人看得矮矮的,不放在眼里。心情好的时候,和他搭话的人说两句,心情不好的时候,根本不理睬别人。为此得罪了很多人。布初不在乎得罪人,他说长久地往下看一个人,感觉人长得像怪物。日子一天天走,人们再在布初家门口给他讲那些不三不四的龙门阵时,凹村人发现他们不再仰视布初了。有的甚至是俯视着看他。凹村人说,布初变成怪人了。布初不相信,他站在自己家门口的电线杆前,用去年的身高比高矮。布初没有变矮。后来人们才明白,变矮的不是布初,是布初家房子的地基越来越低了。他们家房子后面的一堵墙,一半都埋进了土里。凹村人看布初一家,大家都在说,布初家的三口人和五头畜牲,下半身都入土了。他们家现在的日子,过的是阴阳日。

传言一开,凹村人都躲着布初一家。他们看布初一家越看越怪。

布初家这样,很多人为了不让自己家的下半身也慢慢进土里,就在各家的房子四周打上木桩子,他们想用木桩子撑住一座房子不进土里。可很多人在打木桩时,听见地下面一阵阵空响。他们还是继续打,他们想能稳住一点是一点。没过多久,一根根的木桩倒在夜里。木桩在夜里倒地的声音空空地响,像砸在一面大大的牛皮鼓上。

很多东西无法阻止。它一直在跑,你怎么也追不上。

凹村人的声音在夜里被什么东西偷走。夜里到处都有人声远走的痕迹。远走的声音夹杂在那些沙沙声里,偶尔想跳出来,又被那东西抓住。狗最能听出自己家主人声音远走的痕迹,它们在夜里急得团团转,它们想留住主人一天比一天孱弱的声音,却怎么也留不住。它们想喊醒睡梦中的主人,可喉咙里再也冒不出一句像样的狗叫声。它们发出的声音一天天在变化,很多时候已经不像一只狗的声音了。有的狗沮丧地离开了凹村,能走多远就多远,它们为自己是一只狗却不能发出狗叫声而难堪。有些老的狗干脆就直接死了。死让它们感觉到光荣。

凹村人早发现自己的声音被一天天偷走,他们无能为力,他们做不到像一只狗一样简单地远走或轻松地死掉。人牵挂太多,死达不到真正意义上的一种解脱。

外面一声鸡叫声,独独地、硬硬地响起来,像插在晒场上的那根老竹子。谁家的鸡这么大胆,我不禁想。我把头从被子里钻出来。看见天麻麻地亮开了。天亮得并不真实。我怕有些东西是假的。那只鸡又叫了一声。这声比前一声要稍稍柔和点。另外一只鸡也叫起来,接着第三只、第四只……

我爬到窗户前,探出头,听昨晚响在凹村的沙沙声。声音消失了。什么都跟没发生过一样。我转过身子,把耳朵死死地贴在我家的老墙上,我想有些声音会顺着一堵老墙从地下面传上来。我耳朵贴在上面时,老墙的泥一粒粒地掉在我身上。有什么东西已经从里面把老墙偷空了。我听见墙里有股穿墙而过的风声。

走出泥巴房,刚开院子的门,就遇见扎西。看着扎西垂头丧气的样子,我就知道他一夜没有睡好。

"哪里去?"我问。

"看太阳去。"扎西连看都懒得看我。他已经对很多事情产生不了兴趣了。

"太阳真小。越来越小了。"我跟在扎西后面,我也想去看太阳。

"你也这样认为?"扎西睁着大大的眼睛看我。他的眼睛里到处是细细的红血丝。网一样织在里面。我突然有些害怕。我知道有东西已经在扎西身上动了手脚。扎西看我时,我觉得扎西要吃掉我。

我不想回答扎西的话。急忙走在他前面。我想躲开一些东西。

我听见扎西一直在后面喊:"你也这样认为?回答我呀,你这屁娃。回答我……"

扎西紧追不舍。和有些东西一样紧追不舍。

今天,一朵云又吃掉了一小块儿太阳。

原载于《十月》2018年第4期

哈丹巴特尔的忧虑

王樵夫（满族）

一

一股狂风裹着沙尘翻滚而来，天地间骤然暗了。

哈丹巴特尔策马狂奔而去，他急着去保护自己的马群。肆意的黄沙，瞬间淹没了他的身影。

哈丹巴特尔跑着去骑马的时候，从身后，我看到他的罗圈腿很严重。在牧区，罗圈腿是很常见的体型，大多是一些上了岁数的牧民，身材魁梧，体格健壮，走起路来左右摇晃，有的人说，这不是先天性的毛病，而是长年骑马夹镫形成的身体特征。实际上，这是牧民长期在风霜雨雪中放牧造成的，越是天气恶劣，越要跟群，所以大多数的牧民都得了风湿病，腿都是罗圈状的。

牧民的孩子，从三四岁开始学骑马，八九岁就有了自己心爱的坐骑，从此一生和马相依相伴，形影不离。

沙尘暴犹如一只怪兽，张开大口吞没了草原温暖的落日，天地之间一片昏黄，飓风卷起球状的尘团剧烈翻滚，发出沉闷的轰鸣。

"狗日的沙尘暴，你是一条疯狗，还是一只野狼？"当远处的沙尘暴漫天袭来时，哈丹巴特尔一边跑，一边忿忿不平，"刚才我的太阳还是那么灿烂,我的天空还是那么清朗。难道你是要把我的蒙古包撕裂?难道你要赶走我的牛羊?你要把我的鸟儿刮向何方?"

昨天,我越过围栏,走进了离公路不远的一个白色蒙古包。包前的狗吠吠地叫起来,从蒙古包里弯着腰走出一个蒙古汉子,虽然年岁已大,但是高大结实,粗眉大眼。

见到我这个陌生人,尽管他有些惊异,但是仍然按照蒙古族的礼节,把我让进包里。

蒙古民族是马背上的民族。和他们在一起,只要一谈起马,牧民的眼神马上明亮起来,甚至饱含热泪,滔滔不绝,他们说起曾经养过什么样的爱马,如同说起他们的亲人一样动情。这是一种精神的内化,马的形象已经被深深地镌刻在牧民的心中。马从自然的马到神马,逐步上升为蒙古民族的文化图腾。

可是,哈丹巴特尔却并没有那么兴奋,我刚提到马,哈丹巴特尔一脸不耐烦地说:"草原上马少了,没啥可说的!"

通过聊天才知道,草原上已经很久没下雨了,草场退化了。附近的牧民凡是有门路的,都赶着自己的牲畜到别的地方租借草场去了,只有哈丹巴特尔因为家里没条件,还留在这儿。

怪不得,来的路上,四周都是稀疏低矮的草,和一片片裸露的砾石。

"当年,我阿爸放着500多匹的马群,光他的骑马,就有三四匹。现在,马群没有了,草原上全是铁丝围栏,把马的脚步绊住了!"哈丹巴特尔叹息。

"蒙古人没有了马,就没了乐趣!"哈丹巴特尔今年68岁,5岁开始骑马,14岁退学就开始跟着父亲放马。17岁时,他就能套住最厉害的马儿了。

哈丹巴特尔祖辈生活在贡格尔草原上。他的父亲是嘎查有名的马倌。有一年遇上了严重的白灾,父亲放的马群丢失了100多匹马,父亲非常伤心,哭了好几天。"后来,阿爸跟嘎查的领导说出去走走,结果好几个月才回来,找回了50多匹马。那一天,我现在都记得,阿爸骑在马上,挥舞着马鞭,跟在一群马的后面,那得意的,和英雄凯旋似的!"

晚上,嘎查的领导们请哈丹巴特尔的父亲喝酒,喝到半夜,大多数人都喝醉了。"喝完酒,刚进了家,阿爸看着满脸忧怨的额吉,一脸歉意地说,可惜了,那些马,又饿又冻,有的死了,我见到了尸体,有的不知道哪里去了,找遍了,就是没见影儿。它们就是流浪的孩子,找不到家,想想都揪心呢⋯⋯"

"额吉看着蓬头垢面、疲惫不堪的阿爸,哭了!"哈丹巴特尔低下头,"'它们就是流浪的孩子',当我听到阿爸的这句话的时候,我在心里就对马产生了强烈的感情!"

二

哈丹巴特尔有一匹最爱的马。因为是"最爱",让我对这匹马充满了好奇与期待。

可是看到这匹马,我却无语了。马个子不高,身体不壮,一条腿还是瘸的。

"别看它这样,它曾经可是一匹非常优秀的赛马,一次比赛时折断了后腿,在别人的眼里成了废物。但是,我们全家一直养着它。"

"刚断腿的时候,它三条腿站着,疼得浑身是汗,不吃不喝。后来终于熬过来了,我叫它'恩和',你知道吗,我就是希望它'平安'。"

刚开始,儿子让哈丹巴特尔把这匹残废的马卖掉。可是,哈丹巴特尔坚决不同意。他教育儿子说,不应该这样对待一匹曾经夺魁的赛马。

每天,哈丹巴特尔都会给恩和梳理鬃毛,挑最柔软的草喂它。马爱清洁,喜欢饮用河里流动的水。哈丹巴特尔就把恩和牵到河边,让它自己饮水、洗浴。

在贡格尔草原上,一个罗圈腿的老牧民,一匹瘸马,踽踽行走在蒙古包到河边的路上,成了一道独特的风景。

哈丹巴特尔告诉儿子,马食用大量的草,需用水助消化,所以草原上有"旱羊、水马、风骆驼"之说。尤其马在夏季爱奔跑活动,出汗多,如果不勤给马饮水,马就不爱吃草,牧马人都知道,"宁少喂一把草,不可缺一口水"。

儿子感动了,他和父亲一起精心照料这匹暮年的马。后来,马终于站了起来,重新恢复了健康。

哈丹巴特尔还告诉我,他对马的这份浓浓的感情,皆因为父亲爱马,爱得近乎不近人情。"他怕我们这些孩子浪费了好马,只允许我们骑一些跑不动的老马。后来分牲畜,我家只分到十几匹马。但他经常会想念以前的大马群,还提出要把各家的马放在一起,每家轮流放,可惜没能实现。"

现在,有的牧民把自己的草场租了出去。租草场的人,把自己的亲戚朋友全带来了,养牲畜的人越来越多,草原的载畜量严重超标,眼瞅着,草场就这样被用坏了。"以前那种能把羊都埋起来的高高的草,再也看不到了。"

蒙古包的围墙上,挂着几条彩色的"江嘎"①,这是哈丹巴特尔的儿子摔跤获得的荣誉。哈丹巴特尔说:"儿子原来靠摔跤赚点奖金补

---

① "江嘎"是蒙古族搏克手的饰物,由五彩绸缎组成圆环佩戴于颈项,象征着勇气、智慧和力量的崇高荣誉。

贴家用。现在去城里的饭店打工,不回来了。唉,年轻人,对马没感情了……"

儿子把一匹马卖了,买了一辆摩托车。现在骑着摩托放牧牲畜已经司空见惯了。哈丹巴特尔说摩托还是不如马,遇到大雪或者碰到沟坎,摩托车就不行了,可是马照样能走。再说,马蹄踏出的印子里面能够留住草籽,也能留住水分,比专门翻耕还要好;马群奔驰过的地方,土质非常松软。可是摩托车压出的路,越压越硬。接羊羔时,骑着马靠近时不会惊动羊群,骑摩托就不行。还有就是这几年油价上涨,好多的牧民在抱怨了,说马吃点草儿就可以走了,又省钱又没有污染。而且骑马放牧对牛羊也好,马走路的节奏跟牛羊的速度相当,现在骑着摩托车赶羊,羊都跑得不长膘。

"阿爸活着的时候。他常常看着别人家的马群发呆,我不知道他想啥呢!额吉说阿爸的心里苦。阿爸临终的时候说,你们一定要保护好草原,教育好自己的孩子……"

"马就是我的命!"哈丹巴特尔说,"现在,我的命快要没了……"

三

"守着马群真是快乐啊!"哈丹巴特尔感叹地说,"可惜,马群是过去的历史了。"

昔日的贡格尔草原一望无际,水草连天,牛马成群。蜿蜒流淌的草原河畔,毡房错落,炊烟袅袅。如果你驾车行走在草原上,随便向窗外望去,就能看到成百上千只的羊群、马群或者是牛群。还有一只只的金雕、秃鹫、百灵鸟,在辽阔的草原上空翱翔。时常,你就会在草原公路上遇到一群暮归的牛群,它们耐不住寂寞,在公路上肆无忌惮地溜达,摇晃着尾巴,根本无视汽车存在,甚至还有胆大的公牛,还要瞪着眼,顶着犄角,凑上前"挑衅"一下。

公路两侧的草原上,则会看到种公马,晃动着健康黑亮的鬃毛,在远处四处眺望,警觉地看护着一家老小。

"以前牲畜在草场上分布得非常均匀,各种牲畜选择自己喜欢的草场。马要选好草才吃,一边跑,一边挑着喜欢的草吃;而且马吃过的,牛还可以吃;牛吃过的,羊还能再吃一遍,一点都不浪费。而今,牲畜只能在一个围栏里走来走去,吃得不多,踩得不少。一处草场被破坏了,在风调雨顺的年景也需要三四年才能得以恢复,但现在,气候反常,夏天酷热少雨,冬天酷寒多雪,使得草场变得不可恢复,一年不如一年,退化得厉害。"

花草丰茂的草原,成了一片死寂的疆域。

一匹马五张"嘴",四个蹄子四张"嘴"。本来属于辽阔草原的马,长年累月地困在狭窄的围栏里,比其他牲畜更加毁坏草场。再加上马至少要养3年才能卖得上价,不像羊当年就可以卖掉换成钱,回报太慢了。于是,牧民们逐渐都把马处理掉了,换成了羊。有的人家养山羊,不但吃草,还吃草根。

"马是需要长距离奔跑觅食的动物,每天至少要跑30多里路,可是现在困在围栏里,马的数量一下减少了,以前全嘎查有1600匹马,到现在,只有200来匹了。"哈丹巴特尔说。

这几年,草原上的沙尘暴越来越厉害。以前就是春天刮刮风,没几天就过去了,现在几乎有半年的时间都在刮风,沙尘暴更是接连不断。一到大风天,马呀羊呀就缩在圈里,赶都赶不出去,只能喂草喂料。

"为了保护草场,政府推行轮牧休牧的政策,每年有几个月的时间,不准把牲畜放出来,只能自己在家里圈养。牲畜在圈里待得久了,就会生病,真是困难啊……"哈丹巴特尔摊开双手,"再说,牲畜在每个季节里,要吃的草都是不同的。同一块草场,长出的相同的草,不能满足牲畜不同季节的需要。"

"现在养马的越来越少了!"哈丹巴特尔叹息,"我真担心有一天,马会像骆驼一样也没有了。马、骆驼在牧区和草原上是不可缺少的。草原上最好看的就是五畜,最美丽的景色就是五畜。山水再好,没有树木的话就不是好山水,草原上就应该有五畜,五畜都有的话,这里才是真正的草原啊⋯⋯"

四

阴天。草原上云压得很低,有一丝透不上气的感觉。

晚上,哈丹巴特尔把恩和拴在木桩上。他说,这沙尘暴说不准还会刮起来。马刮跑了,我的觉就睡不成了。

尽管沙尘暴没刮起来。哈丹巴特尔也没睡好觉。他家有一匹母马,要下驹。

母马一会儿躺下,一会儿站起来,马尾下涌出斑斑血迹。最终它侧躺在地上,宫口微开,已看得见小马驹的两条细弱的后肢。可是,母马没有力气了。它侧身躺在地上,踢蹬四肢,哞哞呻吟。小马驹还是没有生出来。忽然,母马站了起来,步履蹒跚地朝它曾经生活过的栅栏走去。它的同伴们纷纷围上前来,无比哀怜地望着它,眼里含着泪水。

好长时间过去了,小马驹还卡在母马的身体里。母马无助地睁着双眼,急促地喘息着,显得无比痛苦。

哈丹巴特尔的眼睛里,满是哀伤。

哈丹巴特尔说,草原上的围栏,让母马失去了跑动跳跃的机会,致使它们的身躯不再矫健,不再有力,所以才无法将它的孩子生下来。

哈丹巴特尔无奈地守了一宿。最后,他等来的是一匹因难产窒息而亡的小马驹。

五

天空终于放晴了,看到了多日不见的太阳。

一望无际的草原,被太阳照出嫩绿的颜色。湛蓝湛蓝的天空上,几朵白云在飘。空气如此新鲜,到处弥漫着青草的气息。

草原的天地之间,除了蓝天、绿地,还有高架电线、角铁围栏。

"狗日的沙尘暴,你把我冬季接羔的温室连根拔起,你把青青的草原吹成沙漠。可是我相信,乌云散去,我的天空依然会晴空万里,阳光依然像金子般灿烂,我的草原依然会牛羊成群,我的骏马依然长鸣不止!"哈丹巴特尔的心情一扫连日来的阴霾,他甚至轻轻地哼唱了起来。

现在的许多牧民没有马了,看似牧民与马越来越远,然而蒙古人的心目中,马早已内化成一种精神和象征。

蒙古马真的就不可阻挡地要走向消亡吗?蒙古马的马蹄何时不再受铁丝网的羁绊?

"听说有外地人来草原上投资,开矿。他们把草原弄坏了,草原是我们的家呀!我盼着儿子早点结婚,生个孩子,我怕孩子没等长大,我们的草原就没了!"

将来的草原到底会是一个什么样子,我无法想象。

太阳突然隐入低低的云层,恩和在围栏里走来走去,踢踢踏踏的走动声,打破了围栏里的沉寂。

哈丹巴特尔走过去,摸了摸它的头。它收敛了一些,稍稍安静了下来,只是不停地打着响鼻,似乎想要表达什么。

恩和抬头看了我们一眼,表情极其复杂。我不忍心继续看它的眼睛。

此刻,其他的几匹马耷拉着头,一副随遇而安的沮丧。

哈丹巴特尔回过身来,罗圈腿一晃一晃地,向黄昏中的远方走去。

太阳在落下去之前,拼命地挣扎了几下。它多像即将分手的情人,恋恋不舍地瞅着余晖笼罩下的草原。

突然,我听到一声响亮的嘶鸣。这声嘶鸣,在此刻死寂的草原上,显得十分刺耳。

我知道,这是恩和的嘶鸣。

哈丹巴特尔回过头,看了一眼恩和。恩和仰起头,向着哈丹巴特尔走向的原野,又发出了一声嘶鸣,这声音听起来凄厉悲怆。

我心里一阵剧烈颤动,紧跟着眼里热热的。

我俯下身,蹲在草原上,突然有想哭一场的冲动。

六

马背上,一个蒙古男人哼着歌,显然喝醉了,在马上趔趔趄趄地,几乎就要摔下来了,可还是在马背上粘着。

马儿和歌声,在熔金的落日下,慢腾腾地,消失在遥远的天边。

原载于《民族文学》2018年第12期

领衔花季的至尊稞麦

祁建青(土族)

大麦青稞,既属于高原特有,亦为世界稀有之粮食物种,是否也同样需要关切保护?这事儿,抑或人们尚未全然意识到。

一些上岁数的乡人心里有话欲说还休:曾经紧挨庄廓的一片片青稞田,说消失就整个消失了(近几十年间,青稞以不可逆之势收缩向高海拔地带。究其原因首推气候变化,它们实在忍受不了那个热)。

好就好在,在更高更远处,青稞与乡亲们形影不离的日子一如既往。大家按部就班,表明久经考验不在话下。独步高处一枝独秀,相对稻谷、小麦以及玉米高粱,青稞实至名归是无可逾越的高山作物"绿色屏障"。

有着悠久种植史的祁连山门源盆地,青稞每年3月20日开种。海拔3000米上下,草木皆还冬眠着,此时春播已算早得不能再早了。相应地,紧依祁连山北麓,盛产名马的甘肃山丹青稞,基本也在这个前后。

在此之前,主人先要把籽种倒腾出来,于露天来一次"日光浴"。晒种,得两三天。频繁的搅动加持续的受热,籽种休眠激活,又大幅增注了所谓"钙质元素"。这一可观场景,文人酒家见了必眼热心动:将来新酿青稞酒的酒质,还有无数次喝过的青稞酒扒心扒肺的"烈度",追索起点,却在这儿。

农事的细节我省略太多,但播种完后铁碾碌子的镇压环节,我不会漏掉:如植树完后还需用力把土踩实,以达被新概念词语简化作的"深扎"之效,容不得偷懒马虎。是的,否则作物根茎就难以达到关乎一生的深入扎实。减免成熟期作物的倒伏率,这法子实为选项之首。

犁铧破土,籽种播入,生机复苏——籽种们禁不住又打了个彻冷的寒战! 由忽热而忽冷的冰火一淬,接下来等待幼芽的,还有绝不心慈手软的春寒冻灾,此处之浓墨重彩亦即年年岁岁紧赶着提前探春、迎春、报春者,惟属青稞。

记得我早这样说过,青稞是一种基因优秀的先锋作物。

于是,个把月光景,高原农田,青稞率先出苗。时为4月下旬,阡陌间树木还无一丝绿意呢。青稞,一亩出苗计有35万棵至40万棵。嫩芽初出,"草色遥看近却无"。莫急,有苗不愁长,苗芽发轫一天一样,再半月二十天工夫,绿色即浸染田野。宽广起伏的几十、上百亩面积司空见惯,数百以至千亩超大板块,几令青稞的属性面貌酣畅淋漓大展特展。

这个时候,油菜、燕麦等作物才下种。待到青稞长至一拃多高,油菜仍不见吐苗。迟了吗? 太迟了。为什么会让青稞抢先? 这样的疑问,没人问过。而我只知一条:青稞品性耐寒经冻,甚或可以说它不喜暖热,它更贴近冰雪之侧的寒凉。

当油菜终于有了动静,青稞则分蘖初步完成。分蘖,即一颗种子出苗后,由根部生发多枝母株,三五株,八九株,都很正常。必须交代一下:每株都将有一头青稞穗(品种多为六棱"昆仑14号"),一粒籽种以及一亩单产可以繁殖多少头、多少粒新一代青稞,立马可以准确算出。

6月6日,节气时逢芒种,北山乡田野任我徜徉。农谚说"芒种芒种、连收带种",那是指关中以及冬小麦主产区。冬小麦成熟割罢,夏季作物新种开播。可咱们这儿呢,棉毛内衣尚不能离身,甚至,家里火炉仍得架旺。此状,差不多就相当内地南方的冬天了。

幼苗期的青稞,你会说那有啥。不,这是我人生的一封邀请函。多少年没见了?十年还是二十年?恐怕不止。这档阔别久违,我应内疚惭愧,足以泪流满面。葱郁、簇新的叶浪蓬勃,两个多时辰我一门心思不能自拔。呼吸着青稞的呼吸,聆听着青稞的聆听。阳光是最好的阳光,土地是最棒的土地。肥沃黑土,捏一把,能"渗出油来"。这哪里是什么简单普通的庄稼?非也非也,我自语。这就是祖辈种下的,就是父母种下的。亏得我也种过青稞,从种到收,仔细的田间管理,紧张的割麦打捆。熟悉的镰刀早没了,有青稞就好,就好啊。一个认知更明晰:青稞,它才是年景的总主题。没了它,一天就等于白忙活,你所做的一切都劳而无功。不要以为这光是农民夫妇自己的事,不要以为这就是土地和天气的事,千万不要。

被青稞簇拥,心和灵魂一定明其就里而不屑为我挑明。被年轻青稞簇拥,我已穷极奢侈而浑然不知。何来声音,如此清亮?光顾着青稞了,刚才竟充耳未闻。

简直神乎其神,唤作"大地鸟"的百灵鸟,清早群起,竞相鸣唱。人说每只鸟的声谱都不一样,细辨果然!叫得愈发欢实得了,自然是见着我,要给我传递一个信息。大地鸟非同凡响,一阵快意上下翻飞,进而颤翅悬停空中,瞬间揭晓眼前时空的阵容与盛况:众鸟欣然飞抵,田野诸神归位,野花编织花冠,通向青稞殿堂,大地光荣加冕,我们都在仪式进行时。

只有这样的鸟才匹配青稞。有这样的鸟整日为你飞鸣,你哪会无动于衷。青稞,天下的农作物会不会羡慕嫉妒,而你会不会长得更聪颖内秀,更优雅神气? 当然如是。

鸟啊,你肯定是把广袤青稞田野当成草原草地了。

鸟绝顶聪明。我应该学学鸟,就把青稞地看作大草原。

鸟之天赋,人望尘莫及。有一种落寞是身边没有鸟,不晓得飞到哪儿去了,乃是彻底被遗忘。好像我明白了这些朴素道理,大地鸟勾魂般引领了我,一转身我已置身草原。

梦境的童话的草原,野花正开,芳菲正艳。我在陪谁一起看草原,因为有缘,百灵鸟语、青稞物语和我之人语融会,就有了书写的奇异状态。文字具备了动机和行为意义,穿梭于动物、植物以及人物,气息里牧歌传送,神情中牛羊游移,数十万亩青稞大地及其上空,安放演奏天地之无琴之琴、非弦之弦。

此处说来有点鬼使神差:清早我才从"龙驹路"走过。此路名可知大有来头,有点儿如雷贯耳。无论如何,与马相关,那就是真正的草原。索性招招手,或打一个唿哨——

有一群马,意念的理想的画面里,群马鬃尾飞扬声先夺人! 它们自远方欢欣归来。纯种的"龙驹"又名"青海骢",正是古老青稞亲近见识过的。它们同甘苦共患难,青稞饲喂过的马匹强壮而聪灵过人。马,青稞的精英,这点人们已然折服足以相信。翻身上马,闪亮的坐骑,嘶鸣的神骏,腾自蔚蓝大湖,跃上苍莽祁连。那时,我们也不会意外惊奇……

有野雉旁若无人在地里觅食。学名环颈雉,多为色艳尾长的雄雉。尽可放心大胆,这是自己的家园。极少见雌雉,大约都在巢里一动不动孵卵呢。孕育的季节,是生命都不会辜负光阴,青稞的季节,这不仅仅是鸟与雉鸡们自在想要的生活。

青稞总算等到了油菜。油菜苗子当然精致,只格外幼小。

两田相邻观感分明:青稞丛丛站立,在静候,在环护,乡音唤你;油菜地,还是总体黑土裸露。能够预见的却是,亿万万朵油菜花,将陪伴,将衬映,芳香迷你。

一个先行,一个后追,人们体察沉浸于大自然的无穷妙意中。油菜花与青稞穗的灿烂相遇眼看着就不远了。

今年春早,青稞抽穗和油菜开花将提前大概5天至10天。青稞农艺师告诉说,青稞抽穗期,与油菜初花期,之间相隔也就短短三五天。也就意味着,两样作物抽穗开花几乎就是同时的!大自然的安排,或人类的经营,不能说这叫人为刻意,实则然随了物心。

再过二十来天即6月底,青稞就开始抽穗。抽穗,即坐果结籽。对于青稞,我觉得更准确应叫"吐芒"。青稞吐芒,精彩瞬间,千万不要错过。青稞稞芒,尖锐锋利,任何作物都没有这样锋芒毕露,它戳痛或刺穿了什么?岂会仅仅是虚空与没关系无所谓。

青稞为油菜花的绽放而绽放,说时迟那时快,油菜花,也为青稞的绽放而绽放。

"盛农"合作社这片青稞,绵延铺陈1400亩,是罕见的超大田块。种植带头人柳芝福特别引以为豪,引起我极大兴趣的是,他碰巧是我老家互助的土族同乡,祖上何故跋山涉水迁徙来此,大约就是如前述一路追随青稞而早早出发者之一?这确实是眼下的事实。老柳的标准化经营已整整9年,正应了土族人擅长种青稞一说。诚然,土族人也擅长酿青稞酒,也擅长喝青稞酒。一天忙碌罢了,极其争气的庄稼让他们可以睡个安稳觉。青稞油菜就像是他们的孩子,听夫妻俩怎么说:

"它们苦尽甜来了";"吃了多大苦,人不知道";"活了个大气干撒(方言,意为漂亮潇洒),没遗憾";"它们值了,我们庄稼人,也值了"!田间地头,庄稼有知,会当唏嘘以至垂泪。最理解也最心疼庄稼的人,就是这些一生侍弄务劳庄稼的人。对庄稼知冷知热的人,庄稼和你贴心贴肺。把青稞油菜没完没了种下去,庄稼人的人生就这么自足又辉煌。

……

原载于《民族文学》2018年第10期

村庄里的铁(外一篇)

杨犁民(苗族)

铁散落在村庄里。大如洪钟,细如发丝。

那时候村庄里最大的铁,是灶头那口大锅。不仅可以煮酒,可以储水,逢年过节杀猪烫猪的时候,装下一头肥猪也绰绰有余。最小的铁,是躺在麻篮筊里的缝衣针,小得稍不留意,便钻进篮缝和时间深处,再也找不见了。缝衣针也分大针和小针。在小针面前,大针如柱;在大针面前,小针如杵。大针和小针,深居岁月与房间深处,收藏起锋利和光芒,只有在村庄需要的时候,才出来缝补破烂修复伤口,飞针走线,游刃有余。

大多数时候,铁待在墙角屋檐,光泽谦逊如月色。只有村庄进入繁忙季节,铁才在村庄里走动起来。铁的光,顿时驱散了笼罩在村庄里的阴翳。村庄里最常见的铁,是镰刀、犁铧、挖锄、月锄、薅锄、剪刀、柴刀、菜刀、鼎罐、铁瓢……这些叮叮当当的铁,这些零零碎碎的铁,一生居住在村庄里,从未出过远门。铁深居简出。铁寡言少语。外面的人,不会知道村庄里到底居住着多少铁。如果不是人的敲打和触碰,铁从不弄响自己。

村庄里的铁,再大也大不过城里的。诸如铁塔这种高高在上的铁,诸如防盗门这种冷若冰霜的铁,诸如汽车这种成吨移动的铁,在村庄里是待不下去的。但是村庄里不能没有铁。铁是村庄的骨头，是村庄最坚硬的部分。没有铁，村庄连一棵草也对付不了，更对付不了那些凶猛的豺狼野兽，昼伏夜出的狐仙鬼怪，无止无休的野刺荆棘和连绵无边的广袤大地。

也许，对于有些铁来说，一生只有啜饮一两次鲜血，才能将它的精神喂养，于不断下落的尘埃中，保持振作和兴奋，保持锋利与光芒。那些从未啜饮过鲜血的铁，往往是村庄里锈蚀得最快的铁，木讷本分，憨厚老实，不声不响。就像村庄里的人们一样，既需要老实本分的人，也需要锋芒外露的人。老实本分的人，他的勤勉和奉献，是村庄最高贵的品质。锋芒外露的人，他的勇敢与睿智，在村庄遭遇险难的时候挺身而出，救村庄于危亡。

这些锋利的铁，帮村庄烧菜煮饭，帮村庄裁衣缝裤，帮村庄犁田割草，帮村庄开疆辟地，大多数时候都和平相处，相安无事。然而在一起的时候多了也难免产生摩擦和睚眦。有时候，犁口不小心把人的脚划破了块皮；有时候，柴刀一恍惚，把人砍了个大口子；有时候，镰刀一走神，就割开一个拇指的肚皮；有时候，在一个村庄和另一个村庄的冲突中，在一个家族矛盾的瞬间爆发中，甚至弟兄反目父子成仇的冲动中，铁义气当前，血脉偾张，一时克制不住自己，跟随主人夺门而出，制造了一起小小的流血事件，事后又后悔不已。

就连最小的铁——缝衣针，偶尔也在人的拇指尖尖上，开出一朵鲜艳的花来，让人从此不敢小觑。

好在，铁和人都不记仇，事后便忘得干干净净、彻彻底底。

或继续做一块普普通通恨铁不成钢的铁，或随着时间锈蚀在了泥土里。

大多数时候，铁待在墙角檐下，铁挂在柱头板壁。

铁也睡在枕头下，铁也藏在裤腰里。男人出门，腰间别一把寒光逼人的斧头，女人出门，背篼里搁一把牙齿锋利的镰刀，小孩出门，也拿一把缺了个口子的柴刀，甚至连坐在院坝里晒太阳的老人，也是头戴簪子，手箍顶针。铁的光，可以驱走豺狼虎豹，可以驱走妖魔鬼怪。铁在身边，就有了力量和勇气。

拥有铁最多的人，当数村庄里的石匠和木匠，以及替村子里保管乐器的人。石匠有凿子，锤子，钢钎。他坐在地球上，把一座山凿开，他好像要凿穿整个大地。木匠有斧头，刨子，錾子。他的细致和耐心已经渗透到了一棵棵木头里。保管乐器的人，他有锣，有铙，有钹。他把村庄的快乐和声音都收藏起来，村庄很累，不到特殊的时候不放它们出去。

然而，并不是铁越多越强大。

只有极少数的人，就连走夜路也不用别一把斧头，拿一把柴刀。他在村路上走，豺狼虎豹、妖魔鬼怪早已躲得远远的。他说一句话，他哈一口气，就能令蛇虫噤声，令大地俱寂。他微微跺一下脚，就会让群峰震颤不已。他不需要铁。这样的人，他的铁在他的内心中，他的铁在他的骨头里。只是如今这样的人已经越来越少了。与生俱来的铁，已经越去越远。让人在铁越来越多的时候，怀念另一种铁。

其实铁更多的时候还是和土地在一起。铁长时间离开泥土，便会生锈，便没有精神，便会失去光芒和力气。是劳动养活了铁。没有劳动，铁在村庄里就一蹶不振，没有劳动，铁在村庄里便失去了存在的意义。

铁是村庄的另一只手。铁深入庄稼和土地，也深入树木杂草和荆棘。尽管村人满手茧疤，坚硬如铁，然而没有铁，人还是对许多事情无能为力。人依靠铁煮饭砍柴，人依靠铁播种栽菜，人依靠铁割草犁地。

一声春雷,也没有把土地唤醒。然而,只要铁在土地中走,混沌的土地便马上苏醒过来。泥土擦拭着铁,铁呼唤着泥土。铁仿佛长有眼睛似的,在泥土中穿行也不会迷路。铁的光芒,在泥土中越走越亮。铁在土地中走呀走呀,挨块地挨块地打招呼,叫土地放松自己。铁洞悉土地的所有秘密。但是铁铁嘴一口,从不把土地的秘密泄露出去。即使有一天,铁老了,铁锈了,铁再也走不动了,铁也会把秘密连同自己,锈蚀在土地里。

铁是村庄赖以生存活命的东西。谁家的铁越多,说明谁家越富有,越有精神和劳力。所以,人拿粮食去换,拿钱去买,拿时间去守护,拿生命去偎依。人把铁一代一代地传下去。人小心翼翼地保管好铁。生怕有一天不小心一块铁悄悄地走失了。好多年,都还在为一块不翼而飞的铁懊恼不已。

许多时候,铁还在,拿铁的人却已经走了。许多时候,拿铁的人还活得好好的,铁却已经不在了。

铁并不是存心走失自己的。人不知道铁去了哪里。等到人发现失散多年的铁,铁已经面目全非,铁已经看不清当年的模样。人只好把铁重新放回铁匠炉里。当铁按想象的样子重新出现在人面前,人真想抱住铁痛哭一场,人就像找回失散了多年的亲兄弟。

村庄里的草

村庄里长满了草。

无论从大路来还是小路来,都要踏过无数泥泞和草梗,都要拨开层层荆棘和草丛,才能抵达村庄。村庄的所有路口,都被野草把持着,像持枪站岗的哨兵。

村庄野草遍地,无处不在,恣意生长。有时候一山山、一坡坡、一岭岭,有时候一棵棵、一茏茏、一丛丛。有时候,荒草连天,芭茅草、蕨蕨草呼拉拉地集合起来,遮蔽了远天远地。有时候,一草孑立,狗尾巴草、青蒿草从草棚顶,从颓墙头,从青瓦上,从房柱里,悄悄地钻出来,登高一呼,召唤自己的同伴似的,清高而孤独。

村庄是草做成的。牛住的草房、猪住的猪圈,上面覆盖着茅草,地上铺陈着稻草。茅厕的草帘,用草编织而成。屋檐下,摆放着母鸡生蛋的草窝。瓦缝中,一年四季塞满了麻雀衔来的草梗。吃草长大的猪、牛、羊,长着一个巨大的草胃。草凳木凳,兄弟般在火铺上围火而坐,加深着黄昏。包谷蓬和稻草垛,则远远地站在村口,看上去就像是披着蓑衣守护村庄的武士,让妄图趁着夜色侵入村庄的蛇虫虎狼、狐仙鬼怪闻风丧胆,草木皆兵。

村庄是草做成的。村庄里的人,也因此叫做"草民"。草民是草,长着绵延的草根。再贫瘠的土地,都默默无闻地生长。刨开草皮,人们为在草垫上离开尘世的人,草草垒起了一座新坟。可是没多久,新草便又覆盖了整个坟茔。他的一生,早已在一根灯草里耗尽。

人们常说,人生一世,草木一春。人一死,便碾落成泥,再无活过来的可能。可是草就不一样了,被风刮过,被雨打过,被火烧过,被雷劈过,只要春风轻轻一吹,便又连天接地,绿草青青。

人看到草长在村庄里,其实是村庄长在草里。在村庄以外的辽远大地,草没日没夜地疯长,一直长到了天边,长成了草的汪洋。再大的村庄,在广大草的世界里,就像一个鸟窠。人在鸟窠里早出晚归,理理杂草,平平土地,养家活口,生儿育女。

人看到草向村庄包围过来,感到了巨大的恐惧。人烧了一把火,割了一把草,想把草烧退,想把草逼退,留下一点薄土种包谷,种黄豆。草极不情愿地退了一下,可是没多久又重新长回来了。人拿起镰刀锄头,后来又发明了拖拉机,想把草赶得远远的。除草从此开始占据人的大部分时间,成了人生命中最重要的事业。可是草无处不在,草长满了无边大地,草长在了人们的生命里。

人率领子子孙孙在草主宰的王国里,开疆辟土,攻城掠寨,发誓要把草一天天赶到天边去,开拓出片片良田沃土,拯救被草围困的村庄,让草给村庄留出一片空隙。然而草越赶越长,长得无边无际,最后竟长到了人的头发上,长进了人穿的一双草鞋里。

人从此陷在草丛中,被草淹没着,看不清了自己。人们呼喊着彼此的名字,在草丛中拨开一丛又一丛草,奋力寻找着出路。

人知道打不赢草,纵使子子孙孙也不能。草的子孙更强大,更绵密。可是人不能停下来。人一旦停下来,草便会将村庄淹没,把庄稼彻底消灭,让人饿死在草丛里。

(人不知道,其实草也在保护着村庄。没有草,水土就会流失。没有草,大地就会板结。多少年来,草就这样被人追赶着,远离了村庄,又包围着村庄。)

村庄里的人,在草中久了,连名字都和花花草草、猫猫狗狗、歪瓜裂枣十分接近,沾上了草的气息。

有时候,人们把名字放在村庄里,提着镰刀,扛着锄头,便上坡找草去了。作为声音的名字,用得最多的是在嘴巴上,每天都在草丛里叫上几回。用几十年便不用了,扔在草地上。而作为汉字的这些名字,却只是在户口簿、作业本和荒草萋萋的墓碑上出现过几次。有时就连主人自己都没有看到过它们作为汉字是什么样子。不像有的名字那样,一天到晚都要拿笔龙飞凤舞地签上几回,还经常出现在报纸、电视、图书、副刊、新闻、会议纪要以及领导小组之类的东西里。

即使偶尔有个走出村庄的人,他的名字不断出现在媒体上或者人们的议论中,村庄也不认识。人们只知道他原来的名字就叫茅草。人们不知道,换个名字就可以行走江湖,换个名字就可以上电视。

在村庄眼里,茅草还是那个茅草:鼻子还是小时候的鼻子,只是没有了鼻涕;眼睛还是小时候的眼睛,只是看人似乎多了点气势;嘴巴还是那个嘴巴,只是开合的频率多了些。

在村庄眼里,茅草已不是那个茅草了,而是那个名字也变得像他的西装一样笔挺的人。他的消息,也总是从遥远的山外那没有草的地方传来,离河边那丘稻田远远的,离屋旁那棵橙子树远远的,和村庄再没有一点关系,和野草再没有一点关系。

他原来的名字,也仿佛蝉蜕一样,早已不知遗失在了哪一处草丛里。

在离村庄更远的地方,草疯狂地生长。那时候在村庄里活不下去的人,走出村庄,来到遥远的山林中,落到了深深的草里。落草的人,如果杀人越货,打家劫舍,是被村庄看不起的。就是饿死,也不能干缺德的事,身为草莽,也不能草菅人命,伤天害理。他死后好多年,都进不了村庄的坟地。为什么要落到草里呢,和草一样站立不是好好的吗?!虽然不高大,虽然不挺拔,却也是顶天立地。纵使不丰腴,纵使不壮硕,却也能自足自娱。

下了好久的雨,院坝上突然长了一棵草起来。鸡跑过去狠狠地啄几嘴,觉得没味,摇摇摆摆地走开了。走了很远还在咯咯地叫,告诉别的鸡别再去吃这棵草了,一点味都没有。狗跑过去胡乱啃几口,胃伤得受不了,躺在草地上吐了一地。

只有人不排斥草。人已经习惯了和草相依为命,与草握手言和,把潦草的日子过下去。用草生火做饭,用草扫地抹桌,用草喂牛养猪,用草修房造屋,用草治病疗伤,用草结绳记事,天冷天热,死去活来,都睡在一捧草里。

就算生活像草药一样苦,也一咕噜喝下去。

原载于《四川文学》2018年第6期

我的汶川羌寨

杨国庆（羌族）

960多万平方公里的土地，有一个好听好美好温暖的名字，那就是祖国；960多万平方公里的祖国，在世界东方飘扬成鲜艳的五星红旗，那就是国旗；这一面锦缎做成的象征960多万平方公里土地的国旗上，簇拥着56个和谐共生的民族。

汶川羌寨就在这锦缎之中，在这温暖国旗的上面。

微笑的羌寨

我是从汶川羌寨中走出来的，我深爱我的家乡，我能看见羌寨曾经的泪水和现在的笑容。

我的羌寨在哪里？在汶川。汶川在哪里？在众志成城、万众一心的那个年代，在十年前那一揪心的时刻——哦，不是，汶川是在祖国的怀抱，在全国人民祝福、帮助和期待中，在鲜艳的国旗上。

走进汶川羌寨，在中国西南岷江上游，至少有四个方向、三四条路径：理县、茂县、汶川、北川。2008年10月，因为举世震惊的汶川特大地震，羌寨这个遥远的在诗歌中的名词，正式属于国家羌族文化生态保护实验区。因此，汶川、茂县、理县、北川，就是进入这个实验区的四道大门。

我是在羌寨的目光和怀抱中成长起来的诗人,如今生活在汶川县城。每天清晨,在岷江的涛声中,我沿江逆行,步行去上班,北望是龙山羌寨,东岸是羊山羌寨,西岸是羊龙山羌寨。还有布瓦寨、萝卜寨、阿尔寨、牛脑寨、簇头寨、东门寨。

向北,群山深处的茂县有黑虎寨、三龙寨、维城、赤不苏、牟托寨、白石寨、水西寨、杨柳寨……一面面红旗在飘动。我分明听见了古老火塘里流荡的欢笑声,闻到了一朵一朵芳香的花朵。

汶川门的西侧,是理县——一道可以仰望羌寨的门。

这里,深藏着桃坪羌寨,也躲藏着西山羌寨、剑山羌寨、九子羌寨、蒲溪羌寨、木卡羌寨,它们会在"啊呀"的一句木门声中,推开层层烟云,满心欢喜地邀请着我回家。三堂经吟唱的老屋,熟悉的白石藏火,神秘的还牦牛愿,就地敲打石片建起的碉房,都是我童年美好的记忆。

向东,翻过岷山群峰中的九顶山,是北川——全国唯一的羌族自治县。每每我迈步其间,总是感慨万千,曾经的灾难,如今的重生,都交织在这里:吉娜羌寨、伊纳羌寨、石椅羌寨、五龙羌寨……它们是北川新生的象征。

文化的羌寨

锦缎国旗上面的汶川羌寨,是我的羌寨,我的故乡。

发源于这里的岷江,是一条默默的辉煌灿烂的母亲河。起初,我没有太多了解,并不熟悉、不理解这条滋养江源文明、天府之国的母亲河。

中国西南,天府之国西北,岷江上游,我的汶川蕴藏着深厚的文化底蕴。根据考古发掘和文献资料记载,岷江上游是江源文明的腹地和中心,是古蜀文明的摇篮和发祥地。以茂县营盘山、汶川姜维城、理县剑山寨为代表的岷江上游新石器时代文化遗址的文明程度,反映了五六千年前整个长江上游地区文明发展的最高水准。

《夏书·禹贡》记载大禹治水始于岷江,"岷山导江,东别为沱"。自此,汶水被称为岷江。在中国历史上,明朝以前,岷江一直是长江的源头,称江源。发生在江源岷山的文明,称作江源文明。

我的汶川羌寨所在的岷江上游是我国进行石棺葬文物征集、考古发掘和研究最早的地区,是迄今为止发现的石棺葬文化空间分布最为密集的地区,也是遗存延续时代最长的地区——从新石器时代晚期、夏、商、周、春秋,到东汉中晚期。

与山抗争,与石为伴,建造石室,古羌先民创造了灿烂的新石器时代彩陶文化,并且,由此繁衍了一种新的石棺葬文化。所谓石棺葬文化,是指由实物石棺为载体,存储着氐羌人的信仰、思想、情感、追求,以及当时生活的物质水平与生产方式等信息的文化。

汶川地区早在3000多年之前,就已经结束了狩猎与游牧,进入农耕与畜牧并举的阶段,足见其社会经济与文化都相当发达。

威州对面,龙山如龙,穿插在岷江和杂谷脑河之间。山上,巍然挺立、俯瞰峡谷的是布瓦黄泥碉群。在2000多年前秦汉时期,碉楼盛行,构成"夕阳落西山,千碉映黄昏"的壮美景观。《史记》所载"依山居止,累石为室"之"邛笼",说的就是碉。这是羌族智慧和汗水、生命和情感的结晶,是我国建筑艺术中罕见的一朵奇葩。布瓦,羌语音译,意为黄土山峰。峰上的布瓦村,是一个典型的羌族村庄,黄泥碉群林立,与龙山浑然一体。黄泥碉均为四角碉,通高18米至23米,最多时有49座,现存36座,在山脚下清晰可见的有三座。同时建有4座石碉:六角碉、八角碉已毁,四角碉、五角碉尚存。

2006年6月,布瓦黄泥碉群、姜维城古文化遗址,同时被国务院确定为全国重点文物保护单位。

诗意的羌寨

不知从何时起,岷江孕育的羌寨成了富庶美好的象征。上古时期,岷山与今天地理学上的昆仑山,有着名同而内涵不同的天渊之别,也是一座属于地理的昆仑山,一座属于文化的昆仑山,彼此之间的分离始于西汉,史官司马迁委托张骞寻找神话中的昆仑山,张骞出使西域归来后,即向皇帝报告,武帝按图索骥一般,草率地命名了今天的昆仑山。《史记·大宛传》中这样记载:"汉使穷河源,河源出于寘,其山多玉石,采来,天子案古图书,名河所出山曰昆仑云。"博学豪迈的毛泽东在20世纪30年代红军长征时经过巍巍岷山,没有盲目跟信《史记》的说法,坚信岷山就是昆仑圣山,"莽昆仑,横空出世,阅尽人间春色",随即隐喻眼前时代的革命"飞起玉龙三百万,搅得周天寒彻"。我作为汶川羌寨的第一代诗人,作为炎黄子孙、古羌民族的一个后裔,我在接受多种文化交汇碰撞、互惠共进的同时,还日日真真实实地生活在这片诞生中华古老神话和璀璨古蜀文明的家园。

我在诗篇中坦荡赤诚地抒写我的汶川羌寨——这个祖国大地上、国旗锦缎上古老民族的历史和现实。我以一个羌族诗人的身份和视角写的诗作《昆仑看》,是中国作家协会2012年度重点扶持作品,出版为《静静巍峨》。我集中抒写了岷山昆仑这个当前羌族生存核心区域,集中抒写了中国西部从青藏高原向四川盆地过渡地带的民族生活经验与社会特征,在历史和现实中的垂直影响和心理倾向,是一部明确带有民族、地域、历史、文化和时代体味与忧思的长诗。

从汶川羌寨走来的我深知,我是在党和国家的民族政策光辉照耀和培养关怀下成长的羌族诗人。我的《昆仑看》是2008年度重点扶持作品《汶川之歌》（出版为《汶川羌》）的一个巩固和拓展，中国作家协会公示时肯定我的《昆仑看》："5·12大地震发生后，世界仅仅知道了灾难的汶川，对古老而现代的汶川缺乏了解和认识。《汶川之歌》将对汶川精神属于人类精神范畴进行形象、鲜明、具体、生动、深层的抒写和思考，让世界通过诗人的视角和情思，看见汶川特别的美，欣赏汶川永恒的歌……"

所以，书写汶川羌寨是古老文明与现代文化交融在我生命中的一种诗意表达。我说，汶川羌寨诗意在天府之国的上游，是突出"诗意本身就在天府之国的上游"，或有形，或无形，或缄默，或吟诵，或赋形于现代汉语的表现形式，或流连于《诗经》《楚辞》和唐诗宋词的传统风貌，或投胎于国外语种的表达方式，皆美。美是诗歌的义务和标志。美是理想生命和民族责任的当然担当。我毫不掩饰一个羌族诗人对于祖国、对于政治、对于革命、对于时代的崇敬与赞歌。我深深地知道，我们所处的和平时代是用多少革命仁人志士的信仰和青春生命的牺牲而铺垫形成，我们所钟爱耕读的中华大地是一代代祖先筚路蓝缕开辟、前赴后继守护、舍生取义捍卫的热血家园。我的作品《同胞在——谨献给70周年前遇难的同胞》《新中国的源头》等都表达了我的感动与感恩。

作为一个羌族诗人，我是幸运和幸福的，因为我生活在天府之国上游这片优美的大地，我与昆仑神山、天府之国有着无法分割的情缘。我深感自豪的以鼎立九州的大禹治水"岷山导江，东别为沱"（《十三经·尚书》之《夏书·禹贡》）就始于这里；"蚕丛及鱼凫，开国何茫然"（李白《蜀道难》）始于这里；秦朝李冰修建都江堰水利工程"水旱从人，不知饥馑，时无荒年，天下谓之'天府'也"（《华阳国志》）也始于这里；"岷山起凤，汶水腾蛟"（北宋范仲淹）赞美的也是这里……

今天，我们伟大祖国正意气风发地行走在新时代的新征程上，国旗锦缎上的我的汶川羌寨，一样沐浴灿烂阳光和明媚春风，一样继往开来创新创造，一样安居乐业铭恩奋进，不负苍天不负国爱党恩，永远与国同在，永远灿烂辉煌在中华民族伟大复兴的繁荣富强中。

原载于《中国民族》2018年第5期

温暖的家

阿克日布（彝族）

就赤子之心或漂泊游子而言，回家，是一条最温暖的路。

家，是每个人最温馨的宁静港湾，是漂泊游子和老家父母的殷殷期盼。

紫气东来又一年又一天，明媚的阳光洒在身上，让人感觉暖意融融。2018年2月由于中共中央总书记、国家主席、中央军委主席习近平同志前来我县考察调研彝区精准扶贫，也因采访工作特别忙，加上我们单位有一个不成文的传统：彝历新年的时候，汉族员工坚守岗位到最后一天；春节时，彝族员工坚守到最后一天。因此，直到2月15日临近除夕夜，我们一家才匆匆忙忙赶回到昭觉县四开乡老家的。

回家，看看父母脸上的皱褶。彝历新年和春节回乡下跟父母一起过年，是我们家雷打不动的传统习俗。一路的颠簸，来到乡下集镇上，不时碰见熟悉的面孔，大家热情地打招呼，一同结伴回村。

从乡上往家走，这条路只有800米，步行要比坐车的感觉好。一路上，看见人们踩着凳子往门框上贴着春联，与乡亲们一块儿边走边摆龙门阵，我是几乎没有张嘴的机会。他们说某个地方又修起了公路，昔日一些穷得叮当响的彝族人家，如今因党中央实施精准扶贫政策而住上了新房。

常年跟随我在城里生活的儿子一回到家,早已在家中等候的爷爷奶奶满是皱褶的脸颊上,立即露出灿烂的笑容,让我这个既是父亲又是幺儿的人嫉妒和眼馋。难怪彝族民间俗语说,人心都是往下长着呢,祖辈爱孙子辈要比爱儿女辈爱得多也爱得深,这就是汉族人所说的"隔代亲"。

我们刚回到家,母亲、妻子和早已远嫁的妹妹就开始围着灶屋锅台转来转去,好像要把这一年贮藏的最好吃的东西全拿出来,做出美味佳肴让我们品尝。母亲说我平常因工作忙很少回家,不要我做任何事情,只安排我、妹夫、大哥、父亲与左邻右舍们喝酒叙旧。

回家,宣讲总书记对彝区的厚爱。在与左邻右舍叙旧中,他们最关心和最关注的是,2月11日,习总书记来昭觉县考察调研,看望慰问各族干部群众的情况。于是,他们邀请我一起围坐在火塘边喝酒边拉起了家常。在左邻右舍们的热情邀请和热烈掌声中,我给他们详细讲解了习总书记来昭觉考察时的很多感人的故事和细节。

"习总书记卡莎莎(感谢)!""习总书记库施穆萨(新年好)!""习总书记孜莫格尼(吉祥如意)!"问候与祝福声,此起彼伏。就在这时,不知是谁起头,当地彝民一遍又一遍地唱起了彝族经典民歌《留客歌》:"满山花儿在等待,美酒飘香在等待,要是不走不行了,明年今日早早来……"

群山之间,蓝天之下,没有指挥,没有伴奏,清冽的歌声,久久回荡,像是灿烂的阳光,像是奔涌的春水……是的,这歌声是传递着我们彝族人民对党和政府的感激与拥戴,歌声倾诉着老百姓对人民领袖的热爱和不舍。

在与乡亲们拉家常的时候,我说,我长那么大了,压根儿就没有想到能与习近平总书记见面、握手,好像跟做梦一样!更让我激动不已的是,习总书记还居然认真翻阅了我的《悬崖村之变》摄影专辑折页。习总书记是如此的慈祥、和蔼、亲切、朴实！让我激动得眼泪都哗哗地掉下来了！

我想，在今后的新闻工作中，不忘初心，砥砺奋进，真实记录彝区的新时代、新征程和新繁荣、新发展，让自己的点点滴滴努力，去增添去见证彝乡的每一次、每一处新的变化，让我有限的生命在新闻报道中延续，让我的乐趣在新闻报道上寻找历史的每一个足迹，让我的幸福感在新闻工作中获得。

讲着讲着，我的眼泪再次不由自主地流下来，很多左邻右舍也跟着我流泪……直到现在还依然记得习总书记最后对我们彝族人民致以祝福的一幕幕场景，还一直记得当天习总书记上了车，又回头挥手作别的话语："祝大家幸福安康，早日脱贫奔小康！"

此刻，一直在旁边玩耍的儿子也开始忍不住插话了。"那天，握着习爷爷的手，我的内心是如此的温暖和幸福！习爷爷问我几岁了，读几年级了，习爷爷夸奖我说，你看他的普通话就说得不错！不错！习爷爷还鼓励我，要好好学习，努力学习！"

平常儿子就说能见一次习爷爷是他这一生的愿望。这一次，儿子不仅见到了习总书记，还跟习总书记亲切握了手，至今仍然激动不已的他，又忍不住地跟左邻右舍讲起了他跟习爷爷握手时的情景。他还表示，一定不辜负习爷爷的期望，好好学习，努力学习，长大后为建设祖国出一份力。

此刻，左邻右舍都给儿子投来了一束束赞许的目光。左邻右舍听了我的讲解后，都纷纷感叹，习总书记的一席话，比咱彝家火塘里跳动的火焰，还要让人感到温暖，比我们彝家美酒更醉人。

回家，感受亲人相聚的热闹。我家的年饭在天黑前开席，全家子孙四代17口人其乐融融地围坐在大锅旁吃火锅，和着户外噼里啪啦的鞭炮声，人人举杯致意，相互祝愿，共庆团圆，一同为两位老人拜年！没有什么能够阻挡我此时的喜悦心情,就像没有谁能够阻挡春天的到来一样,我们没有理由不为新春举杯喝彩。

爆竹声叩响新春之夜,年复一年,我也不知不觉走过了30多个春秋,从一个牙牙学语的幼童长到七尺男儿,在父母的皱纹和汗水中渐渐读懂了亲情的伟大,在岁月流逝中深深感悟到了人生的艰辛。

对于父母来说,今年最大的成就是身体健康,他们的身体健康、心情愉快才是我们兄妹三家最大的财富。春节,沐浴在新年的祥光瑞气里,所有沧桑的心田都荡漾着盈盈的春水,洒满阳光,一种如饮甘醇的惬意浸满全身,所有的惆怅和苦闷被亲情融化,新的征程、新的希望、新的期盼、新的幸福,向我们健步走来。

看春晚是每年必不可少的节目,我们一家大小注视着电视荧屏,被精彩歌舞所吸引,火塘边新鲜猪肉烤得冒了青烟,大家都浑然不知,仍陶醉在节目里。晚会仍在进行,屋外,辞旧迎新的鞭炮声此起彼伏响个不停,乡村上空弥漫着烟花爆竹的气味,一闪一闪的烟花映亮了整个村庄……

回家,不需要任何理由。回家看看父母更不需要任何理由。父母是我们这辈子最大的恩人,他们生我们、养我们、教我们,日夜操劳,含辛茹苦。可怜天下父母心啊,他们这一辈子不知为儿女操碎过多少心血,付出过多少劳累!

岁月无情,在他们的脸颊上刻下一道道深深的皱纹,在他们的额头上染下一根根白发。其实,他们并不期望我们都能大富大贵当大官,他们最大的愿望是让儿女们都平平安安、健健康康。回家看父母,哪怕你捎回家的只是一句简单的问候,对他们而言就已足够,一家团圆比什么都重要。

面对一户户留守儿童,真希望为人之父、为人之母的都回家去看看自己的儿女。儿女是我们的未来,是我们的希望,是我们捧在手上都怕化的"心头肉"。又是一年了，小家伙变成了什么模样？高了？胖了？瘦了？更懂事了？孩子最需要的是父疼母爱，孩子最期望的是家长鼓励。给孩子留下一个美好的童年，让孩子在成长的道路上经历爱的洗礼。回家吧，去看看儿女，去亲亲抱抱你的孩子，去享受天伦之乐。

回家看看故乡。故乡又变成了什么模样？是越发的荒凉？还是无上的荣光？小时候的老师今何在？曾经的伙伴又在何方？乡情、乡音、乡味，永远流淌在我们的血液里。这亘古不变的情怀，这片生养我们的土地，这片终生难忘的地方。

回家过年不需要理由，回家过年是无声的召唤，是千百年来不变的情怀。一首"有钱没钱，回家过年"的歌词唱出了多少在外游子共同的心愿。回家过年，不管你事有多忙，为了亲情，为了那份对故乡挥之不去的眷恋，"带上爱人，领上孩子，常回家看看"。

回家，是我们最重要的事情，不论路途远近，都是一条温暖的路。回家是一首唱不完的歌，回家是一篇写不完的诗，回家是我们老百姓心头最深最真的牵挂！

春风送暖，万象更新，每个人都在心中描摹着一幅美好生活和壮丽新时代的新画卷。有梦想，有机会，有奋斗，一切美好的东西都能够创造出来！只希望父母永远活在春光里！

原载于《民族》2018年第3期

最后的猎王

袁智中（佤族）

一

刀尼嘎个头高大，皮肤黝黑，沉默不语。每次我抵达芒公村落时，这个像山一样沉默的男子都会安静出现，再悄然离开。他的脸、眼光、举止和背影平淡而安静，似乎经过的40多年仅是40多个春秋的轮回。直到在他的家中，他将20多年前猎到的整张黑熊的皮展现在我眼前，我才触摸到潜伏于他生命中的激流。

二

那是2010年初夏，持续了一年冬春的旱情再度翻过整冬向着初夏蔓延。几乎整个春季，村支书王林都站在村委会院场边，向着天空下的山外眺望。"再迟的雨水也不会迟过4月20日，现在已经是5月中旬。"县里、乡里派来了打井队、抗旱队，但均是徒劳。喀斯特地貌的芒公，蓄不住水，春种秋收全部依赖上天赐予的雨水。土地吸附不到充足的雨水，就无法耕种。被旱情撂荒的青年，将邻家的狗拖到一棵树桩上吊起开膛破肚，然后围着一大个狗肉汤锅没完没了地吃喝、歌唱,深夜还时不时发出狗一样的狂吠。

这在两年前是不可思议的事情。狗是人类最亲密的伙伴。佤族创世纪神话《司岗里》中,狗曾不畏艰险,从龙潭为人类取回了谷种,让人类告别了靠山茅野果度日的野蛮时代,开启了春种秋收农耕生活的纪元。在猎人头血祭盛行的时代,狗不仅让许多村落族人逃脱了被猎头的命运,还替代人牲走上了祭台。在漫长的狩猎时代,狗与家族男人一起,奔赴猎场,不断为族人带回丰厚的猎物,让村落族人免于肉食的饥荒和饥饿的威胁。虽然全面禁猎已经十余年,但狗仍是男人春种秋收、串山砍柴时不离不弃的伙伴,在家庭里,仍享受着每天吃第一口饭的至尊地位。没有狗的狂吠,村落就会陷入不安的寂静,生魂就会悄无声息潜入村落,扰乱族人的生活。

但是,在外族世界的蛊惑下,村落后生不仅将祖传的黑发染成黄色甚至是红色,还公然违背先祖千年以来对狗的崇拜和感恩,破除了村落千年禁食狗肉的习俗,将狗五花大绑、开膛破肚。这是一件多么可怕的事情啊!

"是到了为村落做赕叫魂的时候了。"说这话的同时,贺帕大寨的祭司将鸡头骨卦展示在村落头人和族长们的眼前。

我便是在这样的语境中,在村支书王林的带领下徒步进入贺帕大寨的。

三

空气十分干燥,村民以高涨的热情种下的千亩核桃树苗正荒芜在山野,将裸露的土地衬托得更加燥热惨白。但贺帕大寨的森林仍演绎着与世隔绝的繁荣和茂密。古树成林成片,枯树横卧在败叶中繁盛成寄生植物和动物的王国;松鼠吱吱叽叽声跳跃在枝叶间,鸟类的叫声、知了的叫声不绝于耳。王林说,过去,这一带是麂子、马鹿、野猪、黑熊、花豹、老虎出没的地方,也是村落族人的猎场。禁猎前,每逢深冬季节,特别是春节年后的初春时节,村落所有的粮食都归了仓,村落的男人们就会吹响牛角号,背上气枪、火药枪、弩箭、长刀,带着成群的猎狗结队上山围猎。

在包括王林这一辈男人在内,狩猎不仅是部族男人一生中最雄伟的事业,也是对村落和家庭必须履行的义务。没有雄壮的猎队和源源不断的猎物,村落的声威就会扫地,安保就会陷入危机;没有雄壮的猎队和源源不断的猎物,就不能用野猪、黑熊、花豹、老虎的头去祭祀谷魂,整个村落的春种秋收都会陷入隐秘的慌恐;没有雄壮的猎队和源源不断的猎物,族人就要忍受在漫长的春种和秋收前没有鲜美肉食的煎熬,村落就会丢失许多的欢乐和幸福;没有雄壮的猎队和源源不断的猎物,男人的精神就会得病,心就会荒芜,恶鬼就会横行。

因此,每次猎队出征,都是一次村落的集体狂欢。男人们喝着烈性的白酒,模仿着马鹿、山鸡、黑熊的舞步,唱着雄壮的狩猎歌;女人们敲打着木具竹具,踩着热烈的舞步,将嗓音尽量拉得又高又远,好让出征的猎队在幽深的山谷听见她们的祈祷和祝福。场面如远古时代外出征战一样壮观。

王林说,他第一次随猎队出征时还不到15岁,并就着山形,向我讲述村落族人沿袭千年的狩猎技巧。进入猎场,狩猎的队伍就会就着一个山谷地带,兵分三路进行包抄,留下一个猎物的出口:没有枪的男孩牵着狗,跟着截后围堵的猎队,跟着狂吠的狗群,一边击打着树木,一边奋力吼叫,从后面形成一种包抄围堵的阵势;其余两支猎队则在狗的狂吠中、众人的呐喊声中,举枪潜伏在左右,待受到惊吓的猎物向着缺口夺路狂奔的时候开枪。谁第一枪命中,猎物就归入谁的名下。但第一枪命中者,除了享有头、皮和一只前腿肉的特权外,其余的均要遵照"参与者和见者有份"的法则,平均分配。各自带着猎物,踏着山歌,吹着号角凯旋。

随着猎队归期的临近,凯旋的热望就开始在村落间悄然弥漫。老人和妇人们从男人托来的梦境判断谁会是这次的王者?猎到的是麂子、马鹿、野猪,还是黑熊?当牛角的号声伴着男人们的"嘿哈"声和连接不断的枪声,老人、女人和孩子涌向寨门,用歌喉应和着猎队的归来。如果猎获的是黑熊、豹子和老虎,铜铓还会被敲响。妇人们便会抬着盛满着米的竹筒和一坨盐,向着打获猎物的人家涌去。那一天,猎物的头、脚会和米一起被煮成热腾腾的烂饭;那一天,获得猎王美誉的人家会歌舞升平、欢歌达旦,许多年轻的爱情便会在这样循环往复的欢乐中落地生根、开花结果。

"那是村落最丰润、最欢乐的时节。家家户户的火塘头上、房梁上,挂满了野味。"王林说这话时,满脸的荣光,"打到熊、豹子和老虎是猎人们一生的梦想。"

因此,当我抵达贺帕大寨,坐在村民小组长刀尼嘎家里,看见刀尼嘎从火塘边母亲卧榻的床单下抽出一整张黑熊皮的时候,这个沉默、安静、平淡的男人,在我眼中立即变得不再平凡。

四

刀尼嘎猎获黑熊的时候,是1988年的春天。那年,他刚满20岁,女儿刚刚出生,火红的攀枝花正开满山坡。因为没有通路、通电,没有电视、手机和摩托,贺帕大寨61户人家仍旧和周边的村落一样,承袭着祖辈千年的生活方式。

虽然每个村落的猎场看似宽阔无边,但要猎到黑熊仍是一件不容易的事情。对于像刀尼嘎这样只有20岁的年轻猎手来讲,更是如此。"那天,死去黑熊的毛色鲜亮,眼睛则微闭着,像一头睡去的王。"说这话时,刀尼嘎坐在火塘边,借助着橘红色火苗的光亮,用粗大的手掌不断从上到下、从左到右梳理着的毛皮,毛皮的光泽连带那段荣光的岁月一起映照在他的脸上——

那天,刀尼嘎环抱着黑熊的头走在猎队的最前面,感受着黑熊雄壮的精魂正随着黑熊温热的血流涌遍全身。他的脚步突然间变得如此地轻盈,如同长了一对鸟的翅膀,胸膛如有百十只野兔在狂奔跳跃,喉咙间有千百首情歌在激荡。他的身后,黑熊沉重的身躯正端坐在用树枝、竹子、藤条制作的滑竿上,被猎手们抬着、簇拥着,枪声、号角声伴随着男人们的"嘿哈"声正不断地在密林中回荡。刀尼嘎知道,这一年,贺帕的山神将会因他而获得黑熊头的最高献祭,村落将会因他而注入黑熊的英魂,村落的猪鸡牛群从此将会排成队、结成群,谷穗、包谷、荞麦将会长得像牛尾巴一样粗壮,男人的精血将会变得更加凶猛雄壮,女人的身体将会像山花一样四季绽放……那天,村落镖倒了一头黄牛、三头黑毛猪,启动了最古老的仪式,刀尼嘎猎王的美名自此传扬,也让他的沉默、安静变得像金子一样珍贵。

之后的刀尼嘎,又成功猎到了五头麂子、一只马鹿和三头野猪,但再也没有与黑熊相遇过。他说,这也是神灵赐予他一生的全部猎物。刀尼嘎的讲述是如此的平静,看不出任何的自喜和遗憾。因为,在他们看来,那些走进射程并被命中的猎物,都是山神赐给族人的礼物。能否射中、能够猎获多少、由谁命中,都是山神的意志,与枪法和能力无关。神灵只会将猎物和猎王的荣誉赐给那些心地善良的猎人,所有非理性的屠杀甚至是意念都会引发人祸和天灾。这或许便是当政府的全面禁猎令下达后,族人能够放下猎枪的原因之一。

五

贺帕大寨从宣传禁猎到全面禁猎,共历时三年。宣传禁猎时期,只将禁猎的范围划定在马鹿、黑熊、豹子、老虎一类的珍稀动物。1995年全面禁猎后,包括猎杀松鼠、山鸡、小鸟这样的小动物都是违法。这意味着,山林不再属于他们,村落延续千年的猎狩时代必须戛然而止。

森林和天空、大地一样是上天赐予的,猎物和空气、水一样是神灵赐予的。森林的存在,就是为了养育飞禽和走兽,飞禽走兽是神灵赐予人类最好的礼物。在村民眼中,禁止狩猎如同禁止呼吸一样荒谬。没有了猎人,飞禽和走兽就会越来越多,最终挤占了人类生存的空间。这将是多么可怕的后果。

当时,正值张斌当选芒公村支部书记。正当村民期待着这个出自贺帕大寨的村支书,能够在全面禁猎令下达后,为村落族人保留一点狩猎的空间,收枪行动便暴风骤雨般展开了。

张斌是远近闻名的猎王,但狩猎的名气有多大,脾气就有多暴烈。当张斌在村民会议上,喷着酒气,瞪着血红的双眼,逐一点出各户藏匿的枪支时,族人们知道,所有的抗争都是无效的。村民们上缴了猎枪,但对于拥有两支却只上缴了一支的人家,张斌则采取了睁一只眼闭一只眼的策略。

尽管森林还在,猎场还在,男人还在,村落还在,但狩猎时代已宣告终结,那些激荡族人的狩猎故事因时代的突变蒙上了灰尘。虽然偷猎行为仍时有发生,但"偷"字已让狩猎行为蒙上了耻辱,让一代代传承的狩猎技艺无法再光明正大地传扬。所幸的是,和所有的佤族村落一样,贺帕的族人们仍固守着为山神预留一片神林的传统。每年，族人们还能够从冗长、繁琐的山神祭祀中，跟随祭司、寨主和族长们的脚步，重返先祖留下的记忆。

每年开年，当猎鱼队抬着山神的第一批祭品——鲜活的小鱼抵达寨门时，男人们就会伴随着铜铓高亢密集的节奏，从胸腔发出短促有力浑厚的"噢，噢，噢"声；在土炮扬起的蓝色轻烟中，女人们迎接魂灵回家的深切呼唤就会在村落上空飘荡，木依吉神主宰的世界在祭司跌宕起伏的祈祷中、在铜铓和芦笙器乐的交集和缠绕中，回归族人的生活。神林祭祀房前，曾经的猎手们手握闪亮锋利的尖刀，以神灵的名誉刺向黑毛猪的左肋。伴着暗红色的血流和血泡，在黑毛猪沉重的喘息声中，用粘满血痕的双手将五脏六腑成功剥离。失落已久的猎场，失落已久的丛林生活记忆，就这样，在木依吉神的召唤下，以仪式的方式间歇性探访着它的村落和族人。

在震耳欲聋的土炮声中和通宵达旦的狂歌劲舞中，男人们喝着烈性的白酒，模仿着马鹿、山鸡、黑熊的舞步，唱着雄壮的狩猎歌；女人们敲打着竹筒和木具，踩着热烈的舞步，将嗓音拉得又高又远。将王林曾经向我描述的"村落最丰润、最欢乐的时节"以这样的方式，鲜活地呈现在我的眼前。只是，那时的舞者均是真正的猎人，他们的内心怀着对神灵深切的感恩和敬畏，他们的歌和舞均是为了取悦神灵，祈求至高无上的木依吉神赐予村落族人更多的猎物。今天的舞者，他们的歌和舞均与神灵、与狩猎、与食物无关，只是体内荷尔蒙与母语血缘文化碰撞交集裂变引爆的原始巨能。寨门已经完全敞开，公路已经通达远方，他们更加关心的是，通向外面世界的那个更加美好的前程。

六

2015年春节前夕，当我再次抵达贺帕大寨的时候，贺帕大寨已经像芒公大寨一样,在新农村、新家园建设风暴的洗礼下,变得焕然一新。

和村落的所有人家一样,刀尼嘎家幽暗的干栏式木楼变成了宽敞明亮的红瓦砖混落地房。宽敞的客厅已经没有了火塘的踪影,眼前的地板砖、白墙、沙发、条柜、液晶电视,与我所在城市的小康人家没有任何的不同。墙的雪白,地板的亮光,家具的木香,过度的阳光,没有地域感的空气,将眼前这个男人与身为猎王的过去成功剥离。我们彼此像是各自站在了两条不同时间的河上。

我说,想要再看看四年前见过的黑熊皮。刀尼嘎说,建盖新房期间,黑熊皮挂在临时大棚的房檐下淋了一季的雨,皮下长满了花斑,毛也大片大片地脱落,两年前就随旧物被扔掉了。

没有了猎枪,没有了箭和弩,没有了火塘,没有了吱吱作响的干栏式木楼,没有了木桩竹笆栅起的院落,没有了猪鸡的喧闹声,没有了狗的狂吠……所有的一切都改变了模样。刀尼嘎,现在的村民小组长,曾经的猎王家,院落四周砌起了高高的水泥挡墙,院场新铺上了平滑的水泥地坪,耸立着的太阳能卫生间贴上了瓷砖、铺上了的马赛克、安上了雪白的蹲坑,像一个远离都市的度假旅店。

刀尼嘎指着水泥地坪、太阳能卫生间告诉我:"这些用的都是姑娘、儿子外出打工挣来的钱。仅仅太阳能卫生间就花了两万多。"说这话时,当年讲述猎王故事的荣光再次回到了这个沉默男人的脸上。

是啊,在那个还不算遥远的年代,几乎和所有的村落男人一样,刀尼嘎自小的梦想就是拥有一支上好的猎枪,像他的祖父和父亲一样做个好猎手,让猎王的声名在他们的家族世代传扬。村落、田野、山林、猎场,就是他们的整个世界;春种秋收,串山打猎,结婚生子,就是他们整个的人生。

但到了儿子这一代,生命的节奏和展开方式变得截然不同。从小学一年级的那一天起，他们便开始将大部分的时间用来研习书本的技艺，为离开村落、田野、山林、猎场积蓄着能量。在结婚生子、成就猎王声名的年龄，却开始了离乡背井奔赴浙江、广州、深圳沿海一带打工挣钱的生涯。

狩猎的技艺和村落大多数传统一样，对于儿子的当下和未来都没有任何帮助。就算政府再度开放猎场，刀尼嘎也不会选择让儿子成为一名猎人。他希望的是，儿子能够挣到更多的钱，以确保自己在这个日新月异的时代，尽可能幸福地生活下去。

原载于《民族文学》2018年第9期

名士与历城

侯健飞（满族）

孔子生曲阜，成圣人。其实只要这八个字，齐鲁名山，济南名泉不觉失色。毕竟，世间万物，人和人的思想是灵魂，没有人类智慧的山水，无所谓美丑，只是山水而已。然而，我年少读书识字时，孔家店已经砸烂，孔孟之道万劫不复。那时先父解甲归田，以说书为乐，最爱隋唐宋史。最早印在我脑子里的山东地名，一是水泊梁山，二是齐州历城。梁山因水浒，历城有秦琼——即便此刻，一提秦琼秦叔宝，精神立刻振奋。"身高八尺，豹头虎眼，金盔金甲乌金靴，胯下黄骠马，一双金铜震风雷！"我心中的秦琼，一直山呼海啸40多年，其神圣高大盖过天下英豪。

历城，因处历山之下得名，自西汉初年设县，有2100多年历史，它成为济南一个区，不过30年的事。大城纳编小县，是一个朝代又一个朝代中国城市扩大发展的潮流，但从历史文化传承和名城名镇保护方面，尚有许多值得商榷建言的地方。我们可以想到，欧洲某个小城，小小的，可人的样子——陈旧的石板路，氤氲在清新的空气中，珍珠一样精美的教堂，古玉一样温润的老墙，还有，傍晚并不明亮的路灯——这些并不重要，重要的是，在某一丛蔷薇花中，矗立着一个手持风琴的铜像。这是一个年轻的姑娘，就诞生在这个镇上，是一名乡村教师,她是第一个把乡村音乐定格在这里的人;或者,在某个小小的邮递所广场上,一个绿色斑驳的铜人倚坐在条椅上,他很瘦,衣服还打着补丁,正在阅读一本书。你肯定没听说过他的名字,但他却是这个小城最出名的作家,写过两本游记,已经去世100多年。我这样说,并不是说外国的月亮圆,而是说,中国幅员辽阔,文明日久,王朝更迭,天灾人祸,文化遗产保存实属不易。

说历城,绕不过济南。济南的冬天,老舍先生写了,他还写了济南的秋天。其实,如果你真的了解济南的四季,就知道济南的冬天和秋天最不好入笔的,因为实在缺少特色。济南居黄河南岸,南面环山势高,北面黄河低回,这在习惯南低北高的地理方位上,容易让人产生混乱思绪。不好写才写,不好写才要写好,才能写好,这就是大师。老舍先生说,上帝把夏天的艺术赐给了瑞士,把春天赐给了西湖,所以只好写了济南的冬天和秋天。其实,哪里没有春天和夏天呢?老舍厚道,觉得不能把一个地方的风光写绝了,他要把容易入画的春天和夏天留给后人,但后人才疏学浅者多,好在,都还有自知之明,所以,《济南的冬天》发表80多年后,至今没听说有哪一个作家写出《济南的春天》,或者《济南的夏天》。

新时期历城归了济南,名气确乎越来越小了。生活在历城的几位文友有些失落,只有讲到千佛崖、四门塔和华不注山,他们才面露笑容。我的看法是大可不必。就像北京,谁不知道先有潭柘寺才有北京城?历城也如北京的故宫,故宫之大,是集中华古文明大成之大,无论承德还是台北,总会显出小来。

天地承载万物,万物记载文明。无论大城小县,能在几千年历史大浪的冲刷下留存下来,除名川大山,名士、良吏至关重要。所谓名士,就是有才华的文史名人。而良吏不言自明。就像三股麻绳,名士、良吏和名山大川,你中有我,我中有你,缺一不成名城名镇,缺一不成名胜古迹。

我慕历城,是因为它小中见大,大非大小之大,而是某种精神。中华文明,儒学为源头。如此小小的古县,多位名士、良吏却青史留名。今天不谈良吏,虽然良吏对人类文明贡献无比巨大。历城名士中,我尤敬闵子骞、秦琼和刘庭式,因为此三士就是孝悌、忠勇和信义的典范。

入则孝,出则悌,圣贤根本。《论语·先进》有"孝哉,闵子骞!人不间于其父母昆弟之言"。春秋时期,孔子有七十二贤徒,闵子骞是其中"十哲"之一。子骞十岁丧母,其父再娶,但继母李氏对他百般虐待,给自己亲生的两个儿子做的冬衣,絮的是棉花,给子骞棉衣絮的是芦花。寒冬驾车外出劳作,子骞冻得发抖,其父以为他装病偷懒,一鞭抽下,芦花乱飞。父亲发现真相后,决定休了李氏。但子骞却双膝跪地,以情动父:"母在一子寒,母去三子单。留下高堂母,全家得团圆……"后人把这一故事称为"单衣顺亲"或"鞭打芦花"。又有诗称赞:"闵氏有贤郎,何曾怨后娘。车前留母在,三子免风霜。"我读子骞故事,常常不能自已,不独为他入则施孝继母而感佩,更为他出则关爱兄弟而涕零。宋熙宁七年,济南太守李肃,在闵子骞墓前建祠堂,苏辙做文以志。祠堂内有一副对联是:"士各有志,一代高风推汶水;孝本无心,千秋知己问芦花。"

秦琼,字叔宝,其忠其勇,历史早已定论,不然,秦琼不会成为中国百姓保佑平安的门神。小时候听父说书,秦琼当锏卖马,为朋友两肋插刀,总是热血沸腾。长大后从军,渐渐崇尚"士君子之勇"。孔子说,勇发乎仁。士君子是儒家的理想人格,讲究仁义道德。士君子的勇不是为了自己的一己私利,而是为了正义公平。孟子也说,勇本三分,德为贵,有德才为士。如此再读隋唐,秦琼士君子人格跃然纸上。

隋朝末年,天下大乱,官盗难分。好汉秦琼,曾在衙门供职。有一次押送犯人,与同伴在潞州分别时,忘了分行李,路银全被同伴带走。秦琼困在王小二客栈,衣食无着。小二势利,劝秦琼放掉犯人,变吏为盗,遭秦琼怒斥。秦琼卖光随身物品,又典当了双锏,才勉强度日。秦琼爱马,视坐骑黄骠马为兄弟。某日,秦琼重病店中,小二又暗示他,可以卖马换钱。秦琼看爱马骨瘦如柴,几近饿死,不觉潸然泪下。他请小二将黄骠马拴在庄南大槐树下,树挂一牌,上书:良马识英雄,分文不取。当时,另一个名士单雄信路过,听说有人赠马觅英雄,便去相马。秦琼早就听说单雄信是一条好汉,但自己眼下穷困潦倒,羞于颜面,不肯相交。他叮嘱小二,马赠雄信,但不要说出叔宝真名实姓。后经王伯当引见,使两位英雄相识。单雄信把秦琼接往二贤庄,精心养病八个月。离别时,单雄信给黄骠马配上了金镫银鞍,并以重金接济,从此二人结下莫逆之交。随后,在推翻隋王朝的农民起义中,兄弟二人同仇敌忾,为起义军创造了不可磨灭的业绩。唐朝兴起后,秦琼对太宗李世民忠诚一生,终身保唐,单雄信则抗唐到底。尽管秦、单二人在政治上分道扬镳,各为其主,但患难中结下的兄弟情谊始终如故。《说唐》中的"秦琼建祠报雄信",说的就是秦琼听说李世民擒了单雄信,飞马来救。刚赶到阵前,雄信头已落地。秦琼不顾李世民猜忌,抱起雄信的头,跪在地上,悲痛欲绝。李世民深受感动,允许秦琼将雄信夫妻合葬在洛阳南门外,并起造一所祠堂,以报潞州知遇之恩。

今天的历城,有齐鲁首邑之誉,有后人说,此提法或可出自苏轼、苏辙兄弟。我认为,文人轶事,一说一听罢了,倒是苏轼写历城名士刘庭式义娶盲女的故事,永存我心。可惜因为苏轼词、书名头太大,义娶之事反而流传不广。

苏轼在当密州知州时,齐州历城人刘庭式在他手下做通判。某天,在齐州做掌书记的苏辙听说,刘庭式在没有考中进士时,曾商议迎娶同乡农家女儿。刘庭式考中进士后,农家女却因病双目失明。女家因家贫女盲,不敢再提双方婚约,也有人劝刘庭式迎娶农家幼女。可刘庭式却正色道:"我的心已经许给她了,虽然她人瞎了,我相信她的心也许给我了,我岂能辜负她和我当初的心意?"于是,刘庭式隆重迎娶了盲女。苏辙听了刘庭式的故事,专门写信给哥哥苏轼,赞扬刘庭式通晓礼仪、有信有义。多年之后,刘庭式盲妻病死在密州。刘庭式十分悲痛,为盲妻举办了隆重的丧事,一两年还没有从悲哀中解脱出来,更不肯再娶。苏轼有一次问他:"悲哀生于爱,而爱生于美色,您娶盲女,并与她一齐到老,这是坚守道义。(但是)您的爱又从何而来呢?你的悲哀又从何而来呢?"刘庭式回答:"我只知道失去了我的妻子而已,她有眼睛是我的妻子,没有眼睛也是我的妻子。我如果是因为美色而生爱,因为爱而生悲哀,那么美色衰减,爱也会废弃,我的悲哀也会忘掉。那么,那些扬袂倚市,目挑而心招的风尘女子,岂不是都可以做妻子了吗?"这是苏轼《书刘庭式事》一文中的记载。我每读至此,都为前辈文豪苏轼感到一丝惭愧。虽然文中苏轼说,他被刘庭式的话深深打动,并预言刘庭式将来一定会成为功名富贵的人,可我还是看出苏轼藏在文字后面的讪讪和渺小。"如果他不能取得尊位,就一定会得道。"这是苏轼对刘庭式的美好祝愿。文章最后写道:"昨日有人从庐山来,说刘庭式现在在庐山,主持太平观,面目神采奕奕有紫光,在上下峻岭山道上,往返行走六十里就像飞一样,辟谷不食已经几年了,这难道是没有得道而凭空这样的吗?"苏轼毕竟是有智慧的人,借用如椽之笔,为刘庭式,也为自己画了一个圆满的句号。

从古到今,历城名士辈出,除闵子骞、秦琼和刘庭式之外,还有西汉时请缨报国的终军、北宋"读书堂"主人张蕴父子、南宋豪放派词人辛弃疾、明代诗人李攀龙、清代乡贤马国翰等等。生于历城或葬于历城的良吏更有千古大贤鲍叔牙、贞观名相房玄龄、元代好官张养浩、明代廉吏张鼐、清末名臣丁宝桢等，可惜篇幅所限，不能一一道来。

　　清明前夕，与历城友人静坐秦琼祠前，看周围房新瓦洁，看老人安适晨练，听百灵欢歌，遥想心中英雄秦琼，远在昭陵陪太宗安卧，顿觉如重返贞观盛世，百感交集，心旷神怡。忽然又想，自己虽身在行伍，但也算半个文人，既到历城，不早日谒拜辛弃疾、李攀龙和老舍，简直罪该万死。

　　历城友人告诉我，辛弃疾故居，位于历城区东北的遥墙镇四风闸村。李攀龙的"白雪楼"初建在历城王舍人庄之东鲍山下。

　　友人最后说："其实，李清照也是历城人，但章丘人不同意。"我笑了，说是啊，为什么要争这个呢？老舍先生是北京旗人，但他说，济南是他第二故乡；至于李清照和辛弃疾，只要后人知道，宋词有二安，"婉约以易安为宗，豪放以幼安称首"就可以了。

原载于《人民日报》2018年4月18日

他是父亲，更是乡亲

谷运龙（羌族）

我和父亲在那个早晨的饭桌上开战了，包括母亲和妻子在内的近十位调停者都未能阻止战斗向纵深发展。战斗的双方是没有时间概念的，不把阵地上的炮弹打完，不分出个胜负，战斗当然不会停止。

后来父亲愤怒地站起来，气急败坏地弃阵离去。我有几分可怜的没有跟踪追出心里窃喜。哪知，他是以退为进，走出几步以后猝然向我开火，让我措手不及。

"和我说话你都是这个态度，你和老百姓说话，和你的部下说话不是更凶，要把他们吃了吧。老子给你说，再不改正，你要犯错误。"

他威严地用手指指着我，像乌黑的枪管，每一句话都是一发子弹向我还击。我真的被击中了，高昂的头失血过多地低了下来。我没有想到他会换一个方位，居高临下地向我进攻。我这才突然明白我的身份，再也没有勇气和力量反击。我等待着他的穷追猛打，等待他的最后一击。然而，他停止了进攻。我抬起头寻找为正义而战的威武不屈的老战士，他已不在了。他没有在大门上高声武噪地炫耀他的胜利，而是去了后门处，反倒如一个失败者坐在那里疗伤。我有些狼狈地蜷缩在我破败的阵地上，滴着血，捂着伤口，脑子里没有一片蓝天,耳际听不见任何的鸟鸣。妻子和弟妹都在那里义正词严地谴责我,既像道貌岸然的训道者,又像徐徐善诱的说道者。他们的谴责让我无地自容,同时也让父亲自信满满。他的心灵充满那些儿女孝敬的慰藉,也充满对我这个孽障的怨恨,然而,他毕竟是父亲,他不能将我置之死地,但他必须保全他在这一家人面前的尊严,只要他活在世上,他就永远是一家之主,永远享有这份至高无上的尊严。于是,他又以胜利者的姿态出来,给了我最后的一击:

"在老子面前,你就有一万条理由,也只有一个'输'字!"

这句话既像对我说的,也像对所有的人说的。这句话无疑地在警示我,以后绝不容许这样的事发生,如果我还不知天高地厚地制造这样的事端,发起这样的挑战,无疑是咎由自取,以卵击石。

现在,轮到我躲进小楼去冷静地思考,回望战斗的整个过程和场面了。

我和父亲同坐在一条长凳上,一大家人围在一起。他若有所思又不得不说地将稀饭碗放在桌边,手里拿着一个核桃花卷说话了。

"现在的干部,你让我们咋个信他们,做事一点原则都莫得。"这话他说得语气缓和却又透出愤愤不平。我没有接话,他继续说:"去年,我和×××一起在县医院住院。他的住院费就给报了,我的就不给报。"他开始激动。我接过话头:"人家是贫困户,贫困户有政策,住院费、医药费都可以报销,政府还给他们免费体检。""他狗屁的贫困户,跟我一尿样。"母亲在一边纠正道:"确定的第一批贫困户是有他,第二批就莫得了。"

"第一批是不是有他?"

"我看你老昏了,咋个莫得他呢?有!"

"既然你妈都把这话点穿了,那我就根根底底地给你说清楚。"他干脆连筷子都放下了,愤愤不平地为自己鸣冤,"村上、队(组)上确定的第一批贫困户,根本没有经过我们大家评选和同意,队长(组长)指定了就完了,哪管大家高兴不高兴。"

"老子不赌咒,你不信吗!"

"你赌咒,我就信了吗?全村的情况我比你清楚!"

"你清楚,你清楚个屎,他们把你日弄够了,把你的眼睛都哄瞎了。"

"不是必须做到精准识别吗?"

"屎的个精准识别,他们说了算。"

"这不是小事,你不能没有依据地乱说。"

"我乱说?我乱说出门就被汽车撞死!"

"我是你的出气筒吗?和我赌这种咒。"

"我还不至于昏到那个程度。"

"我看你比那个程度还昏得凶!"

"我根本不信!"

"你不信,你不信,他们为啥子补火(重新认定)呢?补火下来,全村就只有8户了。"

"以前有多少你晓不晓得?"

我不作回答。"有30户,30户呀,你根本不晓得吧?"父亲得理不饶人地继续说,"这场事就了了,嘿,哪晓得,今年国家又要给以前认定的贫困户每人发3500元钱。那还得了,本来好多人的心里还窝着一肚子的火,他们还要享受政策。我不会闹,有人会闹,不闹翻天收不了场。这一闹,他们坐不稳了,只好把那些还没发出的钱用在给大家做事(公共事业)上,自己才把自己的勾子(屁股)擦干净。我就想不明白,奇了怪了,你们这些当官的都是吃干饭的,眼睛都瞎了,耳朵都聋了吗?老百姓的脸色都看不见、老百姓的话都听不到了吗?咋个会一错再错呢?"

父亲的这一问,既是在问我们这些当"官"的,更是在问我。我是这个村的联系人。以前回家也时不时听到他和母亲说到贫困户方面的事,我也只是在会上或私下给乡、村的干部交代交代,让他们重视、解决好,给老百姓一个明白,化解他们的怨气。也正是父亲的这一问,问到我心里去了,问得我找不到自信的理由去说服他。我本来对联系村的工作还算满意,却让他这几句话把他们的工作说得一钱不值,否定他们就意味着否定我。我心里有几分不理解,这几分不理解导致我的不高兴。

"几百块钱的住院费报不了算了,你还缺那几百块钱花吗?何必去计较呢?"

父亲不认识我似的瞪大了双眼,很不满地说:"亏你还是领导,这难道是几百块钱的事吗?这种事落到我脑壳上我当然可以不在乎,要是落在其他人脑壳上,你也这样说吗?你这样说人家就会把你看扁(没有水平或坏),以后还有哪个信你!你们这些当官的说话就会连屁都不如,臭都不会臭一下。"

我被父亲的这几句话彻底激怒了,心里难受极了,有些不负责任地顺口给了他一句:"那你就去闹嘛,把天闹翻,人家好笑话你!"

这句话不仅大大地激怒了父亲,而且大大地伤害了父亲。他在桌上猛击一掌,突然站立在我的面前。

"你娃娃说得好,老子咋个不去闹呢?老子考虑到你几弟兄的面子,不然老子早去闹了!"

我也鬼使神差地在桌上拍一下,毫不退让地还击道:"我要哪个给面子,你想咋个闹就咋个闹!"母亲站起来呵斥我,声色俱厉。"谷运龙,哪里有儿子和老子这样说话的。亏你还是当领导的,心胸就窄得针尖尖一样。你爸爸说的都是对的,他是在给你们给面子。要说比,我们也该是贫困户,就有和我们一模一样的,几个儿子都出去工作了一样给评上了。我们两个老疙瘩,要说收入,我一月按照居民政策有

300多元的收入(母亲征地以后农转非的),你爸爸只有80元,靠这点收入,我们喝水都不够,我们不是,为啥他们该是,给我说说看。"

于是,我和母亲算开了账。"如果我们每人每年给你们5000元,你们就有2.5万元的收入,平均每人年收入超过1.3万,早就大大地超过了贫困线。"

父亲更不高兴了。"只有你们寄回的钱是钱,其他工作的人给父母寄回的钱都是纸。我现在不说钱了,我只要公平,和我一样的人有我就必须有,你有面子,我也有面子,得不到公平,我就莫得面子,莫得面子我就会让那些人笑话,他们还要挖苦我说'你看谷大爷,枉自儿女都在外面,该得的啥子好处都得不到'。老子不服这口气,人活的啥子,就活的这口气!你连这点道理都不懂,还不如街上的小娃儿。"说后,父亲愤然离席而去。

小妹既在那里宽慰父亲,又为我帮腔。"哎呀,现在不公平的事多得很,为这个生那么大的气,值得吗?老爸,把自己气病了不划算。"

"就因为有那么多不公平,才要你们这些当官的,就是因为你们这些当官的莫得本事,才有那么多不公平。今天这些话不是老子给你说的,是一个农民给你反映的情况,必须给我解决好。"

在父亲的愤怒和硬逼面前,我无言以对了。我说不清楚我为什么无言以对,我为什么在一个一字不识的老人面前失语,为什么在是普通老百姓的父亲面前被打倒。我的愤怒还击不了他的愤怒,我咽不下的这口气解释不了他要活的那口气。当时,我觉得我一点没有错,父亲那架势又认为我是错完的。

整个过程就是这样,但我的耳际还回荡着父亲的吼声,眼前还不断地叠现出父亲火冒三丈的样子。几个节点上的几句话让我的心灵难以平静。

他由此及彼地推断我和部下或者老百姓说话的态度以后,告诫我再不改正,是会犯错误的。听到这句话时,我有些不了然,很自信地认为在这方面不会出问题。回头想想也的确有对老百姓说话不和气、态度恶劣的时候,甚至有时心里根本看不起老百姓,没有老百姓。在感情上与老百姓渐行渐远,在生活上与老百姓格格不入,在作风上与老百姓高下有别,因此导致像父亲说的"你们这些当官的都是吃干饭的,眼睛都瞎了,耳朵都聋了,老百姓的脸色都看不见,老百姓的话都听不到了吗"。这不是一个态度的问题,是一个感情的问题,是血浓于水、鱼和水的生存与死亡的问题。对我们这些当"官"的是一个政治立场和命运共同体的问题。我突然被这样的问题给吓住了,"再不改正",我就真会犯错误的,而且不是一般的错误,是政治上的错误,致命的错误。父亲的警告是多么及时,多么的振聋发聩,成为我的醒世恒言。

公平,这始终是人们追求和向往的。没有公平,天下就不会太平,失去公平,社会就会大乱。在老百姓那里,他们什么都不怕,唯一怕的就是不公平。物质匮乏的时代,靠供给、凭分配,一尺布、二两油、半斤盐,人人平等,没有特权,没有特殊,人们没有可以争的可以抢的。那是一种公平。东西多了,两极分化了,财富的金字塔出现了,不公平也随之出现了。父亲没有被确定为贫困户,他没有意见,关键是和他条件相当的人当上了,破坏了标准的平衡;他没能报销医药费他没有意见,关键是和他一起住院也不是贫困户的报了,丧失了政策的平衡,导致了他心理的不平衡。这种不平衡又破坏了他对政府、对"官员"以前心理的平衡。因此,他发出"现在的干部,你让我们咋个信他们,做事一点原则都没有"的愤慨,让我感到党和政府公信力因为干部办事的无原则和执行政策的不公平而不断丧失。一旦这样,我们这些"当官的说话就会连屁都不如,臭都不会臭一下"。那时,我们还有什么力量和威信去宣传群众、组织群众呢?父亲说得好啊,"就是因为有那么多的不公平",才要我们这些当官的,也正是因为我们"这些当官的莫本事,才有那么多的不公平"。我们就是为公平而工作,而奋斗。大道之行,天下为公。

两个耄耋老人偏居一隅,几十年的孤独生活,他们没有怨言,总是时时刻刻把儿女装在心的中央,任何事情他们都不能去争,特别是如脱贫这样的事他们就更不能去争,公平也好,不公平也好,默默地看在眼里,记在心里,时不时在鸡呀、猫呀身上出口气。然而,这样做的后果是你不争、不闹、不怒,他们就越不把这样的人放在眼里,这样的人就被恶性循环给边缘化、虚化以至于汽化了。父母亲这样的忍气吞声,不是为他们自己,而是为儿女。为儿女的面子,他们可以牺牲自己的面子。这样的话在肚子里装得满满的,塞得连气都透不出一口,多么希望找个人说说话、发发气,让心里舒坦一点,我却一点不理解,还以为不顾惜我们的面子去为难了村上、队上。是啊,父亲母亲总是为我们这些儿女活着,而且是活在我们的阴影里,他们有多怄气、多难受、多要命啊。"得不到公平,我就莫得面子,莫得面子,我就会让那些人笑话",父亲是把公平当作自己的尊严,人活的那口气就是尊严,没有了尊严,活着还有什么意义呢?父亲是把公平看作政府的公信,这种公信由各级干部的原则性去铸就,没有了公信,政府还有什么意义呢?父亲是把公平视为"官员"的责任,不为公平去担当,不为公平去奋斗,当"官"还有什么意义呢?

从辈分上讲,我俩是父与子的关系,没有文化的父亲,浸泡在传统文化的血液中,他骨子里铭刻着父为子纲,公生威这些铮铮的格言,谁也不能践踏,谁也不能超越,既是为人做事的底线,也是为儿为女的高压线。

从地位上讲,我俩是"官"与民的关系,没有政治意识的父亲成长在"官"民鱼水情的时代,他看到了许多焦裕禄式的好干部,视人民为父母,视责任如泰山,以至于那样的形象固化在他的心中,他总会以那样的标准去衡量去对标,只要满足不了他就瞧不起。

从命相上讲,我俩是水与火的关系。母亲总会在我和他争执时说,你和你爸爸的命相不合,你是山下火,他是大海水,你斗不过他。因此,他说你,你就有一万条理由,你也只有输。从这一点我可以清楚地知晓父亲总是以他不竭的泉源在滋润我的成长,扑灭我的邪欲,做一个怀有一颗善心、抱有一腔真情的人。

正是我工作作风的漂浮,导致联系村工作的不落实,使得父亲对我大为不满;正是我不把两位老人的话当回事,导致联系村执行政策的不公平,使得乡亲们对干部失去信任。由此观之,还有多少类似的事发生,还有多少民声未发、民怨未平。脱贫攻坚本就是大道之行的天下为公,我还有多少路要走,多少事要做呀,来不得半点马虎、虚假、私心、懈怠。老百姓永远都是我的父亲,他们的唠叨总是寄托着一种希望。

感谢父亲,让我在战斗中学会成长!

原载于《羌族文学》2018年第4期

"老派"读书人

马笑泉（回族）

❖　❖　❖

不知不觉间，我在还不算老的年龄段，成为一个"老派"读书人。

枕边人靠在床头，捧着一个电子阅读器，手指轻划，上百万字的网络小说竟可于无声无息间翻过。当初出于新奇感，我也用过那个阅读器，于闲时掏出来消解无聊，确实轻便，而且经济。网上有海量的电子书籍可供下载，这巴掌大的一叶，竟抵得上半个小图书馆。然而，这种阅读对我而言，是难以进入的。同样的文字，在纸上是带着体温的，出现在电子屏幕中，就变得冷冰冰的，仿佛被阅读器的材质给同化了。我很快就把阅读器还给她，继续捧读纸质书籍。

单从这读书的形态来看，并排靠在床头的两人，一个属于现代，一个属于古代。只是这古代人还理直气壮地占据家中书柜大部分空间，出门旅行，也要往箱中塞上厚厚的两大本。其实我外出还要带上笔记本电脑，里面也存着一些电子书籍，那是因为难以买到纸质版，从网上下载的。我把它们打印出来，装订成册，再裁张两指宽一指半长的宣纸，用毛笔题上书名和作者名，贴在封皮上。这是更老的做派，我却不厌其烦，并从中享受到一份幽微的乐趣。这在那些连阅读器都不用，直接于手机上阅读的人看来，恐怕是近于腐朽。在地铁上举目四顾，满是低头看朋友圈和公众号的人，独我手捧一卷，显得甚为打眼。偶尔也能碰到另一个如我般阅读的人,相视一笑,复各自埋头。我在心里说:"我不以手机阅读为非,也请诸君莫以我还在捧读纸质书为异。"只是在这样的大势中,突然有一天,我不得不承认,自己已是一个"老派"读书人。

"老派"读书人无可救药地迷恋纸质书,不但迷恋其内容,还迷恋其形式。一书入手,倒不急于领略文字,而是先对装帧、纸张、版式细细玩味一番,仿佛自己真是这方面的专家。实际上,品鉴多了,不是专家也能慢慢地看出些门道来,以为这是电子阅读无法具备的一番乐趣。当然,还有另一些情趣也是"老派"读书人的专利:比如翻动新书时倾听那令人愉快的脆响;比如多次阅读一本心仪的书,慢慢地将它看熟、看软,看到雪白的纸张泛出微微的黄色;比如为一本书选一枚适合它的书签,仿佛为一位美人插上能够与其容颜相互映衬的簪子;比如并没有阅读具体的书,只是坐在书房中,看着满墙的书,书也看着人,竟觉得两相欢喜、长久不厌……

母亲也是爱书之人,有时来我书房巡视,看到喜欢的书,便欣然出手取书。我自然是不敢吝惜的。非但不敢吝惜,还把书送给她老人家。现在我买书时,如果觉得母亲也会喜欢这书,便会买上两本,一本送给她,一本留待自己慢慢看完,再在前环衬盖好藏书印,在后环衬写上某年某月某日阅于某地,有时也会附上两句读后感。也就是说,我之所以越来越习惯阅读自己买的书,是因喜欢在书上留下自家印记。就算什么都不盖、什么都不写,我的气息也会逐渐浸润其中。这样的书,是有生命体征,而这体征是我慢慢细细养出来的。此中微妙感觉,非有同受者不能共语。

读纸质书的另一个妙处,在我,是能够随时提起笔来写下批语。当年金圣叹先生很可能就是用这种方式写出他那一系列出色的批评著作。随着年龄的滋长,我不再习惯像少年和青年时期那样在洁净工整的印刷文字旁边涂抹,而是煞有介事地于书边摊开笔记本,但凡有心得浮出,便录于其上,年深日久,竟也积少成多。

不消说,这也是在追摹一种古老的读书做派。起初是模仿,待到坚持有年,便感到自己融入一种悠久的传统中。在这种传统中,闪烁着王夫之、顾炎武、钱穆和钱钟书等人的身影。虽不敢望这些前贤项背,但终归是在践行这种极有必要延续下去的读书传统。我现在有时也看看朋友圈和公众号,那里有许多即时涌现的信息,也包含不少好文章,从效率上来说,显然更高。但是,从阅读入心这点来考量,老派的做法有着无法比拟的效果。在我看来,那些在时光淘洗中慢慢凸显的经典之作,是必须以纸质的方式去阅读的。如果说这是一种老派的方式,那我宁老勿新,虽落伍而无悔。

前一阵,我去四川李庄参加《十月》文学周活动,返回时和一些作家、编辑乘同一架飞机。这些作家、编辑中有蔼然宽和的长者、大哥,有和我一样微近中年者,也有青春朝气仍勃发的潮男潮女。下飞机后,有人在群里传了两张照片,照片上几乎人手一册书,在机舱中构成一道古老又年轻的风景。当时沉迷于阅读中,并未觉察到这道风景的形成。过后来看,不禁莞尔。看来不管年长年少,同道中还是以"老派"读书人为主嘛。这样的风景在这样的时代,是有着别样意味和动人力量的,也让我相信,即便再过50年,"老派"读书人也还是会端坐在世界的各个角落,捧读眼前一卷,任它时势翻滚,我自风轻云淡。

原载于《人民日报》大地副刊 2018 年 5 月 26 日

红原四章

巴桑(藏族)

一、月亮湾晚霞

到达红原的时间,正好可以等待月亮湾的晚霞落日,前段时间的雨水,把草原浸泡了个够,应该是给来年水草丰茂的准备吧。我们到来,正是漫漫雨季的歇停时,草原和天穹的半弧形空间,辽远阔寂,月亮湾的晚霞落日比我们预期的来得快、去得也快,摄影家们的等待就在光影之刹那。

当霞光绯红地展露,我们就怀着慢心情拍照,不料一两个合影和转身,晚霞就变换成另外一幅越来越烈艳的景致,霞光在云彩里滚腾,一派赤红翻覆到明光穿泄的变化竟然都是匆匆而过。"神光离合乍阴乍阳",这云霞的变幻来得太快,就像在给我们演绎一个惊喜、惆怅、珍重的情怀故事,而月亮湾的我们还在慢时空留恋。晚霞的对面是初十三如凤凰蛋的皓月,仰望天空,日月星辰亘古,我们只看到一瞬。

二、壤噶夺玛有个秘密

我们的扶贫村就在壤噶夺玛村,壤噶夺玛500多平方公里的草原,居住1000多牧人,差不多同样面积的省会成都,集聚了近两千万人口。看上去与其他绵延草原相似的壤噶夺玛,有一个与格萨尔王相关的可以印证的故事。

壤噶夺玛的夏季牧场就在红原花湖景区的后门,草原中斜对着两处山坡,一座叫"野牦牛的肺",一座叫"野牦牛的心"。传说霍岭大战时,格萨尔王在霍国的森林中打死一头野牦牛,把野牦牛从背脊中间一箭穿刺分成两部分。格萨尔王把野牦牛的肺和心脏分别丢在了壤噶夺玛草原,他射出的箭落地之处就是现在壤噶夺玛的插箭台。心形山在我们的前方远处,野牦牛的肺就在我们的面前,这座山坡像一个巨大的肺部剖面图,赤色土壤裸露的剖面显现了它惟妙惟肖的象征。100多年前,壤噶夺玛有一位高僧在野牦牛的心下修行,在禅定梦境,一位尊者指示他到野牦牛的肺那块红色土壤中掘伏,高僧听从指示,果然在野牦牛的肺之地取得一尊佛像。后来高僧圆寂,将佛像交给侄孙保管,侄孙又传给儿子,保管尊贵佛像的曾侄孙就是我面前的壤噶夺玛村的村支部书记桑都。之所以敢大胆地暴露这个秘密,是因为讲述故事的人反而是其他村干部,对这个众所周知的秘密,大家七嘴八舌,桑都只在边上愉快地微笑。

这尊佛像的造型有别于常见的佛像,不好明辨,最终被认为是一尊观音菩萨。我不由地联想到在藏汉佛教界颇负盛名的观音桥寺庙,其中供奉的观音也是从耕土里挖掘的让炯(自然形成)观音伏藏。

壤噶夺玛有一个让我们赞叹的秘密,州县乡村脱贫攻坚的努力,正圆融这片福泽草原。

三、地球的眼泪

去俄莫塘花海的圣湖措琼的路上,圣湖上空的乌云划过两道炫目的闪电,提示了我们与圣湖将会在雨中相约。高原的神山圣湖素来是小气的,它们的神性需要人类恭敬的供奉,过多的打扰难免令其色变。圣湖连接着地球泪腺,亿万年无穷的涌变,才有了地球的眼泪之说,它的娇贵是与生俱来的。

圣湖由一大两小的三个海子组成,措琼的周围,一边是高耸尖利的石头山,俨如一道庄严的屏障,护佑着措琼。另一边是缓慢上升的草山,各种高山植物繁茂地生长,经过草山路径的一小会时间,我就认识了隐身其间著名川贝的一片叶、两片叶,灯笼草,眼神好的村干部在方巾大的地方指给我十几株贝母草。

两个小一点的湖就在身边,它们在阴郁的天色下与草色挽接,铅灰色的湖面竟也不显黯淡。看过很多高原圣湖的图片,总是觉得圣湖的美似乎跟审美本身没有关系。村干部说,天气好的时候,蓝天白云在湖中的倒影非常美丽,这种投射之美是可以想象得到的,但外物殊异之幻象,非圣湖之根本,村干部抒发的赞美,是崇敬的情感不得不勾惹的。大湖离两个小湖就几十近百步的路,湖的深广、湖的深邃、湖的超然尽收眼底,看圣湖边思忖着,地球这个生命体把泪腺的出口全都布阵在高原,人类的眼睛也在头部上端,相对于眼耳鼻舌身意,眼泪是何等敏朴,实在难以形容,何况对于这个千亿年地球。看圣湖两边的山,一边是乱石绝崖,一边是丰沛的草山,中间的那颗地球的眼泪,是要我们看见什么呢?

刚准备离开大湖,骤雨突降,接着整个山头是一阵冰雹,到了小湖边上又化为小雨,到上车点时,雨停了。

四、花知道

写下这个题目,心中一笑,我想写一写壤噶夺玛的花,却一不小心借用了日本科学家做的"水知道"实验题目,这个实验让我们看到了水分子对不同信息的反应,科学家们在同源水的水杯下,用各种文字留下愤怒、憎恨、焦虑、赞美、爱惜之类的信息,同样低温下水分子的结晶体呈现的丑陋和美丽的图案如实演绎了信息的状态。壤噶夺玛的花,是大自然的试验品,它们表现的是大自然不折不扣的情状信息。

今年草原雨水多、雨量大,花海的花在行将恣醉之际,就被雨水浇灌得芳华流逝。在壤噶夺玛的扶贫采风路上,我们看到人迹罕至的草原一群群的花正在水草地里盛放,这份翩翩然甜梦般的存在,有些芳华虚掷的委屈,舍不得远观了,我们进入花簇借花炫美,也不枉这一年与我们切身相关的花季,与我们共同留下个去向。除了花的去向,在藏区颇负盛名的红原牦牛,也在这片草原庞大地游走,这几天正好在举办牦牛选美,桑都伸出手一呼唤,牦牛们就涌向我们身边,桑都指着牦牛给我们示范牦牛之美,牦牛的美要看身高体长臁状、牛毛的长势、牛角的形状、牛尾巴垂茂之状……介绍完牦牛之美后,桑都又把话题转向了壤噶夺玛的花,他说,牧民们都说草原上的花比较羞涩,花海的花本来是规模宏大又繁盛的,看的人多了,花就会羞怯逃跑,再加上今年雨水多,花们不仅跑到花海后面的壤噶夺玛,还逃到山上,不信一会儿我们到山坡上去瞧瞧,那里什么花都有,而且非常茂盛。我们在山坡上午餐,各色花儿自山脚到山腰一直延伸到山顶,看到这些被牧人们认为惊觉而至的花,心里对草原升起闲适痴念,"水知道"的科学家告诉我们人体的组构70%是水,倘若我们散发美好的意念,在身体中川流的水,就会给我们传递健康。那么草原的花会如何呢？我想不论草原的花季遇到怎样气候,花都不会被强暴地偷走,花的美好可贵花浑然自知。今年的壤嘎夺玛成为了花海的后花园,将来者伴花爱花时别忘了花知道。

原载于《草地》2018 年第 5 期

此行水富（二章）

米切若张（彝族）

金沙江尾长江头

水富,镶嵌在金沙江和长江中间的福地一块。

真羡慕这方樵夫田妇、城镇居民。拥有山鬓水湄之天赐大美,长江上游至此而止。有"黄河之水天上来"诗意,黄河有的悲壮苍凉,水富没有;长江有的浩瀚伟岸,水富有之。我住长江头,万里长江第一港、向家坝水电站,是金沙江生育在水富的两个王子。滔滔千里金沙江,在水富与长江衔接;金沙江的最后一个贴身丫头——横江,长江的最前一个贴身丫头——岷江,在水富与宜宾见证了两个主子的圆满对接。从此,金沙江水投入长江的怀抱,耳鬓厮磨,浩浩汤汤融为一体了。天地大美的一水相衔,两情相依,怎叫人分得清:长江与金沙江,哪一个是你,哪一个是我？水富人家,傍水居山,汲日月精华,得山水滋养,眼界高天云外,心境长江东海,肉身淡定安居。如斯水土养育这方生民,地灵人杰自不消说。

最惬意水富江边流连,看江流奔腾,听江涛悦耳,瞰江花开谢。

江流永恒热血奔腾,看得人心也跟随金沙江浩荡远帆。

澎湃江涛间隙起伏,于江湾惊涛拍岸。高潮退去又复来,狂吻之声不绝于耳。再举目江心,江花的绚丽盛开和凋谢无痕,却是江底巍然奇石和野性江水冲突的产物,如洁白莲花一朵朵,如沐江仙女玉体一个个,刚才活蹦乱跳的仪态万方,旋即魂消魄散不见芳踪。忙取相机意欲偷拍江芙蓉江仙女玉照,奈何江雾如英雄救美赶来,裹挟浓淡雾气遮挡镜头,只聚焦了我的一厢情愿,万种相思。我呆了,江流却欢笑着千古不变的欢笑,不舍昼夜奔流长江融入东海。

高峡平湖的向家坝水电站景区,两岸青山丰乳肥臀,天低峰乳上,江舐山臀下,青山明媚湖水妖娆,一幅立体山水图画。山中众鸟戏飞,水中群鱼游翔,邵女坪村落隐隐,端的桃花源,真个乌托邦。让人情不自禁生发"恨不相逢未嫁时"的感叹。其来晚矣,如果未曾婚嫁,入赘或嫁入邵女坪,在如斯美景中渔樵耕读,再也不会羡慕陶渊明虚构的桃花源了。

我本山野人,最喜山野趣。曾经拜谒过新疆的天山天池,寒风猎猎中租得军大衣一件御寒,却又替古人担忧:穆天子与王母娘娘私会于旷天野地的天池仙景中,谁会为他们搭起一个火塘?以便这对神仙眷侣相会时"红泥小火炉,能饮一杯无"。

水富一年四季春天。铜锣坝天池景色不亚于天山天池。仰望高原矗天,上山也如同登天,山路蜿蜒,中巴车窗外,因为坡陡弯急,一会山重水复疑无路,一会看见一朵白云挂树梢,一会看到天空湛蓝白云飘。车到山顶,天又跑到天上去了。铜锣坝天池岸边登船,国家森林公园内,千山叠嶂,原始森林的大气魄大情怀扑面而来:108个高低远近的山峰,18个山间盆地,7个小湖泊与数十条瀑布……在大自然的丰富多彩面前,人类的想象力逊色太多太多。把金沙江交接给长江的水富地界,不愧万物生长的天堂。天池边森林公园库区,珍稀植物数不胜数,恐龙时代的蕨类、珙桐花(俗称"鸽子花")、珍稀罗汉竹、人面竹,在悬崖峭壁,平缓地带幸福生存;大熊猫、金钱豹、黑熊、岩羊、绝色虹雉等珍稀动物诗意栖居;珍贵中药材"不知有汉,无论魏晋"。如此密集的生命栖居,是上苍的恩赐,是大地的恩宠。

赶赴两碗镇三角坪特色苗寨,羊角酒,芦笙吹响,苗族群体舞蹈,男女合唱,个个天赋高雅,接地气,通天籁。村庄道旁,支起一大口露天天锅,天空细雨落天锅中,锅底的柴火笑呵呵燃烧。天锅中,一大锅水豆花,渗了青菜煮熟,清甜滋味飘上天界,更有土鸡、土猪、土羊、土酒,皆是生态有机,纤尘不染的天然美味。这等生态移民新村,民族底色坚守世代,殊为不易。此行匆匆,看饱,吃饱,喝足。客人们抹抹嘴唇边的肉油,道声感谢,庸俗地下山。只有山中仙人,眼巴巴真诚送别。

情深缘浅奇石恋

石头情结于我,似乎宿命。

幼时,村家居山,山里多石,不以为奇。及长读书,《石头记》三个版本被我搬入书斋,读深读浅是一回事,爱入骨髓是肯定的。得了读书福,走上写作路,以呕心沥血烹肉熬骨的文字浪得小小虚名,得以作家名分"行万里路"采风几回,或自费旅游西北青藏一番。"诗三百"《柏舟》"我心匪石,不可转也"。一书呆子买书回家,寒舍成了乱书山,妻女偶尔进来,转身不了,嗔怒之;中年又成石呆子,去哪里都要捡些不伦不类的石头回家,寒舍又成了乱石窝。妻女叫苦连天:这个家是你的书堆石堆,脚都跨不进,硬是无聊得很!无本事让家人住上豪宅。吼她们母女两声,终因理亏气短、于心不忍而闭嘴,灰溜溜钻进书堆石缝,面对《石头记》独自暗抛"一把心酸泪"。

仍是我行我素。出门在外,一见石头,又忘记妻女"少喝酒,多吃菜,莫把石头带回来"的交代,背着妻女偷偷摸摸捡石头无数。进家,做贼样把石头放在书橱或书桌旮旯。活该我石呆子一场！爱石成痴癖，福报不够，半生行走东南西北，捡回乱家的石头，竟无一块稍微值钱，更莫说奇珍异宝。

此行水富，见日程安排"中国西部大峡谷温泉奇石城"观光，初疑主人口气太大。到达，才见峡谷中两条商贸街百十家店铺，琳琅满目皆奇石，商贾云集，真个"天下熙熙，皆为利来；天下攘攘，皆为利往"。利之所趋，神魂颠倒，何况俗人你我他。在奇石城，裹挟泥沙而来的金沙江奇石成了文化奇观，稀奇古怪的石头，熙熙攘攘比赛着稀奇古怪，以金沙江画面石、南红玛瑙两阵营为主，凡山水、人物、花鸟、日月，世间生死的万物，皆脱胎换骨在奇石上以水墨画写意传神万古生动。不是女娲补天遗弃青埂峰下的顽石，是衔玉而生的天赐水富公子水富公主世家取之不竭、用之不尽的奇珍异宝。满街奇石之多，说它富可敌国也不过誉，至于价值连城，那是不消说的。珍稀奇石皆如运贵佳人，入了富贵王侯的门第，雍容华贵陈列在博古架和红地毯上，身价动辄数十万千百万元，让大众敬畏无比；而更多的蒲柳之资者流，大街小巷随便摆放，也不怕游客顺手牵羊揣了去。夫奇石者，玉之家族延伸也。黄金有价玉无价，奇石亦然，慧眼高人赏之识之，巨富人家购之藏之，缘分与财富俱佳者，方可两全其美。于我等苦寒书生，能得一见展眼，已是三生有幸天大福分，夫复何求？

囊中羞涩，不敢求取奇石城奇石。大呼饱了眼福，过瘾！返身市区古渡口广场，临江远望，远景青山苍苍，中景江水汤汤，近景关楼斑斑。古关楼下，又是奇石抛而不弃露天展示，大气的商家和文明的市民，对奇石悄嫣动容却路不拾遗，大有古风遗韵。踱步下江边祭台，我学着三五采风作家，在滔滔江水边捡得可堪一握的一细长圆条石，生出它的石质极普通甚至下贱，恰如我。同行不齿，我却振振有词：石运即人运，有补天者，有砌墙者，有价值连城镇宅者，有跌入茅司坑底者,有青埂峰下沐风浴雨者。我捡此石,捡的是缘分,它不嫌我,我不嫌它,一如我在西藏唐古拉山、大理苍山、元谋人遗址等地捡来的石头,它们都是数十亿年前地质诞生变迁的产物,携带着我们不能破解的远古基因密码,它见证过地球生命史的演化,见证过太平洋板块与印度洋板块的凶猛撞击和喜马拉雅山的轰然崛起,见识过海洋生命的大爆发,见识过恐龙的称霸与灭绝,每一块都是一个沉默不语的远古神话。我带走一个地方的石头,就是带走一个地方的灵性,带走我脚步抵达的人生地图。百十个地方的经风雨见世面的灵石汇聚于我的平凡书斋,伴平凡的我寂寞平凡地读书写作,远古的日子在石头上显灵,笨拙的文字在纸张和键盘上出生,日子就远古洪荒灿烂起来。我信奉滴水穿石、铁棒磨针的力量,与石相处,它怜我,我怜它,如贫贱夫妻相伴,甘苦,温馨,不离不弃。

  水富古渡,我带走一块平凡石头,却带不走即兴思考:这是一块经历不凡的苦命石头,它从远处山岗失群,迷路跌落金沙江里,差些乎葬身江底,却幸运地被江水携来又推出江心,在眨眼就要冲进长江头之际,又无可奈何落魄于金沙江尾,一步之遥而失去天涯海角远游的可能性。抑或,俗石动了真情,舍不得离开美丽的水富,就托跳龙门的鲤鱼,把它带到江边等我,天老爷,这就是宿命么?离别水富,我带走这块宿缘的俗石,如带不走水富奇石,我带不走对水富滔滔不绝的眷恋。

原载于《云南日报》2018年1月17日

裹足的奶奶

何霖（布依族）

❀ ❀ ❀

奶奶出生于1917年，要是活到现在刚好100岁了。

我没有见到奶奶的最后一面，奶奶走时我在县城第二中学读书。1984年5月，那是个细雨绵绵的暮春。清晨，我正从借宿的二姨家走出来，村里人就急急忙忙找到我并告诉了这个噩耗。我心头一凛，不敢相信这是事实，一向身板硬朗、没有任何病灶的奶奶怎会突然离世呢？但又不得不信这是真的，因为没有人这么早来没事找事。想到前两天我还跟奶奶在一起有说有笑，她还让我把那洗干净的三尺长裹脚布拿到外面的竹竿上去晒太阳。还说周末等我回来，带我到河边去挖年轻夫妻用得着的草药……

我赶紧回家。整个家里人都在忙碌着，搬凳的、烧香的、哭泣的乱成一团。侧房的门板已经卸下，准备停放奶奶的遗体。我问与奶奶住在一起的姑姑是怎么回事？她说："昨晚吃饭时还是好好的，还与来看望她的一对年轻夫妻吃饭，喝了点酒，谁知道今早起来就出事了！而且是你四妹陪她睡，早晨起来叫她，不应，摸她的身体时是冰凉的，于是赶快叫人，结果还是走了……"

我的眼泪顿时涮涮地流了下来。

我后来才知道，奶奶是与那对夫妻喝酒后诱发脑血栓于凌晨去世的。而那对夫妻,是来感谢她的。因为奶奶给他们吃了一服草药,生了个胖儿子,特别高兴。之前已生了两个女孩,闷闷不乐。那时的农村,没有男孩的家庭会被别人冷落、看不起。

吃草药选择孩子性别这件事,由于奶奶偶尔带我去采摘,还有点印象。就我所知,附近村寨有三四家人吃了这个药,如愿地生了男孩,于是有的买来公鸡,有的送来布料,表示感恩。据姑姑说,奶奶采摘的那草药叫"破碗花",大概是采摘它的根茎回来后,与未开叫的小公鸡一起用瓦罐煨了吃,一连几天。因为采药是传女不传男,奶奶来不及传下来,就在意外中绝世了。奶奶就这样遗憾地离开了,那裹脚布还在窗外的竹竿上随风飘摇。看到这样的凄境,我浮想联翩——被奶奶拽着与奶奶一起走亲戚、串朋友、采草药等快乐事一去不复返了。

奶奶出生在一个时局动荡的年代。1935年4月8日至9日,中央红军主力红一、三军团从贵阳、龙里间突破湘黔公路,并在贵阳附近之黄泥哨,与驰援贵阳的滇军孙渡部遭遇并发生激战。之后,红一军团在军团长林彪、政委聂荣臻的率领下从龙里、高坡经上马司直插定番(惠水县)。年龄将满18岁的奶奶就住在上马司村寨,名字叫方家明。

当年,由于受到国民党的反动宣传,老百姓非常害怕"共匪",大家早在红军到达上马司之前就到涟江河对岸的树林里躲藏起来,我奶奶也不例外。据说,红军赶到上马司时已黄昏,我奶奶正涉水走过河的中央,只看到她飘在水上的头发了。第二天红军走后,奶奶回家。看到家里100多斤的大肥猪被杀了,床单被撕烂用来做草鞋,但在桌子上留下一些钱。红军还征用了一个叫曾执斋的人的马来驮运粮食,到达长顺后,就让他跟马一起回来,还给了他几斤粮食作为酬谢。当时,我爷爷家也帮助过红军,曾拿出三斗米,红军还写有借条。

听说这条子在我堂弟那里,可我一直没机会看到……

奶奶受封建思想的影响没那么深,所以她的裹脚不算彻底。在家的大部分时间里,奶奶没有天天包裹着,似乎只是出门做给别人看。我见过她有些脚趾是畸形的,特别是大脚趾向内弯曲并挤压其他脚趾,缩作一团。但跟古时候的"三寸金莲"相比,奶奶的脚还算比较大,而且走起路来四平八稳,不像企鹅般左摇右晃。

奶奶没有文化,但有教养、手很巧,跟我爷爷一起懂得不少东西。爷爷是个有文化的人,曾就读于贵阳师范学校,28岁时做过国民党时期的乡长。可在解放后,他因做过国民党的官而被投入监狱,年仅39岁就因病过世。于是,家庭的重担全落在了奶奶一人身上,她还要将我父亲及两个姑姑拉扯大。1952年搞"土改",土地实行私有制度,奶奶的家被划成地主成分,土地没收了,住房也没了。奶奶实在没办法,只好将我父亲及小姑分别送到亲戚家去寄养,而将只有17岁的大姑早早出嫁,她自己则帮别人家做针线活补贴家用。毕竟是大家闺秀,奶奶纳的鞋垫样式好看。特别是绣花,绣在手帕上、绣在围裙上,她还会将捡来的宣传海报,照葫芦画瓢,绣出来的品种又多又好,别人家争着请去绣,或者拿回来家里绣,获得的报酬是钱、是米、是布……后来,我小姑也学着绣,或许是熟能生巧,她绣的鞋垫也精彩绝伦,以至我每年回老家过年,她送的礼物除了腌肉,就是鞋垫了,现在我的鞋柜里还保存有十几双她绣的鞋垫。

由于没有土地和住房,外祖公感到奶奶一家可怜,就让她搬来一起住,不想一住就是15年。直到20世纪70年代,有能力撑起一个家的父亲,向政府申请了一块土地,自己挑石头砌墙、买木材做梁,好不容易建了一栋有三个房间的草房,才算真正有了一个家。这时的奶奶才有一丝喘息的机会,才勉强活出个人样来。说起这草房,当狂风暴雨来临,屋顶的草被掀翻,满屋漏个不停,加上电闪雷鸣,吓得我忙找地方躲起来,而奶奶除了对我安慰外,还找来大小盆子,一个劲地接水。

每天清晨,不管是寒冬腊月还是酷暑盛夏,奶奶都早早起床。第一件事就是解开她的裹脚布,之后就去割猪草,只有解决了猪的问题,才放心去做其他的事。当屋檐下的小广播一响,7点钟生产队出工的时候,她的猪食也就准备好了。日复一日,养了一年的猪已经有100多斤,春节将近,就要杀猪过年了,就要有肉吃了,一家人翘首盼望。不料公社的人来了,大家期盼吃肉的猪被赶走了,说这是搞资本主义。

奶奶是个善良的人,总是抢着家里的活来做。即便是在零下几度的冬天,都要拿着衣服到离家约800米外的涟江河里去洗,蹲在一块大石板上洗、搓、捶,当要拧干水的时候,两只手都无力了,被冻得肿胀通红像个红萝卜。有时候我也帮家里做些事,到河里洗菜,寒风刺骨,手指钻心地痛;挑水也是个大问题,深一脚浅一脚地走在满是泥巴和小草的田埂上,有一次不小心踩滑了,连人带水翻到田里,脚也崴了。好不容易回到家里,奶奶就把我的手放在她的手里呵护着,说:"下次还是我去挑吧,你在家好好读书就行了!"我的心里顿时热乎乎的,但我看着奶奶那双裹布的足,她能安全地挑回来吗?心里很不是滋味。

因为家庭成分是地主,奶奶有时要去做义务工。有一次是去修马路,我跟着去了,那时我才十多岁,拿着一把锄头和竹箕屁颠屁颠地跟在奶奶的身后。对我来说,跟着奶奶去做事纯粹是好玩;对奶奶来说,有我跟着算有个心灵的安慰了!

那是一条乡间泥土小路,长约一公里,宽约两米,奶奶要做的事就是将那些坑坑洼洼的地方,到别处找来泥土和石块填平。奶奶虽然是裹脚的,但不会因此而耽搁事情。奶奶埋头苦干,没有怨言,也不偷懒。有时累了,就坐下休息一会,跟我聊天,讲故事给我听,比如有个关于外祖公的故事:那是一个下雨天,很早起床了,突然看到外祖公房间窗户大开,窗外的泥土上还有深一脚浅一脚的鞋底印。于是赶紧跑到外祖公的房里,眼前的事让人惊诧!床前一张桌子上,放着一把明晃晃的菜刀,正对着床铺;床边的脚踏板上,将外祖公的一双布鞋口朝下底向上地反扣着;外祖公的手像在保护着什么又似醒非醒就是起不来。而外祖公当枕头的装钱腰包不见了……

一连干了几天,奶奶累死累活地做完了那个费力又没工分记录的义务工作。

小时候我贪玩,常会做错事,或者做不该做的事,常被父亲责骂,却被奶奶庇护。有一次,趁父亲外出,我偷了他新买的永久牌自行车去骑,为了给同伴显示我的能耐,就到一个叫永安厂的地方,毫不犹豫地在一个长约200米的大斜坡往返了两次,但第二次时,刹车失灵,我径自冲向路边的刺蓬并顺势滑到稻田里,四肢被划伤和跌伤,前轮变形车胎爆开。我半拎着单车回到家,为避免父亲的打骂,趁他还没回来,就跑到奶奶住的姑姑家躲了起来。父亲回来知道他新买的车扭曲成这样,大发雷霆,拿了根竹棍找到我,一通责骂后,举起了棍子——却被奶奶夺了下来,我缩在墙角不敢乱动。还有一次,在放学的路上,有个同学挖苦、鄙视地骂我地主仔不该读书,我气不过跟他打了起来,于是别人家的大人上门告状。我父亲急了,不管对与错,上来就给我一脚又扇了两个耳光,并说,你不好好读书,尽给老子惹事,人家都找上门了,你找死呀。他还让我在那里站着,晚上也不给吃饭。惩罚了一段时间,趁父亲不注意,又是奶奶拉我离开并端出了装好的饭菜,虽然已经凉了。

小时候我特别喜欢读书,凡能找到的书都看,不管是"毒草"还是红书。记得《春苗》《红岩》《离骚》读得最多,也喜欢翻看父亲买的小人书,有一箩筐。有时候我也会拿到外面去看,常被村里的大人借去不还,一年下来,一箩筐的书被我糟蹋了只剩下几本。父亲急了,又责骂我,把我的书包锁在衣柜里,还不准出门。又是奶奶帮了我,她找来钥匙将门打开,才使得慌乱的我第二天早上正常回校。

有一次奶奶带我去听村里的说书人说书,记得是《水浒传》和《薛刚反唐》,我们都听得津津有味。回家后,奶奶很高兴,让我陪她喝口酒,我还是个十来岁的孩子,哪能喝酒?不过,我真的喝了,只是让奶奶开心的一小杯。

因为在本地受歧视,也没能力抚养,父亲忍辱将我送到姑妈家读书,将二弟送到外婆家读书,将初中刚毕业的四妹喊回家务农。有一次,奶奶要送我到姑妈家去寄宿了,约20公里的泥泞路,走了三个多小时。黄昏后,奶奶要返回,姑妈姑爹都在路边相送,我死活不想留下,拉扯中还顺手抓掉了姑妈的一大把头发……

尽管奶奶受尽人生的折磨,但她对社会没有过多的埋怨,对苦难的生活没有绝望,一种生存的信念在支撑着她,直到67岁去世前,还能穿针引线、绣花纳鞋……

去年村里搞新农村建设,要拆迁我爷爷的坟,父亲找来了风水师,最后决定还是不跟奶奶葬在一起。我理解父亲的决定,我也相信,奶奶在遥远的天国,她不想打扰别人,也不想被别人打扰,正静然地生活着……

原载于《散文选刊》2018年第1期下半月

西海固：若有倾听，肯与倾诉？（节选）

石彦伟（回族）

西海固究竟是什么？十数年来，我苦索着答案。

几度放浪于黄土深壑，在密如历史的群山褶皱中穿行，我在叩问，难道西海固就是人皆言之的苦难的代名词么？仰望无遮无拦的天空，天空寂寥；环顾无边无际的群山；群山无言。我隐隐明白，西海固不同意那肤浅的回答！可是对闯入者，它宁愿板着一副冷峻而决绝的表情，以近乎顽抗的缄默形象，凝固成一个任人误解的谜语。

在知情者的眼中，西海固太过有名，那三个可以分离的汉字，每一个都竖起尖尖的毛羽，随时准备冲天一怒地高高飞起。在不知情者看来，它又太过陌生，陌生到像这里的雨水一样，可以被随意地忽略不计。

西海固越来越大了，大到塬峁苍苍，流沙鳞鳞，何处有苍凉便与它有关；西海固也越来越小了，小到变成了"针尖上的蜂蜜"，深埋在谷底的一抔乡愁。

2007年的夏天，烈日如炙。因拍摄有关西海固的三部电影短片，我与一群有着共同梦想的伙伴相约来到了沙沟，西海固的腹地深处。

我看到了一个真实的西海固。

群山,还是群山!黄土地袒露的胸肌上,网布着深刻的伤痕,每一棵苜蓿草和矮玉米的眼神里,都写满对生长的奢望。有那么一瞬间,会觉得那漫山遍野的单调黄色,在蓝天的比衬下有一种油画般的美丽,可是你会突然发现,身旁的老乡眼中没有你的赞叹和兴奋,他们说,有啥美的,能长庄稼的地方才美呢。

于是,那迷人的风景又忽然叫人想哭了。

它真实,赤裸,记录着一种叫做坚韧的人道,也告诉来到这里的过客,背负苦难的迁徙史是一种很难被扮成"苦难美学"的历史。一切都是真的,以往只能在文学中遥望的情境,一幕幕地兑现了。张承志没有说谎,石舒清也没有说谎。

但我必须坦言,西海固绝非你们所想的那样苍凉到底。这里其实是有绿色的,它们挣扎在黄土的缝隙里,覆盖在寂寥的山坡边,涂染在清真寺的塔尖上。那是一片像水一样叫人沉醉的绿!

也会有那种罕见的大雨,这是先前谁也未曾预料的。像是苦苦憋了几个世纪,一下子要下饱、喝透,雨点如豆,黄土小径很快流成了水汤,溅起高高的泥团。连片连片的向日葵在暴戾中把头艰难地扬起,打在花秆上的雨声噼啪作响。途中,路经海原一个叫李俊的小镇,在一户农家避着雨。头戴方帽的女主人端出满满两大盘西瓜,又送上馍馍。难道要一起吃么?半响才知,就是这个吃法,而这两样看似不搭界的食物一起在口腔中搅拌,竟是别种美味。

每一天,从一碗沉甸甸的臊子面开始,走在一条条乡间土巷。每一晚,在占了半间屋子、散发着呛人的牛粪清香的大炕上入睡,夜幕里长风呼啸,门窗作响,起夜时可以看到硕大如斗的星星。闭上眼,是那土黄色的带着凹洞的泥墙,是那屋脊上停栖的泥塑和平鸽,是那挑水娃、放羊娃变声期的笑喊,是那被狗咬的男孩身上的斑驳血迹,是那开满土炕的绣着彩色鲜花的鞋垫,是碎媳妇扫着院子时忽然吼出的几句叫人心疼的山花儿……

西海固,在每一个昼夜,以永恒不变的姿势向我们打开。

印象很深的是,每家每户的宅院间隔很远,每过一户,无须担心斜视与诘问,那主人必会掀起碎布拼接的门帘,邀你进屋去坐,没等说上些什么,案板上剁菜的声音已经悄悄响起,不吃不行了。如果急得连口茶也没有喝上就走了,主人真会生你的气。他认真地吼着,这是我们的礼性!

全无客套,全出本然。即便贫穷刻骨,也要把尊严高高扛起。无以复加的自尊,渐渐变成了加倍待客的方式。只有亲身相遇过这山野间的重重礼性,才会忘记遍体鳞伤的穷困,相反却猛地感到:分明最富裕的人类就在近前,最浩大的水流正在淹没干旱。

如果不是这样走进了你,西海固,你那缄默千年的密语还将封藏到何时?此后我长途流徙,此后我辗转流连。明白了什么叫九彩坪,懂得了什么是西吉滩。

从紧紧抱住书本,到双脚沾满泥泞;从茫荡的群山大地,到一张张诚恳具体的面庞;从记者式的提问,到方言俚语,抵足而眠……

——这需要时光付出多么足够的诚意!

我作证,西海固没有拒绝过任何一次或真或假的访问;但我彻知,敏感的西海固,它暗暗检阅着一切。

早已有人预感到危机。

他们发现:源源不断的支教大军、慈善爱好者、心存浪漫而决意苦旅的背包客,前赴后继地涌入了西海固。更多的摄影家们,则端着长枪短炮,"在黄昏的清真寺外守候,在劳作的田间跟踪,或者对着一口枯井狂拍"。

无疑,暴露在广角之下衣不蔽体的西海固,正迎接着一轮接一轮的围观。

表现西海固,在一部分陌生人看来,是前所未闻的创举,是带着人文温度的抚慰;而在另一部分人看来,却无异于文明的殖民与掠夺。

我们都曾是闯入者。

我们当年的冒访,尽管满怀善意,却是否无意之间也曾坠入哪怕些许的窠臼?我们的影像表达对于西海固,意味着帮助还是伤害?我久久沉思着这样的疑问。

西海固,更像它的原始古称"萧关"那样,把自己围成了一座孤绝千里的城池。城外的人对城里喊:不要再写了,写得那样苦,靠兜售苦难博得关注与同情;我们的民族并不都是这样的!城里的人们感到委屈,生活原本如此,难道不允许真实地书写他们所经历的一切?苦峻的旱海并不是言说的要义,他们要言说的,是旱海里最鲜活最具有生机的一条条鱼。

而更多时候,城里的人们也会对城外抗议:采掘完苦难变成书和影像就走了,给我们留下了什么,带来了怎样的好处?时间久了,他们愈发地敏感和易怒起来,不喜欢有人谈论他们的家乡:夸奖吧,觉得你虚伪;批评吧,难以赞同;最要命的则是怜悯抑或同情,那一定是令人生厌的忌讳。没有人有资格怜悯西海固!西海固不相信眼泪!

岂止是他者,也许存在这样一种特型的西海固人:当他踏上了远离母土的长旅,改换了口音,跻身于北上广的主流社会时,连他自己也很可能拒绝谈论西海固,甚至把与生俱来的身份密码本能地忘却;倘若有知情者认出了他,提醒了他,与他亲切地拉手叙旧,他反而轻蔑地一瞥,转过脸去。他未必不爱他的故乡,只是他觉得对于西海固,最好的方式便是博物馆的方式:把窗帘拉上,在避光的玻璃柜中收藏起来,你可以偶尔地看一看,但永远没有资格打开。

这或许显得狭隘。

可是想想看,有哪一个贫穷的孩子愿意有人每天谈论他的贫穷?对于特殊的西海固,任何一种特殊的心态都应该得到理解。

唯须倡言:为西海固表达的资格,并不一定只属于那片土地自己;他者的言说,一样是必要而珍贵的。资格的选定与自己人还是局外人无关,与是否也穿着同样的补丁,受过同样的苦和难无关,前提只在于:那颗跳荡的心是否端庄、洁净、真挚,是否懂得西海固的心。

今天再来谈论西海固,若仍然只把干旱、贫困、坚韧作为关键词,不仅是缺乏知识的,也可能是缺乏道义的。

是年春,当我再次站在当年曾经环顾群山的沟梁上寻望,那曾经光秃秃的荒山上竟然开满了红艳艳的桃花。乡亲说,退耕还林了。

缺水的情况固然仍在,但多数已通上了自来水。

女娃娃都上了学,太多走进高等学府,又读了硕士、博士……不再可能只上到三年级,就被赶回家里,十五六岁就早早嫁人。

广袤的宁南山区,移民搬迁工程正在进行。一个个窑洞废弃了,黄泥小屋成为留在文学史里的意象,几百年世居的贫瘠山村,在老人深情的回望中成为标本。

西海固,源于迁徙,而奔向新的迁徙。它从未有过如此鲜活的运动感,从未灌溉过如此充盈的时代讯息,故而相应地,它也慢慢适应了世界的观察和提问。

如果历史注定重现,今天的西海固就如同它曾经骄傲的过往:丝绸之路从身上穿过,各国商旅在这里贸易。凉秋八月萧关道,走过了王昭君、蔡文姬,走过了王维、岑参,弥漫过铁蹄厮杀的吼喊,还有无数牵动情肠的悲歌咏叹。

西海固的称呼不需要消亡。我期待有一天,它可以足够强大地包容一切表达——自我的和他者的,善意的和恶意的,爱护的和伤害的——都能微微含笑,羽扇纶巾,绝不必敏感地虎视眈眈,随时准备顶起自卫的犄角。

西海固,能够习以为常地面对一切对准它的镜头,不论长枪短炮、横拍竖拍,它都不需要紧张地回避,更不需要迎合地表演。日常如旧,该是什么样子还是什么样子,丑化还是拔高都与它无关:它永远是那个安静从容的最好的自己。

西海固的大门永远向着善意的访客洞开,永远像从前的日子一样把他们热情满满地让进屋,茶沏上,臊子面下上。倘真有人愿意倾听,它便欣然开口倾诉,平凡如家常絮语,神色亦宠辱不惊。

到何时,如果不把自己当成西海固的西海固,西海固就成了人类的西海固、世界的西海固、多种色彩的西海固。而这本来就是它最美的模样。

原载于《六盘山》2018年第3期

土命乡亲

余继聪(彝族)

  她总是说我,就是个小农民,土得很。我总是笑笑。土,土气,是我的本色。对于我来说,土气是好事。我就怕自己脱掉土气,丢失土气,失本忘本,失土忘土,不再土气。

  其实,我不是孤立的一个,不是只有独自一个。我是一个土气、土命群体中的一株一粒一枚。我的土命乡亲,是一个广阔的群体,是一茬茬的小麦,是一茬茬的包谷,是一茬茬的稻谷……我只是从他们中撒落出来的一小株、一小枚、一小粒,是我父亲不小心撒落到了庄稼地外的一粒。

  我生于农村农家,长于乡野,就是个农家子,也可以说是农民,最卑微的一小株、一小粒、一小枚农民。农村,乡野里,就是个无边无际的泥土世界。我一出生,就出生在了泥土构成的"土盆腔"里,躺在泥土构成的"土摇篮"里长大,一咂吸奶汁,就咂吸到了满世界充溢弥漫着的土气泥土气,一呼吸就呼吸到了满世界荡漾汪洋着的土气泥土气,吃的是泥土里长大的粮食瓜果"土食物",洗的是泥土腥味的山泉水"土泉水"澡。泥土里飞溅着我的童年快乐,泥土里孕育着我的童年梦想,泥土里浸润着我的青春脚印。泥土融入了我的血脉中,给予我力气和美好。泥土成为了我的肤色,叫我像洋芋红薯包谷一样健康。

我的土命乡亲，是一茬茬人，不计其数，都像泥土，都是土命。我也是土命。他们卑微如泥土，伟大如泥土。我也卑微如泥土。泥土群体中，任何一粒，任何一枚，任何一株，都像山野里、山坡上的一枚洋芋红薯包谷，卑微渺小得很，确实可以叫他们小农民。土命的乡亲，都像一株株洋芋红薯包谷，都是洋芋红薯包谷的命。很少有一枚洋芋红薯包谷能够变成陈胜吴广，发出"王侯将相宁有种乎""苟富贵勿相忘"的豪言壮语。其实，泥土、洋芋红薯包谷们也不是永远卑微、永远泥土，洋芋红薯包谷们、泥土们，一团团聚在一起，有时候就长成了大树，改变卑微泥土的命运了。

我是土命，一个小农民，是一望无际、深不见底、厚厚实实的乡土泥土中的一粒，是长在广阔山坡上山野里的众多洋芋红薯包谷中的一株一粒一枚。穿上几十年西装，我也脱不掉一身的"洋芋皮皮""红薯皮皮"。吃着海参鲍鱼，我也脱不掉"山洋芋的味道""红薯的味道""烧包谷的味道"。黄黄的头发，就是山洋芋红薯包谷的颜色，黄黄的皮肤，就是山洋芋红薯包谷的皮肤。无论用什么香皂、洗发液、沐浴露洗涤，我依然脱不了一身洋芋红薯包谷的头发和皮肤，洗不掉一身的洋芋红薯包谷味道和土气。

土命乡亲，把自己看得很轻，一生都不会有非分之想，说不该得到的东西，得到了，命"称不过"，就会折寿短命，说吃洋芋红薯包谷的命，无福吃山珍海味鲍鱼海参。

我就是吃洋芋红薯包谷的命，命里注定只适合吃、只能吃洋芋红薯包谷的肠胃，无福吃山珍海味鲍鱼海参龙虾。山珍海味鲍鱼海参吃下去，我马上就会上火感冒拉肚子。赴宴吃大餐，面对满桌子山珍海味大鱼大肉，独独钟情"土食物"——红薯南瓜包谷和山茅野菜。现在，饭店酒店的蔬菜鱼肉，品种都很多，赴宴吃饭，我都只对杂粮红薯包谷感兴趣。出差住店,酒店宾馆的早餐都是自助餐,菜品肉类,瓜果甜食,稀饭糕点,种类繁多,我都只对杂粮红薯包谷感兴趣。有时吃不完的一点点红薯包谷,我都舍不得丢,带着回家。住高级宾馆,我至今不会用高档马桶,偏偏要到酒店宾馆大堂甚至一层层楼去找蹲坑式的乡村土味厕所。

总觉得,饭馆餐桌上的肉菜都不合胃口,没有味道,鸡肉吃着柴扎扎的,猪肉吃着淡漂漂的,鱼肉吃着面浓浓的,白菜不甜,青菜不苦,辣子不辣,总之都不鲜不香,不是那种质地,不是那种味道,不是那种口感。

总爱吃土灶大锅上做出的饭菜,总爱吃用筲箕澌米、用竹木甑子蒸熟的饭,总觉得用液化灶、电磁炉、电饭煲做出的饭菜不合胃口,不鲜不香。

我知道,这一切都是因为城市里的食材不够土气,越来越没有泥土味道气息了,不合我的胃口,不合我童年的要求了。

土命乡亲,吃洋芋红薯的乡亲,知命认命,认为自己扶不上台面,大都很低调谦逊,不去争上台面。

每年秋冬,我母亲总会用大花篮从老家乡间给我们背回来一些老南瓜、老洋瓜、新挖的红薯等等乡间杂粮土食物,一枚枚还敷满老家乡野里的泥土。儿子说,家里突然温暖了,香喷喷。一家人就常常煮红薯老洋瓜老南瓜吃,围着一锅香甜的红薯老南瓜老洋瓜,围绕着温暖的乡村乡野泥土说家乡话,那些已很久找不到了的、生机勃勃的、鲜活灵动的方言词语就像久别的乡亲们一样,突然又回来了,像蚕豆麦粒一样不断蹦出来。

总是最喜欢阳光、泥土、绿色庄稼和森林,几十年写文章赞美阳光和泥土。老家村子在阳光大道东端,村里村外、山野里都长满了树木花草,四周地里一年四季长满庄稼,开满花朵。如今村子早已被拆迁，老村子原址修通了一条宽阔笔直的大道，行道树和街灯林立，叫东升路，四周的森林被大量砍伐。现在我所住的小区房，阳光被几幢摩天大楼彻底遮住了，泥土被埋葬在了城市下边，被城市摩天大楼逼退了，泥土、虫虫、野花、野鸟、绿树、庄稼、牛羊和阳光被打退到了遥远的山后。憋在这摩天大楼的冷冷森林里，我常常因阴冷而感冒，反反复复，绵绵如抽丝，心里也长满了摩天大楼，而不是太阳、庄稼和森林。

唉，我就是个土命，包谷洋芋红薯小麦蚕豆的命，我的亲人乡亲们也都是土命，包谷洋芋红薯小麦蚕豆的命，离开了泥土，丢失了泥土，也就失去了根基、生机和精神，命就衰了。

原载于《四川文学》2018年第5期

海的雕像(外一篇)

亚根(黎族)

行走在鹿回头南岭西面的弧形带状海岸,一股股乡野清风痴情地紧随和抚摸着我们,予以难于拒绝的过分凉爽,以至让我们轻快地穿行于千奇百怪的岸际石群中。左手边的高处是青碧如黛的丛林,正在摇曳着楚楚动人的丰姿,右手边的低处是平坦湛蓝的大海,正在叙说着地老天荒的话语。似乎一切都在幽静安谧之中,又似乎一切都别具一番情致。或许是觉得百无聊赖或是有虚此行,友人提议干脆到海里折腾一回,刚好近处的岩岸那里有一泓流泻的清泉,既可洗刷海水盐渍,又可掬来啜饮几口。

我定格在酷似海牛和海狮的两大巨石面前。一头海牛,雌性的。好像一开始,大海就按明确模式框定它面世的形态:短角,长身,庞大,健硕,大肚饱实,厚臀圆蹄,一身黑色皮毛。也许是特意派遣到鹿回头的,所以事先也吩咐它一出海,就得一步上岸,径直地走,不要回头,不要左右顾盼,一直朝着村庄的方向奔走;如果日后想念大海,可以来到上岸处逐波戏浪,但不能像小孩那样贪玩,要稳实地驻扎鹿回头半岛,要随时拉长耳觉,一听到主人的呼喊,就得哞哞地回应,像当初的样子立即回村里去。一只海狮,雄性的。大海放任它自然惯性地生长,该长的都长了,该有的都有了,那个头显得颀长而粗大。只见它大半个身子泡在海里,仅露出黄白毛色,嘴巴紧闭,胡须闪亮,鬃毛翘立,双眼放光。那神态似要上岸却没能上岸,只管一个劲地回头向南张望,似乎在敦促它的伙伴赶快跟上,又似乎还要多看一眼陌生的人间,还要趴在岸际边缘让阳光多多照射。

这无疑是大海一直用心用手浇铸的雕像。说它用心,即善于用写实的象征化手法将代表祥和、稳实、憨厚、刻苦耐怨的牛,代表勇武健壮、仇视邪恶和创造奇迹的狮子赋予了鹿回头半岛而不是别的半岛。说它用手,即在很大意义上呈现出一种坚韧而非凡的艺术浇铸力,它所有的举止表面看似乎是侵蚀岩石,其实是在有意味地塑造岩石,给人世间留下漂亮而有趣的人文景致。这景致太难得了,每当注目凝视或者上前套近乎,总让人心里萌生一种敬重感。这与其说是景致,毋宁说是一种历史文化记忆。它多少也记载了南中国海这一偌大的古老海洋的踪迹。海南这一由花岗岩、玄武岩和石灰岩组成的海岛,很早就收留了古老海洋的诸多物事,现今,任何人只要在岛上的任何地方找到一块岩石,用锤子敲一敲,就能敲响隐匿了多年的波澜壮阔的隆隆涛声。这岩石来自远古海洋中不计其数的微小生物的外壳——多少亿年前整个海南板块还是一个海底世界,原本生活于此的微小生物死后便将石灰质残骸沉积下来,经过漫长的岁月,海水逐渐退回到深海海盆,这些残骸也被压缩成了岩石,又过了很长的时间,因地壳剧烈变动之作用,这些岩石便随地势向上隆起而形成某一岭地或山体的主干。

大海也记载着自己与陆地之间的非同小可的关系——多少年前海平面极力飙升,致使海水大面积侵蚀海岸和岸边低地,多少年前海河变脸厮杀,愤怒的大潮倒灌,造成滚滚洪流淹没整个大地,多少年前大海打造了众多的岩岸并与之和睦相处,多少年后它们之间又因观点差异而大打出手。在这些记载中,最耐人寻味的是,大海与岩岸的和睦与摩擦。它们是保持互动的一对孪生兄弟,大海柔情,岩岸也柔情,岩岸的柔情姿态是温驯地站立成排,一路架设竖立而起的多弦琴键,任凭大海伸出纤细而柔韧的双手,弹奏出饱含缱绻之情的小夜曲,大海也有回馈,它能以风情万种的美女姿态依偎于或凉爽或温热的岩石的胸脯之上。到了大海刚硬无比之时,岩岸也跟着针锋相对。岩岸会板起面孔,挺立身躯,咬紧牙根,无言地迎接大海所能给予的挑衅、诅咒、狂吻、拍击、冲撞、剜擦、挖挠。

　　这个摩擦它出自大自然的一种不可抵抗的规律性安排。从一开始,岩岸就得以沉着、冷静和稳重的姿态去包容、化解和平息大海的顽皮、刁钻和尖刻;从一开始,大海也务必看老天的脸色行事。当老天晴空万里之时,它也得让碧波平和万顷,当老天绷紧阴沉的脸面之时,它的脸色也得一派灰暗,当老天发怒而指使风神协助它向陆地发威,它会变得非常无奈和悲戚,会发出非常沉痛的长远的悲恸之声。也正因为如此,岩岸不得不首当其冲地付出,不得不视死如归地牺牲,哪怕是某个局部的散架或是整体的伤痕累累。它们好像已经走到了老态龙钟的苍白无力之境地,又好像依然裹挟着用不尽的坚硬功力。如果没有注意到它们伸入地下或海底的庞大而旺盛的根基,你也许会认为它们迟早会屈服并葬身于大海的无情冲击。不会的,它们既然是为大海而出现的,那么就不会没有自身的绵延功力和坦诚的付出,而且这种付出是永不言弃和死心塌地的。它们早已坚信,这种付出也必定会有回报——大海会在哪一天回赠它们以丰富的让人类喜闻乐见的人文景观。

　　站在雕像面前,除了亢奋欣喜,就是默然寻思:大海是不是事先就有目的地作出选择?它施展鬼斧神工之术是不是要借助大风或风暴?它雕塑这些雕像需要多少年月的辛劳?海洋科普作家蕾切尔·卡森写道,海浪总是不停地侵蚀着岩岸,会将从岩石上碾磨或凿挖出来的碎片带走,还会把崩塌降落于海中的岩体磨成碎石,接着这些东西就成了冲刷其他岩石的武器。美国经济学家道·亨伍德也曾经描述说:"我们站在峭壁下面的坑道里,跟海洋只有9英尺的岩石之隔,听着巨石剧烈翻滚,鹅卵石不停相互摩擦,汹涌澎湃的波涛,及其浪涛拍打海岸后碎裂滚动的声音,让我感觉暴风雨最可怕的场景就好像在跟前一样,这种经历将终生难忘。"从他们的多样叙事来扩展联想与思忖,我已经在隐约之中摸索到了应有的答案……

海边居住

作为深山里生长的百姓,一般是难得有机会看海的。小时候只听到人们时常念起:"小小班帮,放牛山岗,腿脚长长,跑到海棠,海棠游荡,游荡上天,天庭天国,天国仙子,碧海戏水,波欢浪笑……"这是不知何时从海边村落传来的《月亮谣》,我曾向老人询问,得不到确切答案,却也得到一则美丽的故事:"在久远的古代,三亚落笔洞的前面就是溪河与大海的交汇处,咱们的祖先依靠河与海赐予的食物,才得以世代繁衍生息……"

这些言语,让我初识了左右于海洋的形制和魂魄当中的古老黎族的生命基调。此外,我还看到每隔一段时间,大人们都会到山外的海边挑盐。他们拎上绑有绳索和麻袋的扁担,一上路便扬起彼此呼应的口哨,在这边一声高那边一声低的不绝回荡中,男女同胞前前后后聚拢到出山的垭口。这一去就两三天,回时尽管肩膀红肿,步伐缓慢,却还是笑声不断,仿佛这一远程的劳作相当富有意味,仿佛欢笑的海浪总是一路欣喜地陪伴着他们归来。我好生羡慕,恨不得在一夜之间也成了大力气的挑夫,早日会晤那熙熙攘攘的赶海人和碧波荡漾的大海。

也正因见海的心态不断膨大，长大后，我执意离开山区，渴望找到一处面向大海的广阔天地。结果，大学毕业那年，我如愿以偿地到了三亚，而且不到两年，就在三亚湾离海约200米处的"共产房"的楼里居住。这里地势平坦，沙土路面，穿过椰林和海防林，便是水清沙白的弧形海湾，正前方是碧波荡漾的大海，左右两侧是弯曲而去的海岸线。或许因为面孔陌生，或许我悟性不好，面面相对之时，大海欢声笑语，时时给我送来绚丽无比的浪花，一路风趣地攀爬而来，又一路幽默地跌宕而去，而我却不知说什么为好。从它那张钢蓝色的脸面上，我似乎读到了关于人类生命历程中的苦涩和不幸，但从它那昂扬澎湃的姿态上，我却又看不出有任何抱怨和颓废，只有一种积极向上地奔走着的脚步和清澈见底的光明磊落的心地。

除了看海，我还想弄懂落笔洞与海的关系。我带上十分虔诚的心愿，以各种形式拜会落笔洞，很想揭开诸多神秘的面纱。只因自己仅有那么一点可怜的知识，根本无法考究和辨别。我呆笨地站在洞前苦思冥想：黎族的猿类祖先是否像英国人类学家阿利斯特·哈代所说的——化石空白期的人类祖先，不是生活在陆地上，而是生活在海洋里？那个曾经近处的大海是否已在过往的岁月中，被溪流的冲积物以一块块、一片片的方式填平掩没？那个幽深且黯淡的岩洞里是否存留鱼、贝和螺类躯壳堆积与活化而成的胶结层？

我不得不回到大海面前，不得不朝奔来的潮水伸出双手，不停地掏了一把又一把，甚至赤脚走进去，做出求助式的长久凝望和站立，多么希望得到一些答案，哪怕是一点点啊。大海给予我的永远是难于翻译的语言。幸亏，没过多久，我亲眼目睹了中国社会科学院的考古专家进驻落笔洞。他们发掘了人类牙齿化石和旧石器时代的人的牙齿，穿孔、砍砸石器，以及亚洲大象的白齿和小腿化石，还特别发现了大批量的来自海与河的螺、蚌壳灰色胶结层堆积。最终,他们给出了比我之前想象的更为明确而科学的答案。

太好了,原来我祖先之母也是海洋。他们出自大海就没办法不爱大海,生生死死也跟随大海,即使遭遇了来自海上灭顶的大地震、大海啸、大飓风,也只是暂时的劫难,存活下来的人们,只要到了风平浪静或月白风清之时,还会以群体迁徙的阵势,从四面八方陆续回归和虔诚皈依。大海的整合力和吸引力实在太大了,它很早就运用自身铸造的宏大气势和刚烈脾性,统辖了海岛上的一切生命,也决定了海岛所有空间的阴晴圆缺。整个海岛都是海的附体,并且显示了海的形制、海的色彩。

我总是紧贴大海。每当雾气纷飞的清晨,在风儿低微的呓语之下,我会赤足行进在银色的沙滩上,托付一种凉爽爽的软绵绵的感觉,伴随着自己画出的一长串深深浅浅的脚印,一个劲儿顺着细沙泛光的海岸走向似乎没有回头的远方;每当夕阳和大海相与交融的那一刻,我会伫立于岸边的椰子树下,扫射着摄影机似的贪婪目光,那跳跃的浪花、殷红的霞光和群翔的白鸥统辖了大片天,仿佛海浪诉说的情话羞红了夕阳的粉脸,又仿佛夕阳为大海织绣了五光十色的衣裳,仿佛白鸥的歌唱让海岸线弹跳伴奏的音符,又仿佛白鸥拂动的闪烁羽翼光亮了模糊的滩岸;每当月华漫溢了整个夜空,涨了潮流的大海宛若娇美风韵的贵妇,身着一件黄灿灿的晚礼服,整个海面如同盛开了娇滴滴的水仙花,那拍岸溅起的近似朦胧的一个个浪尖就像拥簇的花蕊,那各色礁石就像忙碌采花的蜜蜂,不知是花蕊招惹了蜜蜂,还是蜜蜂表露了爱情,那似无却有的缠绵密语或是亲吻之声不断随风儿传来;每到骤雨方停的夏日周末午后,我会套上泳装,穿上胶鞋,选择穿越较远处的海防林,楚过小崖岸,滑溜小斜坡,抵达一处清凉的水域世界,先让一种当地人称为"硬头浪"的小鱼群施行"足底按摩",待到自下而上舒适了、活泛了,便飞身入水,来个或蛙泳或侧泳或仰泳或自由泳,向更广阔的海域进发、跨越、奔突。

　　我也总是担心大海。我会选择适当的时日,爬上鹿回头岭地的高处俯瞰或眺望三亚的全景,在欣然享受大海丰沃肥美的同时,我总会突发一种不敢张扬的奇思,一种真心实意的忧患——人世间还有那种将海洋看作一个无足轻重的客体,急功近利,老想榨取海洋的险恶行径,而且我们谁也说不好自己到底拥有了多少归统的形而上的关注和爱怜海洋的真切关怀。我担惊受怕:假使海水不再清澈,滩岸不再洁白,那些礁石、椰林、红树林、海防林在不觉间逐日隐去、消亡,假使那一群群以海为家的鸟儿再也发不出天籁般的歌声,那些珍稀的玳瑁、宝贵的珠犀、美丽的珊瑚魔幻般地失去立足之地,那么,大海的过往历史以及它自在的亮丽质素将被画上深重晦暗的涂笔,那么,我们走向海洋强省强国的朝圣之路也会陷入难言的艰难和漫长……

原载于《海南日报》2018年3月16日

玄鸟(节选)

格致(满族)

　　我数电线上的燕子。我正闲着,看到什么就会去数什么。数燕子之前,我在数葫芦架上的葫芦。那些汹涌的叶子,怀里抱着玻璃杯,对云彩、风和我充满了警惕。葫芦的孩子很多很小很拥挤,它们害怕下雨,害怕日晒,也害怕被我数清楚。

　　我准确地数清楚了电线上的燕子,它们唯一的叶子藏在屋檐下。但是电线上的燕子不能是5只,它们可以是3只6只7只8只,其他任何只,单单不能是5只。其他数字我都可以心平气和,都可以像数葫芦那样悠闲。能数几个就数几个,看不清楚就不数了。但是电线上的燕子,我从左往右数是5只,从右往左数也是5只。它们不能是5只,是5只我的心就乱了,是5只我就得从春天开始说了。

　　而此刻,中伏的最后一天,我坐在秋千上,秋千吊在榆树下;燕子坐在院子上空的电线上,一字排开,像5个黑色的象形文字。它们组成了一个句子,为我呈现出故事的结局。

　　这是最好的结局了——它们都活着!

　　我离开秋千站了起来。一只巨大的冬瓜,忽然从木架上掉到了地上。我的心就是一颤。冬瓜身上的茸毛还是绿色的,它还没有长大。

一

一开始它们是两只。

门楣上方有两个燕子窝,三年前我搬进这个院子的时候就有了。不知道是什么时候,由哪两只燕子筑造的。就像我住的这所老房子,不知道是什么时候由谁修建的。我住进了老房子里,而门楣上燕子窝空着。我盼着来两只燕子住进来。这样这座老房子才算客满了。一座乡下的院子,光住了人,还是不够的。

第一年的谷雨时节,一天院子里的吵闹声很大,出来一看是两只燕子。它们先是落在院子上空电线上看,然后又落到院子里晾衣绳上大声地商量,它们说了很多话,听上去是那种激烈的争吵。好像是一只想住下来,另一只不同意。各自说着各自的理由。一只还飞到屋檐下近距离地考察那两个旧燕子窝。我在心里期待着它俩能达成共识,住在一直空着的燕子窝里。那两个空着的燕子窝悬在我的头顶,出门进门都能看到,我一刻也没有忘记那里应该住着燕子,而燕子窝空着,说明我的生活有缺憾,甚至有漏洞。我虽然坚决地选择了这所宅院,但如果燕子也选择这里,那么我的理由就更充分了。我就更有理了。燕子的争论持续了两三天,最后还是飞走了。它们不愿意住在我家。我是多么沮丧,这足以构成对我的打击。燕子如果一直没来还好,关键是燕子来了,反复地看了,议论了,然后不住在这里,这说明这里不好,这里有人类看不见的凶险。我很惶恐。我想起一句俗语:"燕子不入愁宅。"那燕子看见了我心里的忧愁了吗?我把整个院子都污染了吗?因为我的坏情绪,整个一个院子都成了愁宅了吗?那么燕子不住这里,不仅有宅院的问题,也有我的问题。看来燕子选住所,不光看房子,看院子,看环境,更看院子里的人。

第二年,春天又来了两只燕子,考察了两天,大声地争论了两天,最后还是不在这里住。第二年燕子在考察的时候我还是暗暗地期待着,我有理由期待,因为第二年,我已经做了一系列的补救工作。我找人把院子做了围墙,院子里种了许多鲜花,我种红花、黄花、紫花……我用这些花表达我的好心情,我在和燕子说我是热爱生活的,你们看我种了多少花草啊!这个院子里的花园,其实是从我的心里移栽出来的。我还搭了葡萄架、葫芦架、黄瓜架。那葫芦不能吃只能看,种葫芦的目的也是想让燕子知道,你看我有多悠闲。你看这里有多安宁。我心情很好。我不忧愁。我努力取悦燕子,努力营造安静、繁荣、祥和的氛围,但是,它们还是飞走了。我的花园、我的葡萄、我的葫芦架都没能留住燕子。后来我找到了安慰自己的理由:春天的时候,我种的花朵还没有开放,葡萄也刚刚发芽,葫芦还没有开出白花,西侧新盖的房子还没安上门窗,燕子还看不出我为留下它们所做的努力。

今年春天,我已不再盼望。我已认定,这个院子有大问题。我有大问题。一切繁荣都是表面的,燕子认定这个院子不祥,主人脸上笑着内心很苦。但是今年春天,好运就在我绝望的时候突然来了。有一天,天已经黑了,我从老房子屋檐下走过,看见一只燕子嗖地飞进去,我站住,等了一分钟,燕子没再飞出来。我以此确定燕子住在我家了,因为天黑了,燕子回到哪里就是住在哪里了。第二天我躲在新房子里,偷偷向外看,我疑心昨晚嗖地飞进屋檐下的是不是麻雀,我看见了两只燕子在屋檐下飞进飞出,在忙着。我很激动,把这个好消息告诉了很多人,同时一直不安的心落下了。我的家终于不是愁宅了。我的所有努力都做对了:葡萄架搭对了,葫芦架搭对了,西侧的厢房也盖对了……

两只燕子每天都很忙,在捉虫子吃,也可能是维修旧巢。我想仔细看看燕子,但是我不敢冒险,怕它们误会我,以为我要伤害它们。盼了三年才盼来的燕子,它们就是我的吉星高照,是我看不见的环境的安全证明,我哪敢让它们起疑心呢。我总是从窗子后面偷偷地看,拿东西必须从它们的窝巢下面经过,我也要加快脚步,不敢停留。它们好不容易对我满意了,我要好好地表现,让燕子对我的印象更好一些。此后许多天似乎每天都一样,燕子的故事没有进展,没有起落。时节到了立夏,停滞多日的燕子的故事,终于向前流动了起来。在燕子窝下面的窗台上,我发现了残破的蛋壳。蛋壳很薄,比鸡蛋壳薄多了。鸡蛋壳像粗陶,而燕子蛋壳像细瓷。黄色的蛋液也凝固在水泥台上。这说明这只蛋至少是一天前掉下来的。也就是故事在一天前就往前推进了,而我没能及时发现。毫无疑问,蛋是从燕子窝里掉出来的,是燕子蛋。确定是燕子蛋后,一个问题出现了:燕子蛋是不小心掉出来的,还是老燕子有意舍弃的?燕子从来不对我解释它们的行为,我就只能猜。依据那只破碎在窗台上的蛋,依据那残破的蛋壳,凝固的蛋液,我像个依据蛛丝马迹破案的侦探,我的推论是这样的:那只掉出摔碎的蛋,是大燕子不要的——因为那是一只石蛋。什么是石蛋?就是没有受精的蛋,里面没有小燕子。燕子窝里的空间有限,住两只燕子刚好,加上几只蛋,就已经拥挤了。但是再拥挤也要孵小燕子啊。而不能孵出小燕子的蛋,就没有理由在那里占据空间。这只蛋的存在没有意义,这只蛋没有未来。大燕子就把这只没有意义没有未来的石蛋舍弃了。燕子能知道哪只受精了,哪只没受精吗?据我对燕子的了解,燕子知道。燕子把腹部贴在蛋上,那里面的一切,燕子就都知道了。那些贴着蛋的羽毛,早就把获得的消息告诉了燕子。蛋里面的小燕子,也一刻不肯消停。很傻的燕子都会知道哪只蛋里有小燕子,哪只里面没有。那只石蛋,要不了几天,就被燕子发觉了,然后就被丢弃了。

至于燕子窝里有几只好蛋,我也不用鬼鬼祟祟地上去数,要不了几天,我就会知道答案。这个秘密燕子是守不住的。当它们一只一只飞出来的时候,我数数就可以了。

十天,或者十五天之后,我听到了一个声音,那不是幼小无力的声音,而是嘎嘎嘎嚣张的大叫声,还此起彼伏的。这说明发出这种声音的不是一个个体,而是人多势众的。我看见大燕子飞回来,燕子窝里就会传出那种呀呀的大叫声。这是小燕子凶恶的叫声。它们在用声音争夺大燕子送来的食物。它们还不能动,连眼睛都还没有睁开,这时候它们唯一的争抢工具就是大嘴和大叫。那叫声很难听,很伤害神经。大燕子快速地飞走又快速地飞回来,就是要平息那凶猛的叫声。我急忙赶过去,站在燕子窝下,看见了三张突然张开的剪刀一样的嘴。两只大燕子不停地往这三张大嘴里输送着昆虫。那么一开始,大燕子一共下了四只蛋。我数小燕子,回来送食的大燕子警惕地看了我一眼。它还是不信任我。我赶紧说,我只是数一数,我这该死的好奇心,没别的意思。然后我赶紧走了。第二天我从那里路过,又数了一遍。

我在数数的过程中,意外发现了小燕子的凶猛。它们一出生就携带了两样凶器——那让人头晕的叫喊声和张开的剪刀一样的大嘴。

原载于《黄河文学》2018年第1期

挖掘者(节选)

绿窗(满族)

一

隆冬腊月,我给大弟打电话问他是否回家过年,大弟说正在山上刨药,黄芩、苦参、苍术等。大地冻得硬邦邦的,怎么下镐?母亲一听就难过起来,大弟出过矿难,腰椎是一排钢钉支着。大弟却淡然道:"慢慢刨,找阳坡湾,咋也弄点生活费不?"

大弟是煤矿工人,煤挖光了,矿山被迫关闭,就像一辆高速列车突然刹停,来不及防备的人们纷纷被甩了出去。生命在惯性的驱使下一向安于现状,现在却面临安置、买断、分流,年轻的转入大型煤矿,或组织出去包活计,老弱病残还未转过魂来,他们迷茫地等待。但解决方案迟迟下不来,这的确太有难度,从上到下都着急,有时连最低生活费也难以保障。效率是一个有弹性的词,它可以催促流水线上的工人透支身体,也可以消耗闲散无用的耐心,让他们自己挖掘自己。熬不住的人,拖着伤残的身体去外地打工,大弟一个人养家也陷入困境,但仍满怀期望。

总会有办法的,矿区就像他的亲人,亲人不可能太决绝。他越过矿区的废墟,到静寂的山里刨药,一镐又一镐,似乎掘的不是药,而是煤。四野空旷,只有他的镐声在山谷里颤抖。

二

大弟只有八升命。他一次次偏离父亲预设的路线,本可以衣食无忧,环境和条件更好,但就是没那个命。大哥有一斗命,初中考试全乡第一,虽说因为成分不好,没得到大队推荐,上不了本地高中,但他总能从石缝里钻出来,一直向上生长,阳光就对着他微笑。他到远乡读书,每周回家背一筻子棒面饽饽和咸菜疙瘩,毕业后做了乡村民办教师。生活艰辛,并不妨碍他继续攻读师范、专科、本科,转正中学教师,一路晋职到高级教师。大哥以励志的方式把自己的命运填满,大弟却总也填不满。

母亲挨肩养下三个姑娘后,大弟隆重降生,父亲乐得亲自下灶伺候母亲月子,那个傍晚,他喝着小酒满面红光。大弟聪明,有灵性,却也淘气。一年春耕在草丛中打死一条蛇,偷偷埋到粪堆里,老光棍叔管给垄沟上粪,一锹铲断了半条蛇,"妈呀"吓倒。光棍叔没少吃我家的药,喝我家的开水,烤我家的火盆,抽我家的烟丝,又随口把痰吐我家地上,但他愣是看着我父抡起牛鞭子开抽大弟,而不劝一句。大弟卧在垄沟上连连翻滚,不求饶不吭声。

就这倔脾气。初二时大弟与班主任发生了嫌隙,老师停了他的课。他回家不敢说,早晨照旧背着书包上学,在学校附近的树林里转悠打鸟。他使用弹弓的功夫很是了得,凡被他看中的鸟都逃不过。这天上午战果丰硕,午间他背着一书包鸟儿进教室,得胜将军一样摆在课桌上,大大小小花绿蓝红,还有少见的青靛儿蓝靛儿,共48只!同学们嗷嗷惊叹,聚拢过来,从来没见过打这么多鸟。

这时老师进屋了,脸色铁青,一番怒斥后召开了全校师生大会,以把鸟穿起来挂在大弟脖子上的方式来昭告"破坏地球生态平衡"的罪名。那些鸟似乎突然活过来,支棱着尖嘴啄他的脖子。

大弟的脸像红布一样,第二天就不去念书了。父亲骂、打,断了几根棍子,甚至拽着他两条腿拖出院子,拖到街上,他身上脸上都是血痕,贵贱打死也不去。父亲趴在柜子上一夜没睡。

大弟撒丫子往山上跑,种地、割柴、扛大个、挖菜、捡蘑菇,一刻不闲,他在享受他的生命乐趣。父亲是个崇书人,不喜欢他这野性,不久,就教他学习中医来收心回性。眼看着《汤头歌》背得滚瓜烂熟,打针输液手轻针准,正要尝试学习针灸时,大弟却和村里人出外打工去了。

三

大弟的第一个工作是一家砖瓦窑,干这行的被称作"窑驴子",他16岁,不到一米七,是条瘦弱的小驴。

窑里闷热,新出的砖五六十度,出砖工浑身是灰,汗水肆流,手上戴着皮夹子,熟练地截砖、装车,身上都是烫坏的累累疤痕。

砖车要装满200块,叫一丁,车就叫丁车,铁质,500多斤重,每块砖五斤,一丁车两吨来重。拉砖工弓身一步步挪,青筋暴涨,肋骨绷紧,腹部劲力回缩,像一堆蛇不安地怒视。到窑口,拔出丁车插销,一只脚踩住丁车腿,手腕向下按压车把,一丁砖自动立起来。他们每天必须出够三万块砖,要做到夜里12点。道路凸凹不平,尽是砖头瓦块,大弟有时几乎跪在路上爬,手抠破了,膝盖磨破了,内心一定充满了吼叫与哭声,但都淹过伤口咽进肚子里。

"窑驴子"流行话:冬天穿着夏天衣,一年吃了三年饭。然而辛苦几个月并没有换来一分钱的工资,差点把小命扔那儿,要么继续干,要么走人,窑主的强势总能得逞。他们带着满腔的愤恨离开了,多年后都不愿想起那牲口一样的日子。

除了家乡,他们对外界知之甚少,不懂维权,苦难只能由自己埋单,还要庆幸留条命。村里有两个男人,一个出去之后就蒸发了,留下妇人小孩苦等;一个从工地高高的脚手架上掉下去,他的父亲只见到骨灰盒和两万块钱。然而,外面的诱惑似乎不可抵挡,更多的人还是出发了,也许自己命好呢?就像广平兄弟俩,一个带了不花钱的媳妇回家,一个成为当地的上门女婿,后来又盘下老板的店面。就算十个人里只有一个小有成就,他们都愿意冒险,一如阿拉斯加的淘金者。

那是20世纪90年代初期,我家里种着十几亩地,要交公粮和多项税款,弄不好还倒贴钱。父亲拖着中风后的身体,成天灰着脸,拄杖门前。弟弟仍四处打工,建筑队锄大泥,砸钢筋,拼死拼活,后来去了另外一家砖厂,照样累惨,但工资发得出来,吃得饱,心情舒畅些了。实在缺乏油水时,有人偷农家的鸡,收拾后加点盐,用泥巴带毛糊住,放在烧砖窑口处焖熟,嫩香四散,大家一起吃喝说段子,算劫来的一点小乐。他的血汗钱还了家里的千元老账,也支付了我的部分大学生活费用,花这些钱时,我就会想起他佝偻着腰身拉着一车车砖蜗行,再看到建筑工、"窑驴子"、煤矿工,他们都是我最亲的兄弟。但大弟不觉得苦,很快蹿到一米八,也壮实了许多,整个人透出青年人特有的光彩。

四

命运之神似乎向大弟招了招手,大伯所在的煤矿招工,大弟和村里一个年轻人去了。试用期满签上合同,这意味着,他不再是四处漂泊的临时工，而成为了堂堂正正的合同制工人。他不再是农民，他有一个显赫的大家庭背景——矿区，村里姑娘可以多瞅他几眼了。

本来安排井下安检工，他认为钱少，主动申请去了开拓区，相当于全矿的犁铧尖头，最重要，危险系数也最高。大弟的工作流程是这样的：

入井前，首先参加班前会，值班工长布置工作任务和注意事项，强调安全第一，生产第二，强调每一入井人员必须携带矿灯、自救器、矿工靴，严禁携带烟火，绝不能穿化纤衣服等。虽然矿区条件偏于落后，但严格执行"一通三防""一炮三检"制度。开拓工来到工作面后，先由瓦斯员检查通风、瓦斯及有害气体，当班组长到工作面检查支护、帮顶是否安全；合格后开拓工开始工作，接好风、水线，上好风锤，开始打眼；完毕后，瓦斯员检查工作面瓦斯，不超限，再由安全员和爆破员进行装药；完成后，瓦斯员继续检查瓦斯，不超限才能进行爆破；爆破后瓦斯员最后检查瓦斯，不超限，开拓工方可进行出碴，钢架支护，完成风巷和运输巷工作。接下来掘进区圈采面、掘横川、打眼巷，开拓与掘进二区都是为采煤区服务的。

大弟参与打眼、搭支架、清理巷道，不吝力气。一米八的个子在井下很吃亏，低矮不平的巷道，一个工八小时下来，已经说不出是什么滋味。大弟是条硬汉子，他受过的苦和罪比同龄人要多得多，这对他来说不算什么。他当了一个光荣的"煤黑子"，"煤黑子"不好惹，一个人也敢和一群痞子招呼，大板锨挥起来哐哐有力，人壮气粗，运好命盛。

大弟从一个农家子锻造为一个挖掘者，虽然一样地出大力流大汗，但身份是不同的。他还可以往高处走，好似踏上了通天的台阶，在他眼里，黑色比黄色更高贵。虽然种地是日光下的劳作，端自己的饭碗，而挖煤是漆黑的深井下劳作，端公家的饭碗，但是为国工作和为己工作绝然不同,初中未毕业的弟弟,也是有雄心壮志的。

五

身是挖煤工,心还是农民的。才攒下一点钱,大弟就受到买户口的蛊惑。非农业户口对普通农民的诱惑力太大了,那才是市民,真正脱掉一身黄土坷垃味,是说媳妇的筹码,也有机会在矿区分房。3000多块钱一个,他办了,那时他一月工资才几百块,需要抠出一两年的牙缝。

随之,家里归他的责任田没了,归他的房基地没了,他也彻底断了回到乡下生活的念想。他并未觉得是多么大的损失,相反,以一个城里人的身份回乡看看,心里装着满满的荣耀。祖坟无疑是冒青烟了,逃学的孩子终成大器,让人刮目相看。

那些年父亲一直在割田,大哥考学,大姐二姐嫁人,我上大学,大弟买户口,小弟上学,家里大片的田地不管贫瘠与富饶,一个山坡一个梁头地失去了。失地似乎是祖传的,中医老太爷率领十几个孩子辛辛苦苦开拓过近百亩良田,爷爷被诬陷关进了伪满洲国监狱,老太爷一块块好地割了出去换银子救赎。老太爷锥心般难过,但拎得清,人命比土地重要。

我不知道父亲面对土地一块块失去有多复杂的情感,但当时土地的价值并不大,就是丰收也离致富遥远。耕耘者,被贴上了底层和卑下的标签,到城里总被投以歧视的目光,像被高山斜睨的沟壑中勉强挣扎的野草丛林,无法比拟山顶一棵草。

户口成为衡量一个生命高低贵贱的准绳,农业户口就像只有八升命,神仙也弥补不了这天然的缺憾。大弟摇身一变成为非农业户口,忽觉人清气爽,虱子也爬得耀武扬威。他后来给媳妇也买了户口,因为孩子的户口只能随母亲。同样,媳妇也失去了家乡的土地,但他们没有愁云,煤矿仿佛有挖不完的黑金子,足以养活他们一辈子。国营企业,当然是打不破的铁饭碗,不怕天旱地涝,是乡下人眼中的神话。

那年头就算有钱也未必能买到户口,还要凭关系,一张纸就能决定命运。纸是最神奇的东西,粮票、布票、户口页承载着生命的幸福。大弟的户口本犹如当今的不动产证,决定了妻子的容貌,生活的幸福度,家庭的荣誉感。我们的生命是维系在纸片上的。这也许是个哲学问题。

大弟不是一个哲学家,但他是一个社会学家,他知道带着娇妻还乡时,来自家乡的社会艳羡指数会提高数倍,亲戚朋友的热情度也会攀升。

……

原载于《民族文学》2018年第6期

勐勐坝,我的香格里拉

陶玉明(布朗族)

一

在我的心中,双江县城所在地——勐勐坝,是一个美丽富饶的地方。如梦幻般神秘的"香格里拉"一样,这一片多情的土地是故乡人"心中的日月"。村里那些到过勐勐坝的人经常用神话般的传说来形容这个坐落在南勐河畔的坝子——勐丽勐罕,即"闪烁着金子光芒的美丽之城"。

据村里人讲,中华人民共和国成立前,我们村只有3个人进过双江县城,改革开放前也只有不超过5个人到过勐勐坝。这样一个地方,在人们的心中该是何等的神秘、何等的遥远而又让人心驰神往?

双江的布朗族人生活在澜沧江西岸和小黑江东岸的深山峡谷地带。在过去的年代,行路难,难于上青天。是崇山峻岭、险峰峭壁和大江大河将他们与外面的世界阻隔,他们没有见过像勐勐坝这样平坦而宽阔的坝子。对于他们中的多数人而言,勐勐坝像海市蜃楼般神秘,像人间天堂般令人痴迷向往。年轻人走一趟勐勐坝,不亚于现在的人走进繁华的北上广。

20世纪60年代,我们村流传着一个笑话,有一位知青问当地的一位老人："中国的首都在哪里？"那位老人回答："在勐勐坝。"这位老人当然没有到过双江县城，只是在长老咏诵的佛经里听到过关于勐勐坝美轮美奂的描述。他以为，经书上所写的那些飞檐翘角、金碧辉煌的傣族建筑就是首都北京天安门了。现在外出打工的一些年轻人还会幽默地调侃："老家的首都在勐勐坝。"

有一天，曾经到过勐勐坝的一位年轻人在我们村里讲了一个关于勐勐坝出现"天女散花"的故事，这个故事带着神秘的色彩在村里被传得沸沸扬扬。那个年轻人讲：在一个阳光灿烂的下午，一位天女突然从坝子的上空飘扬而至，把五彩缤纷的花瓣撒落在南勐河两岸一望无际的田野中。正在田里插秧的傣家人看到这情形，个个放下手中的秧苗，合起双掌对着苍天祈祷。这一年，五谷丰登，六畜兴旺，傣家人过上了幸福安康的生活。很长一段时间，对于这个年轻人的说辞，大家都信以为真，整个村的人围着他盘根问底。后来，我在读书的那个中学向一位老师进行了求证。老师说，这个世界上哪有什么"天女散花"，可能是热气球在勐勐坝的上空散发护林防火的传单。

所有稀奇古怪的故事都来自勐勐坝，村里人把勐勐坝讲得神乎其神。勐勐坝，真是一个盛产神话的地方。当然，也有一些故事是与现实完全吻合的，譬如农村要搞包产到户的事，刚开始也是从勐勐坝传来的，当时大家都不相信，认为这包产到户搞单干不就等于改朝换代了吗？可是不到半年，农村真的实行家庭联产承包责任制了。

布朗族没有文字记载自己的历史，只能用口传的形式记录本民族的历史文化和心灵轨迹。也不知道是从什么朝代开始，布朗人把县城勐勐坝编进了自己的歌谣："有一个美丽的地方，它的名字叫勐勐；绿孔雀在南勐河畔起舞，百灵鸟在菩提树上欢唱；那里有碧波荡漾的河流，有稻穗飘香的田野；有浓荫盖地的榕树，有形影婆娑的竹林；有似火燃烧的凤凰花，有婀娜多姿的小菩哨；有鳞次栉比的楼房，有南来北往的客商;有琳琅满目的商品,有品尝不尽的佳肴……"人们唱着这首歌谣的时候,心中憧憬着美好的向往。有的人唱着唱着便会流着泪感叹道:"这一辈子要是能到勐勐坝转一转,也不枉此生来到这个人世间了。"

勐勐坝确实是一个美丽富饶的坝子,在整个双江县乃至临沧市,都素有"鱼米之乡"的美誉。一条浩浩荡荡的南勐河把整个坝子由北向南一分为二,常年滋润着两岸的万亩田园。站在高处望坝子,可以看到竹林掩映的傣乡、碧波荡漾的蔗林、阡陌纵横的田野、星罗棋布的池塘。阳春三月,男人翻田犁耙,女人播种插秧,白鹭在人们头顶上飞翔,欢声笑语在田间荡漾,处处呈现出一派祥和的景象。在勐勐坝看傣族姑娘,听傣族故事,体验傣家风情,欣赏田园风光,自有甜美的滋味在心头。

二

我们把历史的转盘再拨回过去,让时光来一次短暂的"倒流",探究一下"勐勐"二字的来历。

旧时的勐勐坝是一块芦苇成林的沼泽地,是令人生畏的"瘴疠之乡",有"要进勐勐坝,先把老婆嫁"之说。也可能是这个原因,山里人很少下坝,生怕到了坝子,水土不服,染上疟疾,舍命他乡。

关于勐勐坝,还有一个传说:很久很久以前,双江坝东、坝西两头各有一个"勐"。东头是以今天的景庄为中心的一片地方,称为勐景庄,西头是南勐河西岸的勐允养。二勐各自为主,互不臣属,亦绝少往来。中间还隔着浩浩荡荡的湖水。后来,外勐人常来袭掠二勐。开始时勐景庄遭袭掠,勐允养袖手旁观,甚至幸灾乐祸。而勐允养遭到同样的灾难时,勐景庄的人也用同样的方法对待他们。久而久之,两勐都意识到团结就是力量,如果两勐团结起来定能战胜敌人。于是两勐商议合作,谁有事对方都要竭力相帮,他们从此多次打败来犯之敌。在长期的交流合作中,两勐民众进一步认识到,两勐山水相连、祸福兼及,合二为一可避祸趋利。于是,经双方共商,两勐合并。合并后的两勐,为了平等相待,既不叫勐允养,也不叫勐景庄,而是称为"勐勐"。这便是南勐河畔的这个坝子——"勐勐"的由来。后来,人们疏通坝尾河道,河水畅流,渐成坝子,慢慢才有了今天美丽的勐勐坝。"二勐合一"发生在明成化八年,即公元1472年,至今已有500多年的历史,但这个地名一直沿用至今。合并而成的"勐勐",力量迅速壮大,以至史书中有"江外有三勐,曰勐缅、勐撒、勐勐"的记载。这三勐,一个在临翔,一个在耿马,一个在双江,现在都是临沧市经济社会发展的重镇。

如今,勐勐坝所属的乡村和城镇,经济发展,社会进步,人民安居乐业。所有这些,似乎都生动地诠释和验证了传说中"二勐合一"的历史意义。

三

从我所在的村子到县城所在地勐勐坝,地理意义上的直线距离不过100多公里。然而,在过去的那些年代,老家与县城之间被崇山峻岭阻隔,不通公路没有车,出门全靠双脚丈量大山,即便是100多公里的距离,也感觉到远在天边、遥不可及。据村里人讲,一个青壮年男人,从老家的那个村子到县城要走十四五个小时。天还没亮,进城的人就得从村子里出发,到了勐勐坝,已是万家灯火的夜晚了。

为了生计,再高的山也要爬,再远的路也要走。进城的人早上7点钟左右就从村子里出发,中午12点钟左右才到达大文乡政府驻地的那条山街,这还没走完1/3的路程。走出那条山街,更为艰难的行程就开始了。沿途要攀越三四座高山、跨越五六条河流,有的路段是荒无人烟的沼泽地带,有的路段是人迹罕见的原始森林。在海拔2000多米的马鞍山峰,终年寒风飕飕,雨雾蒙蒙。

  对于山里人来讲,城市对他们有太多的诱惑和太多的幻想。城市虽然离他们很遥远,但他们总希望能够靠近,甚至能够成为闯入者,闯出一条希望的路来。老家人走进城的那条古道,从500年前一直走到20世纪的80年代。

  据爷爷讲,我的曾祖父是个赶马人,从我们村出发,沿着山外通往勐勐坝的茶马古道,进城需要3天的时间。那个时候,进城的路上至少有五六个地方是土匪的窝点,赶马人随时都会遇到土匪的抢劫。抢了财物不要紧,怕的就是有的土匪既抢劫又杀人,让赶马人血洒古道,人财两空。

  那时候家里很穷,全家人吃了上顿没下顿,曾祖父的遭遇并没有动摇爷爷进城的决心。为了生计,爷爷不得不进城。爷爷是到城里的一个土司家做长工,因为路途远,他一年只能回家一次。

  父亲读过高小,在村里也算是有文化的人。有文化的人总想着到外面闯荡。父亲第一次进城是1958年的事。那个时候,父亲到县城的一个钢铁厂里炼铁。按理,父亲能够到钢铁厂工作是完全可以变成城里人的。可父亲才去了不到一年,就经受不住艰苦和寂寞,跑回家了。父亲说,钢铁厂那活计哪是人做的活呀,白天黑夜不分,还要经受炉火的烘烤,就是手脚不被铁水烫伤,眼睛也会被火光灼瞎。后来,父亲又进了两次城,一次是去给集体买谷种,一次是去买自家用的酿酒缸。在城里买好两只酒缸挑回来,半路却摔烂了一只。那买酒缸的钱是一家人省吃俭用了大半年才攒下来的。母亲看到父亲只挑着一只酒缸回来就唠叨个不停。父亲就说,为买两只酒缸,你让我走了两天两夜的山路,这不是要我的命吗,以后进城别说是去买酒缸,你就是让我去挑金坛子我也不去了。从此,父亲发誓不再进城。

20世纪80年代末到90年代中期,我们村的许多年轻人纷纷走进勐勐坝打工,那个时候叫"讨副业"。有的人靠自己的奋斗,从此改变了农村人"脸朝黄土背朝天"的命运。

我们村的刀三阿舅是20世纪80年代最早闯荡勐勐坝的布朗族男人。18岁那年,刀三阿舅穿着布朗族的土布衣服,光着脚板踏上了去往勐勐坝的山路。因为是第一次走这条山路,还不到一半的路程,刀三阿舅就迷路了。迷了路的他吃光了身上带的干粮,只能沿路乞讨。在外村一个伙伴的引领下,走了三天三夜才摸到勐勐坝。

3年后,刀三阿舅攒得了一笔钱,也学会了制砖技术,就买了一套制砖设备在城里开了一个小砖厂。功夫不负有心人,凭着刀三阿舅的技术和诚信,砖厂的生意很红火。不到3年的时间,他就成了一个拥有几十万资产的小老板。在他的带动和影响下,我们村的年轻人不断有人赶往城里去打工,到90年代中期,一个80多户人家的小村庄就有60多人走进勐勐坝打工。打工的人攒够了钱就回村盖房子,到了2000年,我们村就全部消除了茅草房,盖起了砖瓦房。2000年以后,布朗村寨彻底改变了旧时的模样:先是"三通四有一消除",后是"整村推进""三村建设""新农村建设""美丽家园建设",最后又实施"通达工程""通畅工程"和"广播电视村村通"。如今的布朗山寨成了澜沧江边的"小香港":进村铺起硬板路,农户盖起小洋房,汽车摩托路上跑,高档电器进农家。村民白天在田间劳作,晚上在广场上唱歌跳舞。每到布朗族的"桑堪节",人们都"打起蜂桶,跳起舞",庆祝和谐盛世、幸福生活。

四

我从小生活在澜沧江畔这个偏僻遥远的布朗族山寨。我的祖先和父辈们一辈子吃的是黑色的杂粮,穿的是黑色的土布衣服,住的是黑暗的草屋,每天面对的是皮肤黑黑的同胞。面对"乡村生活一片黑",读书识字的我产生了一种叛逆心理,青少年时代就萌生出了一个梦想:长大以后,我一定要吃上公家人吃的大白米饭,穿上漂白的衣衫,住上大白瓦房,娶汉族姑娘做媳妇。这样的梦想,我相信我的祖先和父辈们也曾经产生过。但在那样一个地方、那样一个时代,这样的理想是不可能实现的。这样的理想像烛光一样照亮了我的童年和青少年时代。我自强不息,勤奋读书,1983年8月考取了临沧师范。1986年8月,师范毕业后我被安排在县城的一个单位工作,成了真正的城里人,一个布朗少年的梦想变成了现实。

20世纪90年代,我们村子到大文街开通了公路,村里人上街买卖东西告别了人背马驮的时代。进城可以在村里坐农用车到大文街,再从大文街坐班车或出租车到勐勐坝。2017年春天,从村子到大文乡政府所在地的那条街建起了硬板路,到大文街赶集只需半个小时,到县城办事只需两个小时。从此,澜沧江畔的布朗人实现了通过现代交通走向山外世界的百年梦想。

原载于《文艺报》2018年7月4日

爱在江津

郑风淑(朝鲜族)

比起声名显赫的大重庆,以往对江津却是没有太多印象。这次走近江津,用眼看,用耳听,用心感受,方知自己孤陋寡闻了。

这次有幸受邀参加《民族文学》年度颁奖典礼,和全国多民族作家一道,走进江津,深度探访这颗镶嵌在长江沿线的璀璨明珠,收获颇丰。同行的江津区委宣传部的领导,脸上溢着满满的热情和自豪,侃侃而谈,娓娓道来,话语间,让我们体会了一个浓浓"爱"字:对家乡的热爱。他们不无骄傲地介绍说,位于重庆西南部的江津是隶属重庆的一个区。因地处长江要津而得名,是长江上游重要的航运枢纽和物资集散地,也是川东地区的粮食产地,鱼米之乡,富有"中国长寿之乡""中国生态硒城""中国武术之乡""中国楹联文化城市"的"国"字号美名,还荣获了"全国双拥模范城""中国优秀旅游城市"等荣誉,还被命名为"中国生态宜居新城"呢!说起自己的家乡,仿佛如数家珍:近些年着力打造的名人文化、长寿文化、爱情文化、古镇文化、楹联文化、抗战文化,彰显了"四面山水、人文江津"的独特魅力。

说起江津的名人,威震四方的聂荣臻元帅就出生在江津。无比热爱聂帅的江津人,选了一块背靠青山、面朝绿水的"风水宝地",建了一座庄严肃穆的陈列馆,以通体洁白的汉白玉雕塑的聂帅像,端坐在正大厅,抬头仰望过去,雕像栩栩如生,既有尚武之人的虎虎雄风,又有久经风霜的沉稳安详,似在凝望自己生于斯长于斯,日新月异、腾飞发展的家乡,又似在默默守护着与自己血脉相连的父老乡亲。精心布展的陈列馆,无不体现着家乡人对这位开国元勋的爱戴和敬仰!

是啊,文化是一座城市的独特内涵,是城市的根与魂。江津人正倾心建树的爱情文化,让人怦然心动,又让人耳目一新。乘着中巴行驶在盘山路上,周围层峦叠嶂,树木郁郁葱葱。自古为兵家必争的巴蜀之地,果真名不虚传:地跨青藏高原、横断山脉、云贵高原、秦巴山地、四川盆地等,是经历了千万年地壳运动,才形成了如今这巍峨壮丽、荡人心魄的地形地貌吧!一路目不暇接,一路赞叹着。

哦!那是什么?有人惊呼。循声望去,只见黛青色的挺拔俊朗的高山,似壮汉宽厚的胸膛,拦住了视线,半山腰儿凿开了一条几十米宽的地方,刻着"爱情天梯"四个大红字,赫然醒目。又走了大约20分钟的车程,终于到了那个山脚下,方才看清了,四个大字下面还有落款"贾平凹"呢!也有人好信儿,问了句:真是贾平凹先生题的?惹得江津人急急地表白:真的呀,我们特地请他题的。近处也看清了,那红字不是刷的红漆,是天然的,人家那是此地特有的丹霞地貌。1983年《地质辞典》首先提出丹霞地貌定义:"指厚层、产状平缓、节理发育、铁钙质混合胶结不匀的红色砂砾岩,在差异风化、重力崩塌、侵蚀、溶蚀等综合作用下,形成的城堡状、宝塔状、针状、柱状、棒状、方山状或峰林状的地形。"在2010年第34届世界遗产大会上,"中国丹霞"系列提名地,被正式列入世界自然遗产名录。

这里,是典型的丹霞地貌!

放眼望去,一阶一阶,明显用手工凿出来的,不太规整的赭红色石梯,弯弯曲曲,向山上攀去,直插云端,望不到头儿。6000多级!有人惊叹着,快赶上登泰山的石阶数了!有人唏嘘着,难以相信这是一个人,独自用卷了刃、生了锈的斧头、锤子,一级一级凿出来的,用了整整50年!有人质疑着:当初凿这石梯,目的简单到就是丈夫为了方便爱妻出行,上山下山?眼前的石阶,被岁月的雨雪风霜磨圆了棱角,我的脚不敢狠劲儿往上踩,而是轻轻落下去,怕惊醒了浸润在石阶间的爱情梦。流连在石阶上,旁边的树在微风里沙沙作响,仿佛绵绵情话不绝于耳。那红色,让人油然而生一种甜蜜的酸楚,"一片丹心""赤胆忠诚"这些词儿便蹦到了心间。听身边人介绍,石梯主人每年除了凿新梯,还要修复旧的和被风化的,这一凿一修之间,就是50年!

放弃了拾级而上,有时间之限的缘由,有体能之限的缘由,也有个小小情愫,就是不忍惊扰已长眠九泉之下,那一对爱人曾经的二人世界。得以在石梯边上的展示馆,细细阅读和品味了刘国江、徐朝清这人间平凡又不凡的爱情。现如今,生活节奏越来越快,快到人们难以静下心来,好好读一本书,好好陪家人吃顿饭,陪父母聊聊家常,好好谈场恋爱,人人变得很忙很忙,拿上网浏览、刷微博、刷微信代替读书,拿快餐外卖填饱肚子,拿视频电话替代促膝谈心……

漫步中山,刘国江、徐朝清相依相携的雕像,新娘徐朝清下轿时,依照当地风俗为那个换牙男孩儿刘国江摸牙床的那幅画;那些二人冲破世俗,到深山老林结婚生子,在柴米油盐的日常生活中,依然甜蜜相守的照片;看到丈夫为妻子出行方便,几十年如一日凿石梯,那份专注和心甘情愿;丈夫去世后,妻子那茫然于世的悲伤,四处追寻山林、树丛丈夫身影那份哀戚……看着这对爱人相识、相恋、相爱、相守的点点滴滴,有一种渗入骨髓的感动,直抵心灵深处。一处长廊的飞檐上,江津人别出心裁地手绘了"梁山伯与祝英台""牛郎织女""白蛇传""西厢记""孔雀东南飞""天仙配""红楼梦""嫦娥奔月""长恨歌"等，与"爱情天梯"并列中国十大经典爱情故事，的确独具匠心，足以感天地、泣鬼神、醒后人。

  时时为江津人的大爱和温情所动容。江津打造的爱情文化，正日益成为闪亮的城市名片，也正感动着千千万万的人。2008年以来，他们以"爱情天梯"为基点，传播和弘扬这个发生在江津中山的真实爱情故事，每年在七夕举办东方爱情节。"爱情天梯"故事被改编为电影、电视、舞台剧、歌曲等多种文艺作品广为传播，入选"全国十大经典爱情"之一，6000多级的"爱情天梯"成为重庆新地标和"新重庆·巴渝十二景"。据介绍，2016年，"爱情天梯"接待游客超60万人次。2017年七夕，京沪两地300多对情侣专门搭乘"爱情专列"前来"朝圣"。除"爱情天梯"外，与九寨沟齐名的四面山，到处可见"爱情文化"主题，爱情邮局，同心石，爱的誓言阶梯，充满爱心的温馨告示小牌，告诉行人"带着文明旅行，拎着欢乐回家"，仿佛随处都有一位知心姐姐，一位贴心朋友在与你轻声细语，给你温暖，给你陪伴。

  正月十五元宵节，江津区白沙镇的打铁水、耍龙灯、放烟火、闹元宵闻名遐迩。一整天，大街小巷人潮涌动，欢乐喧嚣。同行介绍，这个活动由来已久，成为广大民众喜闻乐见、具有鲜明特色的民俗活动传统品牌，还吸引了临近省份的人前来观光参与。傍晚六七点钟左右，随着夜幕悄悄降临，吃过团圆饭的人们开始或驱车或步行，缓缓有序地向指定场地集结，人们的脸上挂着喜气、平和，一副副笑脸绽放着乐享幸福、团圆平安的花儿。到开场时，随着激昂高亢的音乐，主持人热情奔放地宣布开始，一串串烟火，匠人打出的铁水，在夜空中闪烁着绚烂多彩的礼花，数条金光闪闪的巨龙穿行其间，不断变幻地舞出优美壮观的造型，人们兴高采烈，不断发出高喊声、助威声、喝彩声此起彼伏，闪闪发光的手机屏幕鳞次栉比，拍下一幕幕动人心魄的画面。据同行介绍，整个活动吸引了20多万人参与。事前，我心里暗暗担心现场秩序和安全问题,事实证明我是杞人忧天,多虑了。由于主办方的精心组织,有序安排,整个过程既体现了欢乐祥和、热闹喜庆的氛围,又做到了井然有序、有条不紊、安全平稳。到了晚会高峰,鼓乐齐鸣,欢呼鼎沸,礼花漫天,衬托得天际那一轮元宵明月,又大又圆,映照着人间团团圆圆、喜气洋洋,真真儿的"火树银花不夜天,弟兄姐妹舞翩跹,歌声唱彻月儿圆,良宵盛会喜空前"!

美丽江津,山美,水美,人更美!大爱江津,爱国,爱家,爱人人,爱情文化陶冶人,塑造人,引领人,召唤人,凝聚人,心中有爱,人人友爱,和谐美好,富足安康!

青山不老,绿水常在,江津明天会更好!

原载于《民族文学》2018年第7期

谁记得你青春的样子

林虹（瑶族）

我喝了几杯青梅酒，酸酸甜甜的，真好喝，结果晕乎乎的，我努力睁开眼，看着黄姚古镇，看着明晃晃的太阳下那旗正飘飘的客栈。我疑惑是在一个武林的时代，青黛石板，明清古居，小桥流水，楹联诗词，清茶袅袅，灯笼摇曳。

恍惚中，一顶草帽盖在我头上，我很诧异，吃力地抬起眼皮，蒙眬中看见是DL，穿着白衬衣，正笑眯眯地看着我。呀，我叫了起来，是你呀，这么巧？会在黄姚遇见你？是的，关于在黄姚相遇，我有很多种想象。比如我写过一篇《在黄姚遇见你》，男女主人公，在带龙桥上相遇，那滴"啪"地落在桥上的眼泪，让他们的人生有了全然不同的记忆。也写过在黄姚相遇的小说《清澈》，张和徐慢慢的相遇，甚是有《聊斋》的意味。但小说毕竟不是生活。

可是，我竟然在这个古镇，这条街，这个叫"阿姚的房子"的客栈遇见了DL。我用手扶住客栈的柱子，以支撑摇晃的步子，不好意思地解释："喝了点青梅酒，有点头晕。"他哈哈笑着："想必就是，你还没进门，我就看见你摇晃的样子了。"呵，真是狼狈啊。我羞涩地低下头："带两个朋友来玩，正给她们找客栈呢。"DL把草帽从我头上拿过，戴在他头上，依旧笑眯眯地说："我来调研。"

说来，我们已经有六七年没见了吧，DL依然能在众多的人里，认出中年的我。他还记得那个30年前在操场跳绳的女孩，那个扎着马尾，一边跳一边唱"马兰开花二十一，二五六，二五七，二八二九三十一，三五六，三五七，三八三九四十一"的女孩吗？那个还没有烦恼的女孩，开怀大笑的女孩吗？那个女孩的形象和眼前这个焦虑紧张，满脸倦意和酒意的中年女人形象，是怎样的天壤之别？而我依然记得他年少时穿着干净白衬衣的样子。

我告诉DL我出了两本书，他很开心，要我签名送他。他一定不知道，我的文学梦，也是受他影响的。他当初给我写的那些像散文一样的信，潜移默化地影响了我对散文的喜欢。而他恐怕早已忘了他的写作梦了吧，那有什么呢？一个人一生中会有很多选择，青春年少，那追风追梦的年华，不过是人生的一段路，在那些转弯的路口，那些重新开始的旅途，我们会遇到多少风景，多少人，谁会是谁的回忆？谁记得你青春的样子？

此刻，我想和DL一起漫步在这安静的古镇，说说我们年少的记忆。或者什么都不说，就听听风吹过，看看这千年前留下的时光痕迹。或者说说在黄姚拍的电影《面纱》。"诺，爱德华·若顿就是在这条巷子奔跑的，他要去救他的妻子，尽管他的妻子有了外遇。"DL一定没看过，会期待地看着我，等我给他详细的解说。当然，还要告诉DL，第一次见他的情景。他会很惊讶，哈，你记得？

第一次见你呀，在我们家，那时放暑假，你从学校回来，和你姐姐来看望我父母。因为，我们两家是世交啊，我父亲是你父亲的老师呢，其实他们该是年纪相当的，只是我父亲中师毕业得早，去了瑶山当老师，而你父亲去听我父亲的课，自然我父亲就成了老师。那时，你住在瑶乡最远的瑶山，你和你的姐姐带着很多瑶山的土特产，走几个小时的山路，到乡里坐车到县城，把土特产拿到我们家，在小城住一晚,第二天再到学校去读书。

嗯,我记得。DL笑着。

那天,你穿着白衬衣,面容俊朗,笑容灿烂,很干净的样子。我从未见过像你这么干净的男生,那时,我还是一个在操场跳绳、踢格子的贪玩孩子。看见你们来,我满头大汗跑回家,听你们说着学校的新鲜事。

啊,这样啊。DL有些害羞地笑了。

后来,你来得少了。后来,听说你工作了,我也上了高中。我在整个高中似乎都是很忧郁的,不知是不是青春期的缘故。我记得那是个寒冷的冬天,学校开始放寒假了,你来找我父亲,父亲还未回。我们俩见面时愣了一下,因为,你不再是那个青春少年了,变得成熟了。你也惊讶,那个踢格子、跳绳的女孩长这么高了。你还是认出我了,笑着叫我阿虹。你这种亲切的称呼,让我觉得温暖。因为在家里,家人都是直呼我大名。

我记得那时,我和你坐在火盆旁,火盆的炭已经熄得差不多了,仅剩下一点点热气,我懒得去添加,我低着头,用火钳夹着炭玩。你说来找我父亲拿些资料,那时,父亲在教育部门工作,你在乡下教书,难得到城里一趟,也来看看我父亲。我们俩就在那微弱的炭火中聊天,聊我的烦恼啊,青春期,莫名的感伤啊,聊我随手写下的诗歌啊。你说,你也喜欢写作呢,以后,我们可以相互学习啊。你说在乡下,难买到好看的书,如果我有,就寄给你一起分享。你说,阿虹,高二了,加油啊!不久后,我就收到了你的来信,信就像散文,写得很唯美。"山那边轻轻漫过一缕淡淡轻烟似的雾霭,飘飘渺渺,悠悠扬扬……"我被这些文笔优美的描叙所吸引,特别喜欢你在散文中营造的调子。很多年后,我开始写散文,就模仿这种调子。

你在信里写诗,写对人生的追求,写给我的鼓励,你在信里说,阿虹,我要回老家了,你帮我买好车票,我会去看望你父母,顺便看看你长高了没有。我就会笑,觉得你像哥哥一样亲切。后来,你去参加考试,来问我借书,我记得那是细雨蒙蒙的三月,你没带伞,站在教室外的桉树下,清瘦,还是一脸灿烂的笑容,你拿了书,跟我说阿虹,加油!就挥手再见,在细雨中奔跑起来。

那是很久的事情了,我也没忘记呢。DL笑着,嗯,现在也是哥哥啊。阿虹,你还记得那年的单车比赛吗?

记得呀,那是夏天,你来看我父母,我们履行了在信里提及的单车比赛。那个黄昏,硕大的夕阳慢慢西沉,我俩一人一辆自行车,从凉亭坡顶开始,目标是松林峡,那里有一座50年代苏联帮建造的吊桥。我记得我穿着碎花的裙子,白色的T恤,你依然穿着白衬衣,我们俩骑着单车,在夕阳下你追我赶地向松林峡的方向踩去。当然,我体力不及你,会落下,你不时地停下,用脚撑着地,回头叫我,阿虹,加油啊!我俩踩踩停停,两旁的柠檬桉掠影而过,风哗啦啦地吹起我的马尾。多年以后,当我再想起那一幕追风追夕阳的比赛,我依然记得,那青春的美好,那无邪的欢笑。

DL,你记得谁赢了吗?

当然是你啦!

怎么可能呢,我记得是你呢!

是的,那次比赛,定是不会以你取胜来宣布比赛的结果,你只会说,阿虹,加油!

时间过得真快啊。DL又感叹着。可不是,他一定看见我有白发了。

于是,我说到和你妻子的通信。你又笑着,是的,我去读书后,你的信都是她回的。我说,她叫我小天使呢。我记得那时,她替你给我回信:阿虹,一看到信封上的字,便知道是你——可爱的小天使写来的信,告诉你一个好消息,DL考上大学,去读书了……她在信里还抄了一首很长的诗给我。我看着,就很释然地笑,啊,这就是你的风格了,一个磊落的人,我们的来信,你的妻子也都在看,这么说来,这是我们三个人写的信了。DL笑眯眯的,因为,你是我妹妹呀。

嗯嗯,我扶着客栈的柱子点头。DL对我说:"阿虹,以后别喝太多了,赶紧去休息吧。"我抬起沉沉的眼皮,看见DL带着一群人正走出客栈,阳光打在他的草帽上,似乎有很多星光,一闪一闪的,一闪一闪的。

一个来旅行的小伙子,抱着把吉他坐在客栈里唱着许巍的《旅行》:"只有青山藏在白云间,蝴蝶自由穿行在清涧,看那晚霞盛开在天边……谁画出天和地,谁画出我和你……"

我靠着客栈的柱子,听着听着,就流泪了。听着听着,酒醒了。那个唱歌的小伙子看着我在擦眼泪,一定在说:"大姐啊,你不要那么感动啊。"

原载于《西部散文选刊》2018年第5期

凤凰,凤凰

禾素(傣族)

◆ ◆ ◆

那一年是哪一年?你逃班与我登上前往凤凰的列车。这是现代文学大家沈从文的故居,梦中都想去朝圣的地方。

"一切光景静美而略带忧郁。随意割切一段勾勒纸上,就可成一绝好宋人画本。满眼是诗,一种纯粹的诗……一个人若沉得住气,在这种情境里,会觉得自己即或不能将全人格融化,至少乐于暂时忘了一切浮世的营扰。"沈从文笔下的凤凰静美中略带伤感,静是主线,或许沈先生那一抹淡淡的忧伤便是唯恐此景之美不复见吧?

眼前的凤凰似乎真的不够静了,眼见处皆是水潮一般涌动的人群。也没有失望,慢慢走进它,转入各种静街僻巷,试着寻回沈先生笔下那静美的湘西模样。风雨桥上走过,看远远近近的吊脚楼立在水边,像踩着高跷的乡村艺人,一溜儿地排着队,等着去赶庙会。

在沈从文故居里安静地站了一会儿,我们都没有说话,只想在静默中找寻先生曾留下的印迹。不算宽敞的小天井,旧式的雕花窗棂,潮气四散的老屋,青蓝的天空之下集满苔藓的瓦檐,忽然发现墙角的石缝里蹿出了一枝绿色的蕨草来,让有些苍凉的老房子一下便充满了生命的张力,我亦兀自欢喜起来。就是这么一个朴素的院落,走出了现代文坛的一位巨匠。然而,其笔下的文字亦如眼前的小院,朴素敦厚,温情四散;更如古城内默默流淌的沱江,绵长深远,清净绝美。出门时在小窗口买了一套沈先生文集,包括《湘行散记》《长河》《边城》等。先生这一生对故土对山水对亲人的情结,早已化成柔软的文字流传于世,流转于岁月的长河。斯人虽已逝,其精神气节却永存于世。

沱江水缓慢地穿城而过,一座城有了水的萦绕,城便活了。江边有几个女子说笑着在浣洗衣裳,木质的棒槌"啪啪"敲打着青石板上的衣物,面上的欢悦随着溅起的水花跳到人面前,我们忍不住也笑了。看到岸边泊着几只雕了彩凤的渡船,两个发髻上插着花儿的小姑娘,蓝裤青衫花围裙,笑眯眯地召唤着:"姐姐,来来!快来乘渡船呀!"耐不住这热情,我们便跳上船去,随着小姑娘漂江而下。渡船行至水中央,小姑娘开始扯着脆脆的嗓子唱起歌来,你也忍不住拉开小嗓儿对上了,这好听的一唱一和,惹得岸边走过的人有的驻足观望,有的笑着起哄,有的干脆也随着吼上那么两声。恍惚间,竟以为自己真的回到了沈先生笔下那个年代的边城,灵魂随着美妙的歌声浮起来,轻轻地各处飘着,上了白塔,下了菜园,到了船上,又复穿过悬崖半腰去摘虎耳草……凤凰在那一刻,忽然就摄住了我的心。

你猜,最难忘的还有什么?是站在凤凰城上往远处看,一溜儿的大红灯笼,在午后的阳光中迎风飘荡。最遗憾的是什么?没有在那儿住一晚。赶什么呢?偷得浮生半日闲,在那吊脚楼上住一晚,或许就真的找回当年翠翠摆渡的那个彼岸了。

我与维佳到达凤凰古城时,是2017年5月26日清晨5时49分,她是第一次到此处,我却是循着当年的印迹来。

我们走下阶梯,向穿城而过的沱江走去。清晨的凤凰城安静得有些不真实,仿佛昨夜漂江夜游时两岸的笙歌劲舞、烟火嘈杂就是个梦。高高矮矮的吊脚楼临江而立,再远一些,风雨桥连接两岸,一层柔曼的轻纱半遮半掩,几盏挂于桥廊上的红灯笼时隐时现。风雨桥的后面,便是一座座葱茏的山了,大片的云雾像是浓得化不开的飞瀑,从两岸相接处喷涌而下,直接飞进起伏不平的心内。"在青山绿水之间,我想牵着你的手,走过这座桥,桥上是绿叶红花,桥下是流水人家,桥的那头是青丝,桥的这头是白发。"沈先生的这一段文字蓦地跃于眼前,情深如此,让人眼湿。先生一生重情,儒雅斯文的他,在感情上率性而执着,勇于表现及担当。他的湘西系列作品,文字间看似木讷质朴,却处处显现对一方水土的挚爱之情:"对于农人与士兵,怀了不可言说的温爱,这点感情在我一切作品中,随处都可以看出。我从不隐讳这点感情。"于《边城》题记中,先生开篇即如是说。他认为"美在生命",虽身处于冷漠虚情的都市,却醉心于人性之美。先生终其一生,可称作是个彻头彻尾的理想主义者。然而现实的残酷、家人的不解,以致暮年的他,在学生面前冷不丁冒出这样一句话:"我对这个世界没什么好说的。"这样的告白,让人心酸,不忍以对。

  沉溺于想象和思索中的我,一动不动地,站在原地向远处凝望。我觉得,紧接着各种仙子该从这云里雾中飘然出场了吧?我甚至舍不得眨眼,怕神仙自身边擦过时而不得见。我们看到,渐渐地,喷薄而下的飞瀑似被涂上一层金色,我们正惊叹于眼前的变化时,一轮红日破云而出,整个世界闪漾着金光一片,吊脚楼、沱江水、风雨桥以及眼见的一切,都被金色笼罩。我们什么话也没有说,在沉默中互看了一眼,便从彼此的眼里看到了一个金色的自己。

  一位身挎竹背篓,头戴花布包头,身系小围腰的苗族大姐笑着走来:"妹子,买一顶荠菜花环吧!很好看的呢!"我便笑着跳回岸边,付了钱,随手拿起一顶花环就往头上戴,大姐连忙喊我低下头,她先是小心地把我头上的花环取下换了一顶戴上,然后一边摆正花环的位置,一边像是对我又像是对自己说:"这一顶的花更大更鲜一些,你戴上会更好看呢。"在微凉的春末夏初的沱江边,一阵暖意不可抵挡地向我袭来。

等回过头来,沱江边上已是人头攒动,旅行团的旗帜在风中飘扬,小喇叭的呐喊在耳边回荡,这不过是清晨6点20分的光景,此刻的凤凰,想要觅求一方清静已难。这也难怪,沈先生用手中的笔将凤凰之美宣扬于世,引得千万人慕名而至。不用说,先生与凤凰有着千丝万缕的关系,人们到此,既为朝拜先贤,亦为寻访山水。说到底,这是凤凰古城之幸与不幸?先生倘若看到如今这般繁闹的光景,他会更为喜爱昔日宁谧的小城,亦或对此刻的喧哗同样欢喜?而在发展现代文明的同时,凤凰古城当如何更好地保其宁谧朴素的风貌,才不至于让先哲失望,让千里而来朝圣的旅者心无抱憾?

箫声忽起,一位白衣的老先生,立于沱江边上,手持一管老旧的洞箫,古曲《阳关三叠》汩汩而出,听来苍凉而悠远,仿佛叙说着这湘西古镇的千年往事。循着箫音,我仿佛看见,沈从文先生以及笔下那些让人动容的湘西人物,一个个乘着渡船,从缓缓流淌的沱江飘然而过。

原载于《文艺报》2018年1月10日

习惯倾诉

孙宝廷(阿昌族)

人在无限的空灵里,希望的火把点亮时,心窗便像清晨里露出的黎明那样明澈清远。

喜欢独自坐在黑夜深处倾诉心灵的繁星,是一首流动的歌,能够得到它祝福的人,一定是在黑夜里凝眸长久的人。在鲁院的岁月里,我把思念写进了中秋的那轮明月,让远方的爱人不再孤单,月亮成了漫漫长夜里的无尽倾诉,爱成了彼此仰望着的风景,一处可望而不可即的黑夜银白。那鳞壳一般的碎片掉在黑夜的皮肤上,冷冷的,犹如爱人指尖划下的道道爱痕,温柔、多情、缠绵。

飘雪是冬天最深情的一种倾诉。我来到北方,不知南北西东,不知爱人在哪一个方向。于是,我盼北方冬天的来临,让雪告诉我什么是一厢情愿,什么是物我两忘,什么是红颜知己,什么是纯洁真诚。爱人,别怪我走后留下的寒冷,我以诗人特有的方式把淡淡的爱捎给你,让你遗忘,让你同我一样慢慢向冬天的双肩靠近。你在我梦里灿烂地笑了,像飘飘洒洒的雪花,寂寞让你如此美丽。夜,好像是怕冷似的,伴着一股寒风,任思绪早早降下厚重的帷幕,漫过无际疆野。我被下雪声惊醒了,激动地推窗外望,窗外一片银白世界。我激动地一整晚站在窗前,看飘雪,再无任何睡眠。北方的冬天好奇特,它多情,一晚就变了另一个世界。这场雪来得早,去得也快。我知道,雪是纯洁的象征,像高贵缤纷的爱情,它洁白无瑕,它没有雨的喧哗,冰的冷漠,也没有雾的诡奇和云的迷惘,它是冬天的灵魂和颂歌。它更是这个季节特有的风景,是目前我所在的北方最纯粹的语言。冬天最需要抒情和唱赞歌的时候,就是下雪的时候。雪是冬天最美丽的一簇风景,雪为冬天献出短暂的一生。它那无私的品德一直让人们爱雪、颂雪、读雪,从雪中品味真诚,从雪中品味相思的种种。

河流是时光最真诚的倾诉,它执着的深情里,最容易读懂河流的是河中的那些大大小小的石头,虽沉默无言,却一生忠贞,从无悔恨。爱人,我们寻找的东西,还在,我在梦里看见了,它在岁月的最深处留存,在被你我遗忘的角落开花,在河流流淌的草间跳舞,在红蜻蜓和绿孔雀飞过的地方留宿。山月缺还圆,流水并没有改变你我。飞逝的时光,只是它等待中的一粒微埃和尘沙。尘沙用一生从无悔恨的等待中读懂流水的柔美心事,那倾诉,幸福着世界的每一个春夏秋冬。梦里,我望见你,你望见我。

鲜花是对春天的唯一倾诉。一年的盼望,一年的喜悦,在春天里竞放短暂的轰轰烈烈!这是春天的梦和一纸箴言。梦的诗行多情而又浪漫,醉了大地,洒尽人间!感受这种幸福的人是年轻人。那时我们也很年轻,我们用青春拥抱美丽的春天,采一朵开放的鲜花,走进春天的雨夜,表尽幸福的心事,理想插上了翅膀,希望在梦中不断地飞翔。对,每一个倾诉都蕴藏着深深的爱,每一个倾诉都是一种至高的誓言。

在我的感念中,在我的锲而不舍的追求中,那些丑陋的、不值一提的事一如东去的逝水,一如枯零的花朵,在宁静淡泊的茫茫思绪中只不过是一束没有生机的水草,被我割下后在阳光里不停地翻晒,垫于思绪的床铺中。我不希望它给予我温暖,我只希望它像月一样洒一叶清辉给我,像雪一样飘飞凉意和抚慰。在人生这本最最难读的教科书里,我希望梦中的远方有月,有寒雾,把黑夜和冬天永远记住。

记得当兵时,我身披绿装,握枪站于阵地的月下,月似一个面容冰冷的恋人陪着我,我的希望是无声的,我习惯了月对我无声的倾诉。这是怎样的一种倾诉啊,你抚摸不到,听不到它对我的诸多诉说,更盼念与心中的恋人能在月下重逢,得到的却依然是相思和距离。只有用心慢慢地去感应,用心慢慢地去品味那一份美丽。品味生命绿意带来的酣梦,品味一腔发自内心深处的给予,品味一颗心与黑夜的对话及深情。爱于是成了无法倾诉的东西,在寂静的山里蔓延着,飘飞着。它成为一种零乱的思绪,顺着一条长满山茅草的路,通过群山变成一条充满泥浆的红河,变成一支红红的兵歌不断飘远了。那是一种真正的幸福和满足,那是我一生中闻到过的最耐人寻味的香气。一生中已忘却的东西很多很多,值得珍藏的东西实在太少太少。因为,人生本来就是一种艰辛的历练,人不能像石头那样什么都能记住,什么都能读懂。学一学雄鸡,用鸟的眼神,啼血的嗓音,在沉默和苦苦的焦盼中等待黎明的降临,总是在为人们唱一首希望的赞歌,把自己遗落在最最平淡的角落里。雄鸡,这是对黎明的倾诉,那里将有一轮炽热的太阳喷薄而出,并冉冉升起于东方,无穷的期盼撵走黑夜,使人从睡梦中醒来,拥抱一个美丽灿烂的春天来临。

我相信飘雪过后就到春天,我相信爱的繁星定能驱赶长夜,我相信爱的四季没有离别。这些日子,喜鹊天天在窗前啼叫,我知道,一定是爱人托付喜鹊把她的爱和思念带给我,陪伴我寒冷冬夜的孤单。

原载于《云南日报》副刊 2018 年 6 月 8 日

南下先祖陈连升

谭功才（土家族）

一

同许多人一样，我也是从教科书上认识陈连升将军的。那时的陈连升，已然简化成历史课本上短短几行文字，稍不留神便极有可能越过。许是中国近代史乃因鸦片战争为开端，而虎门销烟又与林则徐紧密关联，从而导致了陈连升身上的光环稍显暗淡。但这位鸦片战争以来第一位为国捐躯的将军，无论历史如何拐弯如何颠簸，他都将成为历史长河中的一个符号。

得知陈连升将军是我们湖北恩施人，则源于十多年前我开饭店那时。作为一个写作多年的外省人，总怀想着将更多的巴文化带到这个多元文化的珠三角腹地，与大香山文化融合，便查找恩施籍历史名人资料。颇有感触的是，我辈教科书上那点可怜的历史知识，简直白痴一枚。在他乡的故纸堆里，一一检阅着这些同乡先贤，总感觉那么遥远，那么缥缈，内心却又充实而温暖。巴曼子、吴国桢、陈连升、邓玉麟、段德昌……那一长串名字就幻化成文字背后的模糊镜像，根植在我的干渴的心田上，愈来愈明晰。

可以说我文化寻根意识最初的萌生和践行，应该就缘起于斯时。

我那家小小饭店,也因此被烙上了独有的土家文化印记,成为这座城市十余万恩施人舌尖到心灵上的慰藉。又是多年成为历史的尘埃,从武陵山腹地邬阳关挣扎着走出来的恩施土家人,凭着他们的坚毅和果敢,以及火一般的热情拼搏,渐渐在这座伟人之城扎下根基,进而有了自己的商会组织。当仁不让的我,主动担起了会刊《中山恩商》的主编工作。这本商业性质的杂志,除却探索民族经济发展外,还兼承起打工文化的寻根之旅。在南国这块热土地上只有真正追寻到巴人后裔的精神,方能烛照我们的灵魂,让前行的脚步更加厚实沉稳。直到我在虎门海战馆看见"邬阳关"三个字时,这才恍然顿悟:那个叫陈连升的恩施老乡,才是我们土家民族南下的真正鼻祖,更是践行我们土家精神的先祖。

二

站在陈连升雕像前,我脑海里不断回旋着一个疑问:20世纪90年代的我们,尚且难以走出偏僻闭塞的邬阳关,鸦片战争前的陈连升又当如何才能走出?据我所知,那时从邬阳关到施南府(现在的恩施州府)全是山路,望得见的山头,走起来得大半天。即便直接从他寄居的施南府到宜昌,沿着官府驿道,没十天八天也难以抵达。到了宜昌才有公路,也才算彻底走出了大山走到了外面。在交通和信息极为闭塞落后的那个时代,要走出山外谈何容易?

有史为证。清朝雍正十三年改土归流,置施南府。辖恩施县、宣恩县、来凤县、咸丰县、利川县。乾隆元年(1736年),夔州建始县划归施州,巴东县、鹤峰州属宜昌府。从这段历史演绎中不难看出,两百年前的恩施实行的还是土司制度,是一个连朝廷都鞭长莫及的偏远之地。想要走出深山鹤峰邬阳关的陈连升,实非易事。

但行伍出身的陈连升,终究还是用他的军事才能积淀起来的资历,一步一步走出了深山老林,且一路向南,走到了这个叫虎门的地方,最终成为一位彪炳千秋的民族英雄。

陈连升的英雄事迹固然可歌可泣,固然值得千秋景仰,可当我们一枝一叶还原那段历史细节时,总感到悲愤交加,难以释怀。试想一下,满腔的爱国热血,却被当头一盆冷水淋下来,该是何等凉心?虎门销烟后林则徐被贬,陈连升也接连遭遇多重的障碍设置,我们甚至难以想象,当时的将军该当历经了多少痛苦的纠结和折磨。

1839年11月4日到13日,陈连升率兵连续六次击退来犯之敌,为保卫祖国立下了功勋。那可是头发花白胡子全白的六旬老将啊。这样的年纪,在如今早就可以告老还乡,拿着优厚俸禄安享晚年了。可是,我们的老将军还在驰骋沙场,为国杀敌,该是何等令人敬仰。如此年纪还在一门心思为国杀敌的将军,偏偏适逢大清国委曲求全,那个叫琦善的钦差大臣,硬生生将陈连升一步一步逼进了死亡的胡同。

如果历史可以假设的话,关涌之战的胜利,无疑充当了屠杀陈连升的刽子手。当然,历史从来就不可以假设。只是对于陈连升这样的悲情将军而言,我实在想不出更好的假设了。

被调守虎门第一道防线的沙角炮台,原本也是水到渠成顺理成章之事。但将军以60多岁的老残之躯,全力以赴准备报效祖国时,不仅得不到大清国的支持,相反还有不少求和派在拆他的台子。当时那个苟延残喘的局面,若是换作他人,也许早就顺着梯子下了楼,不仅保全了性命,还有后来享不尽的荣华富贵锦衣玉食。陈连升明知那是个死套子,却毫不犹豫往里钻,犟牛一般执意要用自己的玉碎,来力证土家人的血性和气节。

谙熟巴文化的大抵都会了解到,巴人虽尚武好斗,却始终义字当头。约公元前4世纪,巴国朐忍发生内乱,时巴国国力衰弱,国君受到叛乱势力胁迫,百姓被残害。巴国将军曼子遂以许诺酬谢楚国三城为代价,借楚兵平息内乱。事平,楚使索城,曼子认为国家不可分裂,身为人臣不能私下割城。但不履行承诺是为无信,割掉国土是为不忠,曼子告曰:"将吾头往谢之,城不可得也。"于是自刎,以授楚使。从那时起,巴曼子将军,便成为巴民族之魂,享誉巴渝大地。

顺着巴曼子的足迹一路探寻而来,我们不难发现,陈连升的民族气节和爱国精神,不仅代表了土家人的秉性,更代表了中华民族优秀儿女的气质。而在陈连升之后的中国近代史上,一个又一个的土家儿女同样承袭了他血液里的基因,写下了恩施地区抵抗国内反动统治和外来侵略者的光辉篇章。

辛亥革命时期,有邓玉麟等多个将领参加起义。大革命和土地革命时期,这里是湘鄂西、湘鄂川黔革命根据地的重要组成部分,数十万人跟着共产党闹革命,牺牲达一万多人,其中著名烈士就有50多位,段德昌将军、王炳南、贺英等烈士的热血都曾洒在了这块土地上。贺龙在这里领导武装斗争长达六年之久,直至领导红二方面军踏上长征之路。抗日战争时期,南京、武汉失守后,恩施是湖北临时省会,也是第六战区指挥中心,曾有过鄂西大捷。恩施人民为抗日战争的胜利,付出了巨大的牺牲。陈连升的这种民族气节和民族精神,刚好印证和践行了土家人的精神气质,更是起到了承先启后的作用。

三

论及陈连升的气节,无论如何都得谈谈那匹跟随他南征北战的黄骝马。

据说陈连升将军英勇牺牲后,他的坐骑俯首尸旁,哀哀长嘶。英国侵略者将它虏至香港。不料这黄骝马同他的主人一样坚贞,不吃不喝,更不准敌人骑坐,近之则踢,骑之则摔,刀砍不惧,每日朝着虎门之沙角炮台方向嘶叫悲鸣不已,最后在香港绝食而死。每当听人说到"陈连升"三个字,就泪水涟涟,每当听到人说带它回陈家,它就乖乖地跟着走。英国人用金盘银盘盛食物喂它,它不食;只有中国人喂草才吃,而且必须恭敬地双手捧到它面前才吃。1842年5月,黄骝马因绝食而亡。人有节气,马亦如是。马尚如此,况人乎?这种节气气韵的贯通,正如土家人的精神,一代代传承下来而生生不息。

然而,正如稻中之稗子。我辈从郧阳关而来十余万的乡亲,也曾有极少数的稗子充斥在这块土地上。游手好闲者有之,贪图享乐者有之,不劳而获者有之,他们面对眼前斑驳的繁华世界,将祖辈恪守的情操和气节遁于脑后,在灯红酒绿中逐渐散失了自我,辨不清前进道路上的方向。

我不知道,原本同根同脉、深受巴文化熏养的他们,为何会在生活日益安定富足的今天,产生如此大的变异。当他们回望身后的故土和巴人的杰出先祖时,会不会也曾有过那么一点愧悔?我不得而知。我所知道的是,幸而在虎门这个近代史发轫的前沿之地,我们找到了一座航标,找到了一座灯塔,找到了一面旗帜。他,就是我们土家民族南下的先祖陈连升将军。将军用他慷慨悲歌的气节,完美地诠释了什么才叫真正的土家精神。而两百年后今天的我们,又该怎样沿着他的足迹,在这个时代写下属于我们土家民族的新篇,就像陈连升将军一样,不仅为所有少数民族,还要为整个中华民族树起我们民族的航标、灯塔和旗帜。

原载于《西部散文选刊》2018年第3期

来看你,塞罕坝

张秀超(蒙古族)

又到盛夏,又到塞罕坝最美好的时节,天南海北的游客,不惜千里万里奔波,来塞北,来看塞罕坝。走在塞罕坝街市,总让人如梦如幻,这是城,宽阔的马路边矗立着一座座富有现代气息的楼房,这里有古色古香的小木屋;也有花儿一样绽放在草地上的蒙古包;街道上熙攘的人流,操着不同的方言俚语,显得十分的繁华和热闹。它是城,但它又与世上所有的城不同,它的四周是浩瀚的森林,它像一座岛屿,也似一艘停泊在林海中的舟船,你从街市的每个岔路口,只需往前走上那么几步,就会走到浩荡的松林里,触摸到高耸云霄的松树,听到松涛的轰鸣、鸟的呢喃,塞罕坝高原小城,是距离自然最近的城市!

每每置身在这里,听人们惊奇地叹问:这海洋一样的松树,真的是靠人的双手一棵棵栽下的吗?人们觉得这犹如天方夜谭,不可想象,不可思议!

我总想告诉人们,是的,这是真实的,这浩瀚的挺拔秀美的松树,都是塞罕坝人一棵棵栽种出来的,这里的每一棵树,都记载着塞罕坝人可歌可泣的故事。

青苗木　单牛车

塞罕坝的春，来得是这样的迟疑，如懒洋洋的猫，一小步一小步地试探着走近。外边已是姹紫嫣红了，可在这大山里，远看地上才有那么一点微微的绿意，贴近地皮又找不到了。

我和花儿到松苗的床子上去看绿，那黑黑的土，打成一池子一池子的，那叫苗床。松苗如大针一样，从土里钻出来，鲜亮鲜亮的绿，我们很想拔出来一棵，闻闻它的味道，看看它的根子是什么样儿的。可是，我们的小手指头，从来不敢触碰那大针一样的东西，花儿的爸爸黑着脸，如看护宝贝一样，侍养着那一棵棵松苗。他把黑裤子挽到半截腿那么高，光着脚，手里拿着小喷壶，在苗床里来来回回一溜小跑着，云雾一样的水汽喷洒在苗苗上，他脑袋上也如苗床一样冒着湿乎乎的汗。他不许我们走进池子，我们只能趴在池子边上看。

花儿的爸爸是塞罕坝林场的职工。坝上风大寒冷，养育松树苗子需要温暖一点的地方，于是林场就在坝根子一个冲阳的地方，建了一个苗圃，四周用桦木杆子和榆树的枝条加了个栅栏，给苗子遮挡风寒，花儿的爸爸带着林场的几个家属，在这里养育苗子。花儿的家，原来在山外的小城里，她妈妈是供销社卖货的，花儿的爸爸在山上栽树，得了胃病和腰腿疼病，没有人照料不行，花儿的爸爸就把花儿妈妈接到大山里来了。从此，她妈妈也同她爸爸一起在大山里栽树了。他们一家人住在村子边晾场上一间黄土房里，我们家住在村头，与她们家不远，于是，我和花儿就成了形影不离的玩伴。

大针一样的松苗在花儿的爸妈和阿姨们的精心养护下，很快离开了地皮，秋天的时候，松苗长成筷子那么粗了，绿色的茎秆变成褐色的,挑着小巴掌一样的枝叶。这个时候苗子要下床了,开始由苗变成木的涅槃远航。就如天降大任一定要历经锤炼,才能够不辱使命,松苗的第一道淬炼,是离开孕育它的温床,到冷凉的地方去适应一下。人们把它挖出来,放在地窖里,根子培上一层土,天天浇一下水,让它在冬眠一样的状态下变得皮实一点,好应对塞罕坝的冷。

松苗冬眠的地窖,建在塞罕坝大梁的山坡上,那年,在地窖看苗子的,是一个20多岁的年轻人,他是林业学校毕业的大学生,家在南方的城市里。他毕业就来塞罕坝栽树,他看塞罕坝人都把自己放在最苦最累的地方,他也申请到艰苦的地方锻炼自己,于是一个人守着大山看苗子。他白天要到三里地外的一个水泉子砸开冰层,挑水浇苗子,夜里,常听到狼的叫声,吓得不敢睡觉,出门一定要带根木棍子防备狼。

坝上寒冷,那天气温下降,刀子一样的寒风,冻得他浑身直打战,深夜的时候,穿的羊皮袄也不顶事了,他找些木柴点着火取暖,深夜在火堆前睡着了,皮袄被烧了个大窟窿,他一大早跑下山来找花儿的妈妈,说皮袄烧破了,都没办法穿了,花儿的妈妈找一块旧布,给他补上了皮袄,留他吃早饭,他说不行,得赶忙上山去挑水浇苗子。

花儿的妈妈望着那个行走在风雪中的身影,眼睛就红了,跟花儿的爸爸说:"人家还是个孩子,到这冰天雪地的地方遭这个罪,要是让他爸妈知道,该有多么心痛啊!"

冬天过去,又一个春天一步步走近。天气热了,蝴蝶出来漫天飞了,寒冷的塞罕坝大地也解冻了。队里的牛车拴起来了,在窖里睡了一个冬天的松树苗被牛车拉上山。牛车拉上棉被、羊毛毡子、狗皮,拉上小铁锅、水壶、小米子、棒子面、莜麦面、土豆,村子里的男女青壮劳力,要到塞罕坝林场去栽松树了。

要拉的东西太多,一个黄牛拉一辆车,长长的一队,人们跟在牛车后边,满村子老少送到村口,看着亲人们过坝梁,去和林场的人们一起向沙漠荒山开战,这一去就是大半年。春天栽上松树苗子,然后在荒山上开始刨树坑,从春天到老秋,直到白雪飘飘,人们才下坝,一个年轮的苦战才算告一段落。

草窝棚 苦力饭

那一串子单牛车远行的目的地,坝上栽树的地方,没有房屋,没有炊烟,人们要用桦木杆子支起人字形架的草窝棚,窝棚外边,用石头垒砌一个野灶子,坐上铁锅生火煮饭,粗糙的草窝棚,就是人们吃饭睡觉的地方,人们就住在这里,开始整地栽树工程。

一山,一坡,这里是工地,也是战场。林场的技术干部和栽苗子的人们,是一个战壕里的亲密战友。他们有一个共同的目标:让每一棵细弱的松树苗,在这荒沙弥漫的寒冷地方成活,让那一棵棵纤细的苗子长成大树。那是有点浪漫色彩的梦,他们用百倍的努力,来让这个梦变成现实。人们如在绸缎上绣花一样,精细地把那一棵棵小树苗子,栽植在寒冷的大地上,深了不行,埋过了根须,气息不通畅,苗子会死;浅了也不行,容易被冻死,或被风沙刮走。林场的技术人员山上山下地跑,精细地指导,直到妥当地把苗子安放在大地上。就在这样的战斗中,林场的干部工人与塞罕坝各族群众结下兄弟般的友谊,他们在草窝棚里同吃、同住、同劳动。

春天栽苗子的季节过去,人们又开始在荒山上刨树坑,为来年的植树开拓道路。在荒凉的野地,开垦出松树苗生长的树坑异常艰辛,要经受力量与耐心的挑战。塞罕坝荒草丛生的野地里,在这里生存的草,也是具有顽强生命力的,如此才能够在这样的风沙干旱的地方存活。这里生长最多的一种草,有个好听的名字,叫看麦娘,它长条形尖尖的叶子是干硬的,挑着个不大的小穗头,好似浑身的一切筋脉都长到根子上去了,它的根系非常坚硬。荒野上与看麦娘一同生长的,还有好多种同类的坚硬的草,它们是母系草的家族。看麦娘,如娘一样看一山一坡的草疯长:毛毛莠子、老芒麦、麦宾草、芦苇、拂子茅、大画眉草……看麦娘的根子和好多荒草的根子纠结在一起,盘根错节,柔韧无比,这就给刨树坑带来极大的困难,刨一个树坑要耗费好大的力气。在荒草连天的草的领地,要汗水一滴一滴地落下去,才能够在草根子的缝隙里,为松树苗子的生长开拓出来一个空间。

所以,在荒山上刨树坑,要吃硬的饭食,才能够维持体力。于是,刨树坑的坝上人发明了一种饭食叫做苦力饭,意思是下苦力的人吃的饭。这种饭是用莜麦面做的,人吃了不容易饿,当年在荒山上住草窝棚刨树坑的人,就是靠吃这种苦力饭,在荒草滩开出一排排、一列列的树坑,那是苦力饭的贡献,那是人们用汗水,在黑土地上浇灌出来的、飘着泥土芳香的花朵。

桦皮碗　柴火灯

苍茫的大野荒山,孤零零的野窝棚,远离人烟,在那荒寒的年代,物质匮乏,在塞罕坝栽树刨坑的人们,吃饭喝水的物具都极其缺乏,他们用山上的桦皮做生活用的器物。长夜的窝棚里点不起灯,他们就点燃一堆柴火,在暗淡的光亮下,用一把铁锥子、一根大针、一缕细麻线做桦皮碗、桦皮罐、桦皮斗等器具。

好多年后,民俗收藏者还能从农家收藏到这些桦皮器物。他们感叹这些东西的精巧耐用,但是,很少有人探究这些精巧的物品,是在何地何时何人手中诞生的……人们怎么也想象不到,那是些衣衫褴褛、食不果腹、手握锹镐开山栽树的人,在一天高强度的劳作后,用粗糙的大手,制作出的那么精美的,可称之为艺术品的桦皮物件。

我不止一次地想,在那寒冷的长夜,在四面通风的野窝棚,在微弱的柴火光下,他们怎样仅仅靠一枚大针、一缕细麻绳做出那么精致耐用的器物,那个时候,他们心里想的是什么。

我的问询,被一个曾在山上栽树的老者,给予了回答。他说:"就如心不定,没有办法绣花是一个道理,那个时候,人们相信,是汗水就没有白流淌的,你下十分力,总有一分的回报。他们坚信,他们下苦力种下的树木,几十年后一定会绿树成荫,那个时候,即使自己不在了,可是儿子孙子能够看到绿树青山,也是美好的事情,他们对未来有坚定的渴念,才能够让一块桦皮,都吟唱出生活的欢歌。"

三间房 一眼泉

塞罕坝造林的年代,那广袤的荒原上,大多地方都是赤裸裸的,荒草萋萋,黄沙肆虐。塞罕坝林场,把所管辖的荒山,南北东西绘制出一幅幅地形图,就如战役攻占高地一样,一洼一洼,一坡一坡,一山一山,以塞罕坝林场为中心,由近及远垦荒栽树,方圆十里、二十里、三十里、五十里、八十里……栽树的大军深入荒沙地,作业区越走越远,为了方便整地栽树,塞罕坝林场在南北东西盖了好多房屋,三间房、五间房、十间房,那些立在荒原上,孤零零的房屋,成为松树苗子的中转站,成为林场干部和技术人员指挥垦荒栽树的作战室,也是刨树坑、栽松苗的人们栖身的地方。这高原上孤零零的几间房屋,它没有院墙,也没有门锁,它向治理荒原的人们敞开着,那是在山上劳作的人们共同的家。

荒原上,有那么三间土房子,永远铭刻在我的心间。那年,就如行成人礼一样,正在上学的我们也像父亲和哥哥姐姐们一样,参与到上坝栽树的工程中,那时我们参加学校的勤工俭学,集体去坝上栽树。我们被一辆蓝色的大卡车拉着走了整整一天,在早春的一个黄昏,我们被拉到了大山里,山间荒草坡上立着三间苍老的房屋,墙是土墙,房顶是苫盖的白草,每间房屋里边都是南北对着的两铺长条大炕,那就是我们休息的地方。

  一段时间里,那房屋就成了我们的家。我们每天到距离房屋很远的地方去栽树,那房屋就像一个苍老、慈善的妇人,在荒原上瞭望着我们、等候着我们。我们两人一组,在刚刚化了冻的地上栽树。我和花儿一组,我俩提着一个装满松树苗的绿色小桶,手里拿一个尖尖的小铁铲,两个人倒换着,一个在树坑子里用小铁铲挖洞,一个在后边小心翼翼地把小松苗放进洞里,再用手轻轻往上提一下让须根舒展,然后用脚把土踩紧。一天艰辛的劳作后,黄昏的时候,我们像寻找亲娘一样,奔着那有大炕的土屋回归,走进它就有了温暖。

  那个房屋的前边,大约一里远的地方,有一眼水泉子,我们每天在完成栽树的劳作后,还要到那个泉子边去拖枯朽的木头,烧那铺大炕,还要去砸开泉水上的薄冰,取水做饭。后来突然落了大雪,我们被困在山上,带上山的粮食不够了,一天只能喝两顿玉米面粥,做菜吃的土豆也没有了。那天,我们去泉子边抬水,忽然发现泉子边刚刚长出地皮的青草里,冒出一些类似青葱的嫩芽芽。山上放羊的告诉我们,那就是山葱,可以做菜吃。此后,我们天天到泉子边采山葱,用它炒菜或做咸菜。那荒原上的老屋,那山泉,陪伴我们一群栽树的孩子,度过了一段最难忘的岁月。我们离开那房屋的时候,就如与亲人分别一样依依不舍,那泉子如同泪眼,望着我们别离。

  那高原野地上,曾供我们栽树时栖身的那几间老屋,一直清晰地留存在我的记忆里,我无数次在梦中见过它。几十年过去,塞罕坝昔日的大漠荒滩,变为今天的绿色海洋,成为国家级森林公园,成为天南海北数以千计万计的人,游览观光的胜地,那些曾经供栽树人栖身的三间房、五间房、十间房……早已被林海淹没了,甚至都找不到断壁残垣了。可当年,那屹立在荒山野岭间的房屋,是荒原开拓者们的驿站,是树的摇篮,塞罕坝高原浩瀚的林海,是从那荒原上的房屋,开始孕育萌生的。

塞罕坝的故事,在我的心里是那么的多,望着千里万里,来看塞罕坝的客人,我总想向朋友们说一说塞罕坝,但往往又不知道怎么说,该说些什么。可当我一个人坐在树林中,对着一棵树,或者一片林子的时候,塞罕坝就这么清晰地向我走来了,我看到在绿意微微的松苗床前忙碌的人;我看到在荒山上抡镐头刨树坑的人;我看到捏着松树苗插花一样在地上栽树的人;我看到白发苍苍、步履蹒跚来坝上看树的人……

多年里,每年我总要无数次带天南海北的宾客走上坝梁,来看塞罕坝,哪一次上坝,我都要一个人,在树林子下走一走,踩一踩那些脚印,那有塞罕坝林场林业人的脚印,那有我们村子里那些栽树人的脚印,那些最早上山栽树的人大都已经离开这个世界了,可这个时候,我觉得,他们还在,就在我的眼前……

岁岁年年,总有千千万万的人来看塞罕坝,我总想对每一个来看塞罕坝的人,说说我心中的塞罕坝,但我从人们眼中,看到了一种东西,那叫震惊!我觉得,我无须多说什么,塞罕坝从荒原变绿洲,已经告诉了人们一切:有梦想,有精神,可以创造出何等的人间奇迹!

原载于《散文选刊》2018年第1期

我的"军队"舅舅

钟翔（东乡族）

小时候去姥姥家，发觉村上的人们，不叫舅舅的真实名字，而是"军队""军队"地喊，觉得很奇怪。从看过的电影里，知道军队是要上前线杀敌，抗击外敌入侵，保家卫国的，离我们村子很远，跟舅舅也扯不上关系。

舅舅原名叫马福海，生活在甘肃中南部一个叫狼哇沟的少数民族山区。那里山大沟深，偏远落后，曾有狼群出没，所以这样称呼。安居此地的东乡人，常年耕田牧羊，你来我往，和睦相处，过着简朴的生活。人们叫喊的名字，有阿訇起的经名，老师起的学名，从没有一个叫"军队"的。

后听母亲说，舅舅年轻时当过兵，上过硝烟弥漫的战场，还立过小小的战功。我小时去姥姥家，发现房间桌面的玻璃板下，压着舅舅年轻时的照片，穿绿色军装，戴红五星军帽，挺胸站立，威武潇洒，很吸引人。

在偌大村子里，只有舅舅一人当过兵，算是最光荣的，这谁都知道。人们以"军队"代替舅舅的真名，直截了当叫着，已成习惯了。以某人的职业，来叫某人名字的事例，如"老工人""张裁缝""王铁匠"等，在社会现实生活中，还是常常出现。

那是半个世纪前的解放初期,甘肃甘南和西藏地区的国民党残余,不甘自己的一时失败,企图聚众谋反。他们借助海外势力,多次组成土匪武装,四处串联,烧杀抢掠,伤害无辜群众,挑衅人民政权。

在平叛的征兵活动中,舅舅积极响应号召,踊跃参军,成了一名光荣的战士。在短暂的军训后,被正式编入炊事班,跟随先头部队,深入雪域高原,日夜行军,从事艰苦的后勤保障工作。

冬天的青藏高原,狂风肆虐,白雪皑皑,到处看不到人影,成为生命的禁区。舅舅所在的部队,迎着风雪严寒,昼伏夜行,向甘南藏区进发。甘南藏区临近临夏,土匪藏于深山密林,负隅顽抗,十分猖獗,阻击人民军队。

剿灭甘南土匪后,部队又开始转移,向形势更为复杂的西藏进军。那里海拔更高,气候更冷,缺氧更严重。部队每到一地,先得休息几天,补充不支的体力,然后继续前进。在休整时,舅舅顾不上疲劳和出现的高原反应,四处寻找柴草,烧火做饭,准备伙食。

西藏的叛匪,人多势众,极为狡猾,很难对付。部队发现土匪后,迅速熟悉环境,尽快掌握敌情,制定强硬的应对措施,进行迂回作战。经过几年艰苦的努力,终于消灭了叛匪,藏区重获安宁。

完成剿匪任务后,参战的所有战士,服从上级安排,各自回到家中,该干什么就干什么,仍过从前的日子。舅舅回来后,沿袭祖辈的耕作方式,还是当着农民,在无数大山的皱褶里,耕田种地,打柴放牧,过着艰难的生活。

人们一块劳动时,要舅舅讲述战斗的过程,杀敌的场面,感人的故事,真是百听不厌。在那偏远的山沟,老实巴交的农民中,没有什么读书人,大多没有文化,精神世界非常空虚。舅舅当过兵,算是见过世面的,知道的多。多年之后,大家聚在一起时,还想听那段历史,感受当年的烽火岁月,珍惜来之不易的生活。

舅舅到了我家,记得最清楚的一事,是拿长长的一条布带,给我和弟弟量头,谁大谁小。那时我俩年纪小,刚上学或读二年级,不大懂事理。舅舅风趣幽默地说,头大的人命大,从小好好读书,长大了能做大官,会当上县长。到了那时,舅舅穿着破皮袄,要来沾沾光,得到些照顾。别找上门来,装作不认识,不予理睬。

舅舅量头的方法,是用细长线和布带,在头颅周围缠来绕去,从左到右或从右到左,说出大概数字,惹得一家人欢笑。舅舅头大能当大官的话,虽是开着幽默的玩笑,却也隐含真诚的祝福,对后辈儿孙的期望。那时人们生活困难,连饭都吃不饱,哥姐穿剩的衣服,改小了弟妹穿,大多都这样。

那时我到校读书,不是为当县长努力,而是为躲过繁重的农活,在校园里图个闲静。我那时身体弱,吃不了饭,嘴里常吐长蛔虫,干不动农活。有时去不了学校,在家炕上躺着。每周一半时间,都待在家里。

后来得到命运垂顾,顺利考上了流川中学、临夏师范。四年师范毕业后,成了一名小学教师,在偏远山沟里教书,没当上任何大官,更别提什么县长。但在读书过程中,舅舅说过的话,时常响在耳边,给以莫大的鼓舞。

一个偶然的机会,我调到舅舅所在的县上,成了一名公务员。没过几年,单位领导看我有点文才,爱好写作,要我当秘书,列为预备党员,需要三父关系。我不好意思拒绝,就跟介绍人一块,来到大山的舅舅家中,找村支书办理。

后来,国家实行扶持政策,对没有正式职业、家庭困难的退伍军人,给予必要的照顾。舅舅退伍后,常年在家务农,种几亩薄田,天气十年九旱的,有时连饭都吃不饱,日子过得很难。我想机会难得,舅舅一定会抓住,享受政策性待遇。

令人想不到的是,舅舅对此看得很淡,根本没放在心上。舅舅的战友,得知这一消息,都在找熟人,快速办理手续,及时上报材料,想尽早享受待遇。而舅舅还是不管不顾,很是淡然,说分到的地多,打下的粮食够吃,没必要厚着脸皮,再向国家伸手。

我想舅舅不愿争取,获得应得的利益,是部队里提高了思想认识,有了先人后己的觉悟,还是自以为七尺男儿,能够养活自己,不损军人的形象,才这样的。不少家境很好、过得富裕的军人,也没放弃机会,尽力争取。

后来土地下放,允许农民经商,到集市赚钱,快速致富。人们开始做买卖,贩粮食,编竹席,养牛羊,想尽快过好日子。舅舅还是那样,仍旧保持乐观的性格,过着"一亩地两头牛,婆娘娃娃热炕头"的生活。

舅舅不做生意,不和村民一起经商,是怕损坏了军队形象,有辱军人的尊严,才这样的。真想不通!后来舅母积劳成疾,病情逐渐加重,没钱送医院治疗,最后不幸离开了人世。这样,家中的生活重担,都压在舅舅一人身上。

随着孩子长大,娶妻生子,分家盖房,手头得有一定积蓄,不然困难重重,过不下去。想到这里,舅舅觉得压力挺大,不想办法不行。在找不到任何挣钱门路时,只能发挥部队学到的专长,到就近清真寺,当厨师。这样能按时礼拜,学习伊斯兰文化,还领到少许零钱,补贴家用。

后来母亲说,你调到舅舅所在的县上,能帮就尽量帮帮,别撂下不管。舅舅从小疼爱你们,给你们量头,说上进的话,可别忘了。我说不会忘的,就是当不上大官,办不了事儿,一直往后拖着。

某次在舅舅家炕上,大家一块吃饭时,我说我给他写份申请,让村委会盖个章子,交到所属乡镇,会得到照顾的。舅舅听后摇了摇头,说该来的别争,不来的争也没用,真主定好了的,强求不得。我听后沉默着，不再说什么。

那时我任单位秘书，认识武装部军事科科长，河南安阳人，说一口标准普通话，写豆腐块之类的东西，算志同道合的朋友，常电话联系。某次两人闲聊时，他说全县退伍军人的档案，都在这里，要出证明的话，他能办到。

我听后抓住机会，要了份舅舅的证明材料，交给县民政局领导，想落实待遇。局长看后说，要查文件核实，看是否符合要求。我回去等不到消息，又去咨询时，说不符合政策，早打下来了。我不知道真情，找不到政策依据，只得暂搁下来。

我做这事时瞒着舅舅，怕出什么意外，遭到人们的讥笑，说我软弱无能，办不了大事。后来果然如此，显得极为尴尬。随着时间一久，也就慢慢想开了，觉得任何人办事，大的小的，急的缓的，哪没百分之百的把握，办成了高兴，不成功也要想开，淡然面对，不必计较。

在清真寺里，每天有肉吃，还领几元十几元零钱，心里还算踏实。舅舅的厨艺，逐渐传到外面，不少机关领导，要高薪聘去，当单位厨师，有转正机会。舅舅觉得，自己年事已高，不图名求利，还是静下心来，学习伊斯兰文化，修养身心，才最重要，就婉言谢绝了。

不久我又换了单位，比以前更忙，再没有顾上舅舅。多年后的某天，接到老家打来的电话，说舅舅殁了，要去送葬。我听后针刺一般，心痛极了。赶到舅舅家时，父母已经来了，还有不少邻居亲戚，院里院外站满了，都怀着沉痛的心情，来送葬。

到了停尸床边，看见舅舅双眼紧闭，脸面清俊，淡然安详，格外金黄。我想，舅舅的一生，胸怀坦荡，心地善良，与世无争，深得人们好评。这脸上的俊美之光，一定来自于心灵，是人品的折光。

原载于《解放军报》2018年6月30日

大化绿雨

阿慧(回族)

　　刚在大化县城住下,刚要出宾馆买一条毛巾,站在廊檐下一看,下雨了!伸头淋了一脑袋,雨点打在头顶软凉凉的。抬眼一望,雨丝密密地糊了我一脸,仍是凉凉的软。小雨下得如老婆婆纺棉花,不急不慢,有条不紊,细细柔柔地哼呀哼。咋也不像我居住的中原夏季的雨,那可是个急性子,那阵势,就像壮妇人端簸箕朝铁锅里倒豆子,噼里啪啦,稀里哗啦。我想再享受一会儿大化雨的温柔,一低头,雨停了,就像它来时那样悄无声息。正面一座山,尖着绿脑袋,透过高耸的楼缝,眯着绿眼睛看我。我看它,也看东西两边的大山,才明白,我和来自全国的20多位作家,被大化的山们紧紧地包围了。

　　山洼里的宾馆很静,梦境犹如一面没有皱纹的湖水。一声鸡鸣陡然亮起,好似瓦片划破湖面。我从梦里活过来,翻了个身,正赶上这只敬业的公鸡又一声高歌"呴呴呴,咔——",竟听出了几分韵味。那鸡叫的尾声还带着一股水波音儿,湿润柔长,婉转动听。天大亮时,鸡不叫了。我扒开窗帘,没找见那只艺术范儿的鸡,却见楼下一地水湿,五六片被雨水摘掉的芒果树叶,把水泥地面映成水绿。雨是夜间来的,悄悄地润湿了地皮,也润湿了那只公鸡曼妙的嗓音。

　　去七百弄国家地质公园参观的途中,阳光正好,似一张纵横交织的明晃晃的大网,把密匝匝的山尖,一股脑地给网住了。在游走的中巴车上,我很细密地把游到眼前的大山给看了。山体上的泥土薄薄的,酷似一片没有发育完好的面包皮,但这些许的热量,足够滋养树木、藤萝、竹子们长大,丝毫不影响它们一代代快活地开枝散叶,把个大山从头到脚披挂得绿光闪亮。山洼里生长着一片片碧绿的玉米,绿腰带似的叶片之间,嫩绿的玉米棒娃儿笑逐颜开,明黄、淡紫的玉米须动情地抖动。坡地上的梯田水纹般扩散,一层层波到山底,似大山肚皮上黑褐色妊娠纹。红薯的嫩叶在使劲地伸展,它正努力抓紧头顶上疏散的阳光,给地下的宝宝蓄足力量。

人和车在七百弄山里转悠,我稠密的目光,无法锁定大山的群像。

大化县的山,密集得像是图省事的懒婆娘,一锅蒸出来的绿豆面窝窝头,一个挨一个,团团围一锅,没有下手的地儿。但是,终究,锅底还是富裕了一小块儿,那么水深火热的一块地儿,却足够使几千年来,一批批因政治和战争的逃亡者安身立命。追击者强悍的视野、弓箭、铁骑,终被密不可分的大山严严阻隔,无数个深不可测的"锅底",让强者们无处立足,无法下手。难怪,世代居住在"锅底"的瑶族人,把这无数个陷在山底的洼坑叫做"弄"。

站在着七百弄高高的垭口,我颤抖的视线,无法翻越那蛇形于乱石灌木丛中的1418级石阶路。台阶如一条毛茸茸的井绳,系上500米深的弄底和27户瑶族人家。我瞪着大眼珠子,使劲朝下望,只望见最近的一处农舍。它背对垭口,背影弥漫着一股拒绝喧闹尘世的情绪。两间小瓦屋一红一蓝,红的那间,看似土法烧制的红瓦片覆顶;另一间,修缮不久的模样,屋顶用天蓝色塑钢瓦覆盖。两间房紧密相连,似一对绑定命运的夫妻,一个紧靠另一个的肩,没有缝隙。房前屋后似乎是树木和庄稼地,巴掌大一小块儿,像泼了颜料水,绿得很不真实。我正看红蓝房屋时,阳光已经从房顶错开了,探照似的去聚光弄底更深的人家。西边的山脚顿时明亮了,南、北、东三座大山埋在阴影里,像三个身披墨绿盔甲的威严的卫士。

我伏在水泥护栏上,眼睛和心魂都被弄底人家给挂住了,一时半会儿很难拽上来。

我担心他们的家被水淹没,毕竟这里雨水多,毕竟水往低处流。而当地的一位女作家却说,弄里的房屋从来没被淹过。因为这里是特殊的喀斯特地貌,石灰岩地质,有许多隐形的地缝和地洞。"有水也兜不住,都流到地下暗河了去啦!"她说。听后,我又担心太干旱,人畜饮水怎么办?女作家说,半山腰岩洞有的地方有泉水。再者,家家户户备有水柜,还修了小池塘,水泥糊底,储存雨水。以前没有水泥时,就人工练塘,用牛踩,用棍舂,把塘底夯实,水就可以被留住。

"不淹不旱呢!"她笑着这么说。

我也笑,但忧虑依然存在。

担心女人半夜生孩子,毕竟洼深路远。女作家说,弄里有经验妇女专门做接生,生过孩子的女人也学会了接生。

"现在啊,孕妇们提前住医院待产。妇女娃儿都好着呢!"她脆生生地说。

担心有人突然生病,毕竟台阶陡,山难爬。她说,病轻不用治,家传的土方子,瑶医草药,银梳子刮痧,竹筒拔火罐,穴位放血,月子药浴。病重的人,靠人背,或亲邻们帮忙抬到弄外。

"有瑶医啊,还是巫师呢,会巫蛊咒语,主持婚丧嫁娶。"

我又瞪大了眼珠子,看大山,看弄底,看飞鸟,看白云,心底升腾一股悠远的神秘。

大山庇护了山民的祖先,大山也阻碍子孙们的视线,但大山却给深洼里的瑶家人,世世代代浸染了灵魂的底色。他们在生存中相携,在幽谧中相爱,在苦难中智慧,在寂寞中造化,在孤独中纯净。他们幸福地生活在自己单纯的世界,他们深爱着这里的家,哪怕是层峦叠嶂,雾气苍茫。

出了垭口,阳光一闪就不见了,天在车窗外暗了一下,就像一片云走亲戚,走着走着就停了,待在空中想心事,想着想着就哭了。我看见车窗玻璃上小水粒越积越多,眨眼间汇成股股水流,风把它们吹成四散的白蚯蚓。想起昨晚和今早的雨,明白了,大化的雨说来就来,似乎哪片云彩都会下雨,哪株小草都顶着水珠,哪个生命都有色彩。

在北隘码头下了车,不远处两条游船歇在那儿。作家们纷纷撑起伞,雨珠在伞面上跳动不安。我不打伞,想让雨点在衣裙里藏匿。

意外地遇见两只鸡,在路边一株绿藤下躲雨,公鸡伸长脖子抖了抖雨水,金色的羽毛立马蓬勃起来。母鸡没有抖,它什么也没有做,它只是望着公鸡抖羽毛。突然想起资料上提及的著名的七百弄鸡,它本是山里的野鸡,吃草药,喝泉水,住山崖,过着闲云野鹤般的生活。后被山民捉回寨子家养,仍是喝雨水,吃虫子,没有宠幸过鸡饲料。据说,宰后的七百弄鸡,鸡皮淡黄,鸡肉柔白,切面有光泽,皮下脂肪少,肉质鲜嫩有弹性。我在瑶族布努人家的长桌上见过这道菜,鸡被包裹在一片油绿的芭蕉叶里,鸡皮黄亮亮,金闪闪。作家们都说口感脆软,味道清甜。我没有入口,因为饮食习惯,还因为那只鸡,那只在宾馆之夜独自高歌的文艺范儿公鸡。

脚边一簇小黄花,五片花瓣,黑色花心,组成一张娇憨的小笑脸。接连不断的雨点,砸得它支不住脑袋。我歪着脑袋看它,见雨点稍微一松懈,它就摇晃着抬起头,稳住了,仍是一张可人的笑脸。

低头看,雨水藏在草窝里,绿汪汪的,疑心下了一阵绿色的雨。

上了船,不舍得进船舱,在尖圆的船头多站了一会儿,与岩滩水库两岸的山,来了一个湿淋淋的凝视。这里的山,很安静地沿湖站成两排,细密的雨丝中,犹如披上了一层缥缈的轻纱,看上去有些仙气。的确是仙儿,山间接连吐着白烟儿,这儿一缕,那儿一丝儿,袅袅地蒸腾,在山尖汇成洁白的一片儿,又亲热地黏上旁边的一片儿,越黏越大,团团的不分开,飘来荡去,把两岸的群山欢腾得云雾缭绕,山间人家的瓷砖白楼、红瓦老屋在白雾里时隐时现。

想起《搜神记》里这么说:"下雨时,神仙们从山上下来了,刮风时,神仙们都回去了。"想到大化常下雨,想必神仙们常下山。他们常常披着白云,到弄里人家坐上一坐,和上妇人灶膛里的炊烟,随上老汉烟斗里的白烟,弄得小瓦屋到处都是仙气。

湖面没有风,静静的、平平的,让人心生安然。风是游船撩拨起来的,雨丝就斜斜地飞,落上水面,水皮唰地起了一层麻坑,像谁贸然撒了一把细砂。

我站在船头深深地吸气,负氧离子裹带着雨气,排着队滑入我的肺,我贪婪地吸补这绿色的"大气维生素"。在中原吸惯了黏稠的雾霾,乍一换气,一时间身心还有些小激动。

湖水是绿的。岸边慈竹、木荷、香樟碧绿的身影,远近高山墨绿的倒影,把100多公里长的湖水,映照得润绿如珠。真应了它诗意的名字"绿珠长湖"。

雨中,大化的山水,美得不像是人间。

原载于《民族文学》2018年第10期

石洞寺的茶

左中美（彝族）

万全道长看上去还很年轻，青黑道袍下面的身板看起来瘦削而直，头上绾起的发髻端正地从道冠正中的圆孔里塑出来，中插以簪。和人说话的时候，脸上有着安静、平和的笑容。

这小伙子——我口上尊他道长，心下却不免这样地称谓他——说的是普通话，并且带着现今各类娱乐访谈节目以及偶像剧里面的年轻男孩子们多有的那种口音，又兼样貌清癯俊朗，与剧中常见的男孩形象几多相似，为此故，便使人不时地一恍惚，似乎这年轻人只是穿了道服，在这滇西山间的古寺观里这样子客串一把，待某天脱了道袍，换上牛仔裤和T恤衫，戴一顶棒球帽，身上再背个双肩包，他便会立马变回行走在某座繁华城市街道上的时尚青年。

然而，却又不是。

眼前微笑、平和地在和客人说话的年轻道长，他之所言，是他所身居的这间古寺——位于滇西凤庆县洛党镇境内的石洞寺的历史，寺中之建筑草木；他之所谈，是道教之义，是道家其修其行。言词平朴，义理清明。听其言谈，心下暗暗惊异，方知与时下各类时尚青年绝然两般，又更疑惑起其入道之途。问道长何来，回答说是从四川峨眉。这时候回想起来，已记不清说的是本籍四川，还是从别处到峨眉入了道门,而后再来了这云南滇西山间的古观。

一如滇西大地上的许多寺观那样,这石洞寺,名虽叫"寺",却从始而来便是一间道观,据传始建于清乾隆末年(1795年前后)。创始者为当地一梅姓妇人,人谓戴梅氏。某年,戴梅氏因故离家,在此间一岩石下修行,余时纺线为生。后因于某年农历二月十五日(道祖李耳诞辰),闻洞后有道家作法之乐音,疑为道祖意欲在此落脚,故而下山广募功德,修建殿宇,敬塑道祖。两百余年来,起起落落间,渐成滇西道教名观,多出高士。此外,古寺之广名于外者,一为寺中大殿下一株数百年的"九蕊十八瓣"蒲门古茶花;二为寺中建于清道光、咸丰年间,坐落于两块天然巨石之上的云岩双阁。

阁高云逸,影落清阶。在云岩阁外的石阶上,因见道长脚上的鞋,每只左、右各通有五个洞,想起先前读过的佛家关于六洞罗汉鞋的诸多释义,便请教这一鞋十洞其间的内涵。佛家的六洞鞋,释义要低头看得破,看破眼耳鼻舌身意六根,色声香味触法六尘,贪嗔痴慢疑邪六大烦恼。此外,六洞还是"六法戒",即不淫、不盗、不杀、不妄语、不饮酒、不非时食;"六正行",即读诵、观察、礼拜、称名、赞叹、供养;"六波罗蜜",即布施、持戒、忍辱、精进、禅定、智慧。如此想着,便等着听道长对十洞鞋的解疑。却听得道长说道,衣履只是外象,不必执着。再看道长脚上,黑布鞋和里面的白布袜子都很洁净。身上道袍、头上道冠亦然。

阳光晴和,风微微地带起道长身上道袍的一角。"石阶有尘清风扫,洞府天锁白云封。"身后坐西面东的石上双阁,南者清虚阁,内奉吕祖,门上"清风扫尘"联为清末贡生陈维寅所作;北者云岩阁,内奉邱祖,门上有民国年间邑人杨香池所作联:"双阁耸岩巅,拾级登临,休忘月白风清夜,万山归眼底,凭栏纵眺,最好花红草绿时。"望阁前远山,脉脉青绿,逶迤如屏。

道长待茶的地方为寺中新修的下院,与大殿所在隔了一道坎,俨然四合的院落,看似为寺中众道日常起居及静修之所。客堂在东厢,厅中桌椅皆为古制,主座长椅在南墙一边,东、西为客椅,正中一张方几,几上备了水果茶点。待客人落座,便有白衣清癯的道士进来沏茶。见其样貌,忽记起先前在友人博客的图片上见过的在此寺中殿下舞剑的白衣道士,却辨不清是否便是这眼前的高道。陈道长坐于主座上,坐姿端然平和,两手放于膝上,面客而谈。有客请问道长之名,答说是师父给的。"万全,师父给的这名,想是寄于我期许的,却只怕是要愧对呢。"道长口中的师父,想是云游去了,平日这寺中,便由这年轻的道长主持,讲经布道,应待来客。

茶该是滇红茶,汤色明艳而滋味醇和,恰适于这冬日下午的清谈。落身于西座间,见东墙左侧高处挂有一字,茶间几番端详,却始终看不分明,道长似是看出疑惑,笑着解答说这乃是四字一体,四字为"紫气东来"。

而若是月夜品茶,在这古寺之中,该有三景宜对。

一宜对古茶。寺中殿下那株"九蕊十八瓣"蒲门古茶花,相传为一名叫安海的道士于建寺第二年所种,两百多年间,与寺共历风雨。古寺几起几落,几番修葺,而古茶年年奉雪待春,花开之时,堆云叠锦,霞映云天。冬春月朗之夜,清辉满寺,落落花影,一壶清茗,月华盈杯。道是岁岁有清风,唯有花光不忍负。

二宜对梅花。下得殿下石阶,穿出廊亭,低处有一方宛曲窄长的荷花池,池上有石拱小桥名垂虹桥,过了桥,就石而凿的窄窄石梯居中通向高处双阁。桥侧池畔有一株古梅,虬枝斜逸,青苍劲古,映于池面。花开月明之夜,盈盈暗香浮于四下。当此之时,恰好在池西廊下对茶。对面阁下石壁上有民国李辉祖书联:"石楼耸翠微,宛若天台,好向山中寻药草;洞府探玄妙,若逢吕子,愿从笛里听梅花。一花对月,数里笛声。"

三宜对青山。"阁高邀月早,松密结烟迟。"三两清友,宜于阁前阶上煮茶邀月,相与唱和。诗茶之间,于石高之处,尽览月下千山,看天地静阔,抚一怀坦然。阁下石壁之上,有数百年来文人雅士题吟古寺之诗联,密密摩刻于上,竟成古寺历史之见证,一方地域文化之隆集。清末陈维寅所作"阁高邀月"诗便是其中之一。寺既古,兼景幽,自成诗风画意。一天清辉之下,忽闻猎猎剑风,望过去,隐隐见那边大殿阶下,剑影成花,白衣飘然。

寺之所在,石多成群。当地民间传说,远古时候有一位仙人,欲把远处的石头赶到"把边关"(凤庆地名)下面,将"把边关"的峡口堵住,在上面造出一个湖。此仙上天向玉帝借仙鞭赶石,玉帝借予仙鞭后,要求于第二天天亮以前归还。仙人借了仙鞭下山,以仙鞭打石并念动咒语,山上的石头便变成羊群,随着他的鞭子往前走。走到此地时,却听得山下村中传来鸡鸣,羊群听到鸡鸣声,重新变回石头,停在了地上。云岩阁下两块巨石,传说便是头羊的双角。布满大石的山,被当地人们称为大石头山,山下的田坝被人们称为大石头田坝。

石多洞密,涵水成泉,成就寺中"无底洞""聚仙洞""蛟龙洞""竟折腰""伏虎崖"等众多奇石景观,石洞寺之名,想来便是源自于此。奇石异景,民间多有仙道传说。双阁北侧巨石之下有一石洞,背西面东,传说为当年梅道人修真之处。寺内洞景之间,蕉影摇曳,花木荫荫。

从石洞寺往南一公里,旧有建于明末的琼岳寺。寺内旧有"九蕊十八瓣"蒲门古茶花两株,寺前一株古玉兰。民国年间云县人叶荃解戎归里在此清修时,题藏头联于上:"琼岛归来知海窄;岳峰觅罢觉山低。"亦为寺联,亦是自见。

从石洞寺往西北约二三里,有灵应山寺,亦为一间道观,始建年代早于石洞寺。登阶拾级进入山门,有玄衣的道姑迎客待茶。门外东面一株高大的古榕树,碧叶参天。

琼岳寺今已不在,灵应山古榕依然。石洞寺居中而立,于两百年时光之间,洗尘自修。

喝罢万全道长的茶,起身出寺。看寺外远山近壑,恰是寺中石壁上李锡桐诗中的那一句:"苍茫无尽意,万壑啸松风。"

原载于《文艺报》2018年8月22日

穿越巴山楚水

甘茂华（土家族）

　　距今大约1300年前,盛唐诗人李白,站在长安城头,侧身向西望去,不禁长声叹息:"噫吁嚱,危乎高哉！蜀道之难,难于上青天！"如今,我们就在这崇山峻岭中穿行。

　　那是在宣汉县三合乡李家沟隧道进口踏线时,一群人路经一条小河,河上有座三根树木搭成的桥。前面一个先过去了,他是第二个过去的。没想到走到桥中间时,"啪"一声,一根树断了,他就掉到河里去了,水深二三米,河床都是石头。他掉下去时往侧翻倒,落水时用手撑了一下,整个屁股都砸在石头上,简直痛彻心扉。岸上的人要拉他,他说先歇一下,稍微动一动,看看伤了其他地方没有,骨头摔断了没有。他慢慢爬到岸边,趴在河滩上伸展了一下腿脚。还好,没有大碍,只是感到屁股像刀割般疼痛。他对伙伴们说:"你们先走吧,我就在这里等你们回来。"直到暮色苍茫鸟归林,伙伴们才架着他回到驻地。

　　他对我笑着回忆当时的情景,话匣子一下子打开了,河北口音的话语听起来让人感动。他说天气那个热呀,一下车就是一身汗。进山嘛,都穿长袖衣服,加上始终在爬坡,汗如雨下,裤腰一天到晚没干过。过河时,石头上青苔,有的人脚下一滑,就摔在河里成了落汤鸡。

每天从山里回来,都累得像瘫了一样。山里有野兽蛇虫,大白天的倒不可怕。可怕的是一种山区特有的小蚊虫,北方人不服水土,被它叮一口就是一个大疙瘩,然后化脓,出现一片一片的水泡,很长时间好不了,有人整个胳膊都肿起来了。

他说的这种蚊子叫我想起秘鲁著名作家略萨在他长篇小说中说到过的依基托斯城市的长脚蚊和旱蚊子。这种蚊子藏在草地里,整天咬得人浑身红肿,所以人们一天到晚都得轰着蚊子,抓挠痒处。因此,在那个城市一个人最好不要生得细皮嫩肉的,否则就会招小虫子来咬。而现在,这种事情竟被他们赶上了,难道不是上天在有意考验他们的身体和意志吗?

这些开山修路架天然气管道的人,追逐着理想的梦,在巴山楚水间激荡着踏足的回声,燃烧着诗一般的激情。

从梁平到普光,跨四川重庆两个省市,单程300公里,来回600公里。中午在达州市一家面馆吃饭。司机喊,老板娘,拿头蒜来!他剥皮,掰一瓣,在筷子上擦着。他说,这是给筷子消毒。从此,我就记住了蒜瓣消毒法。野外作业的工人,都懂得蒜瓣消毒的好处。

赶到工地后,我去看望王师傅。

老王是个30多岁的电焊工,身高1.89米,外号"大个子"。他说电焊工主要是腰部容易受伤,大多数人都有腰椎间盘突出的毛病,眼睛和肺部也不太好,职业病。没想到这次在白竹槽隧道,"大个子"躺在地上,人离管道底部大约40厘米,焊接时手刚好贴在地面,即使戴着电焊手套,也被碎石子磨出了一道道黑印子。一道焊口要焊六七遍,电焊如绣花,细节决定成败,谁还顾得上手呢?你到现场,谁是电焊工,谁是安装工,一眼就能看出来。电焊工的皮衣皮裙都是花花点点的。

告别王师傅,驱车来到野三关,我们去看管道索桥。

野三关是一个有几千年历史的古镇,地处武汉到恩施的中途,扼守着恩施州的东大门。此地穷山恶水,很多地方都是一夫当关万夫莫开之势,自古为兵家必争之地。北宋的一代名相寇准在此地所属的巴东县当县令时,曾在野三关"蹲点",教当地老百姓种玉米、植桑树。

野三关最险处,还是野三河。野三河是巴东县和建始县的分界,水不大浪不宽,在318国道一带,河面最窄处大概五六米,最宽处也不过二十几米。险绝之处在于河的两岸是一百多米高的绝壁,任你有通天的本事插翅也飞不过。抗战时期,著名的鄂西会战中,国民党重臣陈诚将军把最后一道防线就布在这里,武汉失守,省政府西迁恩施,行到此地,下深谷,过渡口,爬高坡,在此盘桓了多天。

现在,晨曦中的野三河管道悬索桥漂亮极了,红色的主塔,银色的管道,翼张的风缆,在植被丰富满眼苍翠的鄂西群山的背景下,就像一只飞翔的大鸟。

穿过风雨,从野三关奔赴大溪亮。

大溪亮的凶险在于它那高而冰冷的绝壁。山下是宜昌市高家堰镇的魏家洲村,山上是宜昌市贺家坪镇的渔泉溪村。但因为这道绝壁,山上山下两个村的村民世代很少往来。如果要下山,哪怕就是到看得见的山下某个地方,也必须绕道五六十公里。山下有条河,河出去交会318国道的地方叫太史桥,国民党军和日本人在此有过一场恶战,凭借山势之险重挫过日军士气,某种程序上扭转了鄂西会战的局势。

大溪亮,是个挂在悬崖上的地方。

当我们看到齐岳山、大溪亮、魏家包、野三河和魏家洲的时候,已经见不到一个施工人员,管道上面已经做好了水保,很多地方已经长起了草。我们没有看到热火朝天的施工现场,没有看到哪一个个施工人员的汗水和泪水,但我们知道,我们的脚下,有一条他们打造的钢铁长龙在吞吐着巨大的能量。时间是最公正的衡器。花草可以凋谢,树木可能摧折,但时间,伟大的无私的时间,会一直保存他们留在这山川河流的痕迹,会记得,有一群来自天南海北的石油人曾经来过……

过了山,还有河。天然气管道如一条龙脉,游动于山河之间。

乌鱼洲,长江江中之岛。当地一份关于乌鱼洲的资料介绍中说,乌鱼洲"芦苇茂密,风景秀丽",是的,对一个观光客来说,成片的一人多高的芦苇的确是一道迷人的风景,可是对必须在湿地、芦苇中踏出路来进行劳作的人们而言,那可就一点儿也不美丽和诗意了。

营建施工场地,先要砍去乌鱼洲上的芦苇。芦苇不择地而生,逢水塘就要站在水塘里砍,逢茅草杂生就要站在茅草丛中挥刀,只要干起来就不能歇,因为要歇也根本没有坐的地方。时令正是所谓阳春三月,但春天的美好仿佛消逝得无影无踪,又是风又是雨,乌鱼洲上的风打在脸上像刀割一样。砍芦苇看似没有技术含量,但没干过这个活儿的人不知道,砍芦苇也是有技巧的,必须斜着砍,才有效率。可是这样砍下来,芦苇尖比刀都锋利。看着芦苇顺着刀锋倒下去,本来是一件相当惬意的事情,突然有人惊叫一声,你才知道挂彩了,看到手上的血,才感觉疼痛。乌鱼洲上多是湿地,最深的泥塘隐至膝盖处,好几次,干活的工人们说着说着,突然消失,再一看,掉坑里了……

九月的宜昌天气仍然闷热。那天傍晚,他陪着一位朋友在长江边散步,走累了就坐在礁石上,听江涛拍岸,高一声低一声,恍若从遥远的古战场上传来了金戈铁骑的厮杀声。那天是农历七月初七,七夕节,又被称作中国情人节。每年这个夜晚都是织女牛郎在鹊桥相会的日子,遥想天上银河,他在工地上想起远方的妻子,心口涌起了一种幸福的眩晕。

终于从梁平回到宜昌。

穿越巴山楚水，探寻苍茫的历史风雨，诵读鲜活的现实诗篇，心中笼罩着一片踏遍青山人未老的豪迈气派。我知道，这不仅是神奇山水带给我的真实感受，更是建设者们的精神风貌，如一道灿烂阳光照亮了我的内心世界。一路走来，正是巴山楚水不知不觉地滋润着我的情怀。我因此深深地理解了跋涉蜀道的艰难和价值。这些人生风景将陪伴我继续去探寻诗和远方。

当我写这篇文章时已是深夜，离家不远处，传来长江呼吸的涛声，对岸磨基山显现模糊的轮廓，似乎正在夜色里孕育一个美好的梦境。

原载于《中华文学》2018年第2期

独角兽(节选)

向迅(土家族)

❖ ❖ ❖

我坐在床尾,隔着两只手臂的距离,紧盯着父亲的脸。

逆光之中,他坑坑洼洼的脸变成了一块颜色晦暗的扁平岩石,棱角模糊,爬满了毛茸茸的苔藓。实际上,那是一块吸满了汗液的海绵。我盯着它看的时候,有人正用力地拧捏着它。汗珠正源源不断地从它的内部渗出。他毛孔粗大的脸颊湿透了。胡楂丛生的下巴湿透了。喉结突出的脖子湿透了。没有经过梳理的头发湿透了。蓝白条纹相间的病服也湿透了。他虚弱的身体被一层油光滑腻的汗液包裹着。正因为如此,他暗淡无光的脸部,终于泛出了些许动人的光彩。

作为这一事件的目击者,我惊骇不已,犹豫片刻之后慌忙跳下床,从床头柜的里侧取下父亲那条混合着香皂的芳香、汗液的酸臭味和病人所散发出来的那种特殊气味儿的洗脸毛巾,跑去盥洗间用热水浸湿、拧干,预备给他洗脸擦汗。

父亲憔悴的脸部,在那一束光线的环绕之下,忽然如同博物馆里没有被玻璃罩保护起来的一件展品,清晰无比地呈现于我的眼前。那些被忽然放大的局部细节,让我举棋不定,不知所措。我还从来没有像现在这样近距离地打量过这张我自认为永远也不会忘记的脸。

我握着毛巾的右手悬在了那里。

我确实有过一阵短暂的迷茫。我不敢相信躺在这张病床上被医生宣判只剩下两年生存期的男人就是我们的父亲,却很快意识到坐在另一张病床边的江西女人正一脸迷惑地望着我。我有如蚂蚁爬过而痒酥酥的右脸,感觉到了她的目光以及目光里的迷惑。于是,我大梦初醒一般把悬在半空中的手迟疑地滑向父亲的脸部。

然而,就在毛巾柔软而又粗糙的触须刚刚接触到他脸颊的那一刹那,他的眼球在布满了细小褶皱的黄褐色眼皮之下就像沉睡了一个季节的冬眠动物一样努力地动了动,继而猛地睁开了那双蒙着一层薄雾的眼睛——干枯的双手也跟着颤抖了一下,他的反应就像是在某种外力的刺激下忽然发生了全身性痉挛——惊恐万状地盯着我,仿佛我是一个陌生人;神情里满是戒备,好像我要谋杀他似的。

有那么一小会儿——实际上也就几秒钟的工夫,他就那样直愣愣地盯着我,甚至还下意识地把头往床里边挪了挪,以腾出更大更宽阔的视觉空间,把我的伎俩看得更清楚一些。他浑浊而凌厉的目光仿佛是从很远的地方飘过来的,在我们之间的那截空气里画出了一道弧线。它们刻意与我保持着某种不可逾越的距离。

我怀疑他真的没有认出我——即使认出来了,肯定也没有想起我的名字。他暂时失去了记忆——仿佛经过了一个极其漫长的检索名字和辨认脸孔的过程,他才确认我是他的儿子,我拿在手中的毛巾并非谋杀他的凶器。

我见证了这一漫长而痛苦的过程:他先是尝试着张了张苦涩无比的嘴,动了动沉积着几十年烟渍的牙齿,然后缓缓地解除了那种叫人有些毛骨悚然的戒备,把那两束好似能看透你内心世界的带有猜度和审视意义的目光也收了回去,继而眨了眨汗涔涔的浑浊的眼睛,转动褐色的眼珠瞅了瞅输液袋里琥珀样的药液,伸出那只瘦削的青筋暴突的没有插着输液管的右手,把灰白色的被子往下掀了掀,最后像个异常听话的孩子似的,把粗糙不平的脸、有些发红的脖子和青筋暴突的手臂,连同他无偿的信任,一一递给我,任由我擦拭。

事实上,父亲并未把他那双不再清澈的眼睛睁开——这一切只不过是出自我的想象。更准确的说法是,在我回忆这一幕时,我总是联想到后来才发生的那些事情,所以,我理所当然地认为,面对我小心翼翼的擦拭,父亲的反应本该如此——但他确实又在配合着我,而且显得非常默契。

眼下,他身体内的那道年久失修的泄洪闸已自行宣布报废,晶莹剔透的汗液纷纷逃离它们原来的管道,如同得到某种邪恶力量暗中相助的野花在他油滑而松弛的皮肤上开得如火如荼——毛巾刚刚离开他布满了细小颗粒而又毫无弹性的皮肤,新一轮汗水几乎又在同一时间冒了出来。

他天庭不再饱满的额头亮汪汪的,滚烫如被夏日阳光暴晒了一个中午的岩石,被汗水浇灌着的身体的温度也特别异常。他就像是躺在一座正呼呼吐着熊熊火苗的火炉之上——他的身体几乎烫得熟一筐土豆。

我有些害怕。怕他烧坏了。怕他一觉醒来,变成了一个智力低下,满嘴胡言乱语,谁也不认识了的傻子。尽管我知道他在注射药液之前已经服下了预防发烧的白色药丸,但我还是如临大敌般,把这一情况如实地反映给了管床医生魏瑶。

根据吩咐,我去护士站借了一支体温计,把父亲叫醒了,让他夹在汗津津的腋窝里。五分钟之后,我拿着那支带着父亲体温的体温计敲开了医生办公室的门。魏医生把体温计横在眼前瞅了一眼,对我说,体温略高,但并无大碍,属于正常反应。她建议我可以用热毛巾给父亲敷一敷,敷额头。

我惴惴不安地回到病房,拧起用热水浸湿的毛巾给他一遍遍地敷额头。直到他的体温略有下降之后,我才坐下来打开那本被我随身携带着的澳大利亚作家大卫·沃克的长篇非虚构作品《光明行:家族的历史》。我试图从折页处继续阅读,却吃惊地发现,无论怎样努力,也无法把目光聚焦在那一行行文字上。

我心烦意乱,胡乱翻着,最终还是把散乱的睡意昏沉的目光集中在了父亲凹凸不平的脸颊上——那块满目疮痍的犹似布满了无数弹孔的岩石。

这是一张无比陌生的脸。与我记忆中的那张大相径庭。事实上,每当我试图从记忆里打捞他在过去年代的脸时,总是会产生一种无以言述的挫败感。

那些出现于不同年代的面孔,在极其短暂的一瞬间,也就是在它们从像黑夜和大海一样缥缈无尽的记忆里浮现出来的那转瞬即逝的一刻,是清晰的,但没等你缓过神来,它们就如同我们在晃动的水面上望见的月亮的倒影,立即变得异常模糊,继而归于混沌;你越是绞尽脑汁地想将之看清晰,它们就越是模糊。

我越发不敢相信,这张脸是属于父亲的。尤其是在他熟睡之时——在这张扭曲变形的脸上,颧骨突出,眼袋浮肿,皮肤油腻,沉淀着黑色素的毛孔如同筛子眼儿一般密集粗大,没有一丝光泽,看起来毫无生气。偶尔,当我抬起头来,在某种神秘力量的引领下将目光落在这张脸上时,心里总会"咯噔"一下。

确实有一件事情发生了。父亲在逆光中豁着嘴巴打呼噜的画面,忽然唤醒了沉睡在我记忆中的一段文字:"我满怀深情地望着父亲瘦削、憔悴的脸庞,这张脸此刻正沉浸于鼾声如雷的活动之中,它缥缈、恍惚,已抛开粗俗的面具,诸多瞬间神情庄严地罗列开来,向我们透露这张脸正漂游在某个无比遥远的彼岸。"

父亲是否在梦境中随着他的脸漂游到了无比遥远的彼岸,我不得而知,但不知道为什么——哦,这该死的想法——这个画面总是让我联想到他生命的最后时刻:他直挺挺地躺在那里,眼部朝上,面无表情,嘴巴微张,有一团镶着金边的光笼罩在他那张被阴影吞没的脸上。仿佛他已离开了我们。这真是难以解释。

于是,每隔一会儿,我都要仔细观察他隆起的胸脯是否还在微微起伏,他突出的喉结是否过一会儿就会暗自滚动——好像有一只幼鼠在暗道里爬行一般,它小而结实的身体撑开了暗道的皮肤,他指关节粗大的手指,是否会随着他发乌的嘴角因为在睡梦中受到惊吓而一起发生条件反射般的动弹现象。

我还会留意,是否有鼾声从他黝黑的鼻孔和微微张开的嘴巴里发出。

我做好了随时把他喊醒——把他从悬崖勒马处、从死亡边缘拉回来的准备。然而我的所作所为都是徒劳。父亲就在我的眼皮子底下深陷于一个我们看不见的黑暗世界,很少醒来,唯有大汗淋漓,偶尔嘴角翕动,如同蚊蝇一般喃喃自语。

这更加加深了我的恐惧。我尽量回避着那张在室外光线的笼罩下泛出了些许光辉的陌生面孔,却又不得不过一会儿就要扭过头把它仔细地打量一番。我总是疑心,那张面孔会在我转移视线之际变得僵硬冰冷,再也无法重现它昔日的神采。

原载于《中国作家》2018年第7期

秋到达隆

西月（藏族）

达隆沟距门源县城60多公里，是门源回族自治县仙米国家级森林公园的一个重要景区。北面有中国西北部著名的巍巍祁连山，南面是祁连山的子山脉——绵延起伏的达坂山，中间有九曲回环、蜿蜒东去的浩门河。据史料记载，仙米林区内动植物资源品种繁多，种类丰富，植物达110余科900多种，具有观赏价值的就有400多种；还有上百种药用植物生长其间；近140种野生动物繁衍生息在这块风水宝地里。早在19世纪末和20世纪20年代，就有德国人到林区考察，采集标本。作为林区最美的地方，达隆沟就像是翡翠皇冠上镶嵌的一颗明珠，散发着诱人的光芒，它是人们消夏、野炊的好去处。每年夏、秋季节，无数的人群涌向这里，特别是久居城里的人们，回到大自然的怀抱，尽情享受山水之乐。

我曾在一首诗中这样写道："我知道/是仙米的树/拉开了大地华美的序幕/它们以飞翔的姿态/游走在时光里/从一座山到另一座山/从一条沟到另一条沟/从一个山村到另一个山村/……/一丛树在树的中央飞翔/一片森林在山河里飞翔/绿色穿过我的发丝/成为我身体的一部分/多少年的行走/仍赶不上一棵树的飞翔/鱼在河底游成了化石/而明亮的河面/从古到今/倒映着树飞翔的双翅。"家乡的山河，最能撩起我们内心深处的情感之弦。

金秋时节,约了三五友人,带着我的好心情,驱车直奔原生态的仙米达隆沟探秋访"友"——我相信那个梦幻的世界,一直在敞开胸怀等待着我们。

一路上,凉爽的秋风用金色的笔晕染了坡上的芨芨草、川里的庄稼、杨树的枝叶。我们被浓浓的秋意击中,像放飞的鸟儿带上渴望飞翔的灵魂向久久向往的仙米林区进发。

我们是被钢筋水泥困得身心疲惫的人,渴望融入自然的心情难于言表。到了达隆沟,一条蜿蜒曲折的石子路把我们带到了一个静谧、空旷、安宁、潮润的世界。这是一条向南延伸的山沟,沟深大约有十几公里。一进沟口,真有"两山排闼送青来"的意韵,只不过现在是秋天,这满目的金黄替换了盛夏的青翠。这里,山大沟深,空气新鲜,树木茂密,涧水潺潺,百鸟翔集,牛羊无数,弥漫着世外桃源的氛围。秋天这个魔术师用神奇的手笔将山间万物赋予仙姿神态,缤纷的色彩,灵秀的神韵,使人目不暇接,心旷神怡!我们都不约而同地拿出照相机,对准焦距,恨不得把这里的一草一木一石一景都装到自己的相机里带走。省上的一位老摄影家发出了由衷的赞叹:"真是人间天堂啊!"我满怀自豪地说:"对啊,有歌为证'走进风景如画的仙米口,才知道门源川里这般山清水秀'。"大家开怀大笑,都颔首默认。

往里前行,左右高大的群山被森林严严实实地覆盖,郁郁苍苍,像身披裘皮的华贵女子,一颦一眸,雍容典雅,秀丽多姿。朋友说,再过些日子,黄刺的叶子变红,桦树、杨树、柏树、松树等呈现金黄、鹅黄、墨绿等不同的颜色,整片森林的色彩那才叫绝呢!

有人说,仙米林区树木生长的特点是"阳山柏,阴山松,桦树绕山根,杨柳水边绿葱葱"。越往里走,树木种类就越多,有常年苍翠的青松,挺拔的身子显得更加意气风发,它们成片地装扮着厚实的山脊,狂风暴雨只能让它们更加坚挺；与之相媲美的是杨树、桦树，它们的子女是满山遍野，岁月的足迹附着在皲裂的树皮上，头顶金色的华盖，遮天蔽日，或长在悬崖峭壁，或长在庄户周围，或长在涧水之旁，与蓝天白云遥遥相望，它们的枝叶，或旁逸斜出，或直刺云天，与鸟雀窃窃私语，与流水缠绵抒情。小的杨树枝干笔挺、秀气，如少女之躯，楚楚动人；老的粗壮、苍劲，如饱经沧桑的长者。我觉得树是上天赐予人类的最宝贵的礼物，没有树的世界真让人难以想象它的苍凉、单调、荒芜。

金风送爽，万山遍染。现在正值落叶缤纷的时节，阳光下，百万叶子变成彩蝶的翅膀，披着金光闪闪的外衣，在神话的王国里飞舞……被阳光点燃的叶子，发出迷人的光芒，像夕阳点燃的麦田，像梵高笔下的画，像仙女织成的彩锦，像维也纳金碧辉煌的音乐大厅，让人充满了无限的遐想！那飘落在草地上的叶子，与浅黄色的草覆盖在大地的身上，行走其间，发出"沙沙沙"的响声，柔软而有节奏，恍如在一座巨大的金色宫殿中游荡。女人爱美，更何况在这秀美的山水之间，几个人用艳丽的围巾做点缀，或沉思状，或远眺状，或飘飘欲飞状，嘻嘻哈哈，顿觉释怀。人成了自然的人，情是最本真的情！

我们走了一半的路程，虽然有些气喘吁吁，但还是很兴奋。放眼望去，目之所及的远方与达坂山接壤，山顶的积雪四季不化，在阳光下熠熠生辉。达隆沟中间地势较为平坦，气候也温暖，住着一些零散的居民。人们隐身于田地，路上几乎没有走动的人，偶尔出现的也是牵着几匹马回家的或是到田里收庄稼的村民。这些人不知从什么时候住进了这世外桃源，他们拥有天然的"氧吧"，纯净的雪山之水，蓝天、白云、牛羊、原始森林，享尽了人间的安宁啊！渴了，喝几口清洌的雪山水；饿了，摘一些野草莓、野樱桃、野树莓吃；还可以采一些羊肚菌、鹿角菜、野蘑菇回家；与野兔、蓝马鸡、岩羊、鹿獐、百鸟为伴；那份随性、安逸、淡泊、宁静让我们这些终日生活在喧嚣、忙碌中的城里人羡慕不已。

前行中,我们惊奇地发现几头珍贵稀少的高原白牦牛悠闲地在林中徜徉。白牦牛是全国乃至全世界稀有的家养牛种,它享有林海"白珍珠"、祁连"雪牡丹"、"高原之舟"等美誉,它浑身是宝,是纯洁、吉祥、高雅的象征,驯养至今已有4000多年的历史了。在仙米、珠固华锐藏区流传着白牦牛美丽而神奇的传说。据说,古时候,还在华锐的祖先华秀驻牧在阿尼玛卿雪山下的时候,经常受到邻近一个大部落的欺负,在这种情况下,华秀祈求山神指路。当时,一个穿白袍,骑白骏马的山神,在半空中随一朵五彩云向东飘动,华秀就带领本部人马向着彩云飘去的方向出发了。在花石峡口遇到怪兽,血腥混战时,得到了白牦牛的帮助,打败了怪兽。他们继续往前走,不知过了多少年,当骑白马的山神变成了白圪塔雪山时,华秀就认定这里是他们的归宿就定居下来。在这里,因他们的牛犊被神奇的白牦牛舔过之后都变白了,它们喝了雪山泉水变得更白了,一群又一群,像天上的白云一样,养育着牧民。从此,华锐便成为白牦牛的故乡了。

白牦牛以日月为伴,以林海为家,神灵吉祥。远远地看着它们带领小牛犊悠闲地享用着有冬虫夏草生长其间的丰美牧草,我们不敢惊扰。在茂密的牧草中,还有几只公羊警惕地与我们对视,那一对象征着雄性之美的犄角让人感到威风凛凛,不可侵犯——我们只能拉近焦距偷偷拍摄它们。

从雪山深处走来的河水,由南向北,哗哗奔流,珠珠如玉,清凉甘甜,如巴赫的音乐,令人陶醉!它欢快的旋律让每一株小草,每一棵树,每一块石头都活起来,河水的自弹自唱,让整个林区显得更加静谧、诱人!这条河有四五米宽,人们用一根枯死的老树搭在河上,就成了天然的桥梁,更增添了古朴、自然的味道。探险的人,游玩的人,牧归的人，就可以随意穿梭在两岸。

行至山沟深处，气候渐渐变冷，两旁奇峰突兀，古木参天，更显幽静，忽逢山雨，只好回撤。

据说达隆沟里面还有个高山湖泊呢，湖泊虽小，但清澈幽深，深不见底，水边有巨石，倒映在湖心，让人感觉神秘莫测，不敢靠近，只可惜我们没有登上去探个究竟。

大美青海，奇景无数，可是，这秀美的达隆沟就是养我素心，寄我诗情的梦幻世界，它的幽林、丽水、奇峰，还有数不尽的奇珍异兽，花木草药，装扮着门源人生活的家园，它是我们心灵的神圣殿堂，是游子魂牵梦绕的故乡，它的美让人流连忘返，回味悠长！

原载于《西部散文选刊》2018年第11期